Ronso Kaigai
MYSTERY
240

至妙の殺人

L. J. Beeston and Stacy Aumonier
Detective Stories

妹尾アキ夫［訳］
横井 司［編］

論創社

L. J. Beeston and Stacy Aumonier Detective Stories
2019
Edited by Tsukasa Yokoi

目次

凡　例

一、「仮名づかい」は、「現代仮名遣い」（昭和六一年七月一日内閣告示第一号）にあらためた。

一、漢字の表記については、原則として「常用漢字表」に従って底本の表記をあらため、表外漢字は、底本の表記を尊重した。ただし人名漢字については適宜慣例に従った。

一、難読漢字については、現代仮名遣いでルビを付した。

一、極端な当て字と思われるもの及び指示語、副詞、接続詞等は適宜仮名に改めた。ただし意図的な当て字、作者特有の当て字は底本表記のままとした。

一、あきらかな誤植は訂正した。

一、今日の人権意識に照らして不当・不適切と思われる語句や表現がみられる箇所もあるが、時代的背景と作品の価値に鑑み、修正・削除はおこなわなかった。

一、作品標題は、底本の仮名づかいを尊重した。漢字については、常用漢字表にある漢字は同表に従って字体をあらためたが、それ以外の漢字は底本の字体のままとした。

〈L・J・ビーストン集〉

ヴォルツリオの審問

ラインガーは五月蠅《うるさ》そうにウイリアムズの葉巻の煙を手で払って、

「ヴォルツリオが来ない。もう十五分も過ぎているんだ。困ったもんだなあ」と云った。

するとブロディが、「恰度《ちょうど》十二分過ぎているんだ。もう来るだろう。この部屋は馬鹿に寒いね」と云って足で石炭入をガラガラ揺すって、「こんなに遅くなって火をたくと小使が文句を云うから困ったものだ。ヴォルツリオが時間を十時になんて定《き》めたからだよ」

ラインガーは手を上げて、「おや！　あの足音はそうじゃないかしら！」と注意した。

強い手が扉《ドアー》の把手《ハンドル》を握ったと思うとヴォルツリオが部屋には入《い》ってきた。彼は鋭い眼付で三人を見ながら、「やあ、皆んな来ているね。僕は少し遅くなった」と云った。

彼は弁解なんかしないで主人らしい態度で話した。広い肩の上の短かい厚い外套は雨にぬれて光っている。彼は帽子を脱いで滴《しずく》を振るい落して、

「素晴しい雨だ」と云った。

ブロディは、眼鏡をはずしてハンカチで玉を磨きつつ、「何か良い話があるのか、ヴォルツリオ？」と訊ねた。

「良いにせよ悪いにせよ、ヴォルツリオは何か話すだろうよ」とウイリアムズが葉巻の吸口から繊維をつまみ取った。

「まず第一に皆がここへ集まった用件、即ちクレイプール公爵夫人のダイヤの件だが、明日の晩のド

ーヴァー街の夜会には夫人が有りったけの宝石を着けて来るのだ。そこを急用で呼び出して表に用意してある僕等のタクシーに乗せるという段取だ――だから訳はないんだ。しかし皆んなよほど用心していなくちゃならないよ」

「君が来るまでに話していたところなんだ。だからもう皆んな用意が出来ているようなものなんだ」とウイリアムズが云った。

ヴォルツリオは椅子にふんぞり返って気味の悪い微笑を洩しながら小さい黒い口髭を動かした。

「ようなものだ？　ようなものだと云うのは口先だけだ。本当のことを云うと、この計画は闇夜の爆裂弾のように破裂したんだ。ところが悪いことにはそればかりじゃない」

一同がしんと静まり返ると彼は紙片を取出して、「スカールスから僕に来た暗号の手紙だ。ブロディ、読んだら次々へ廻してくれたまえ」

ブロディは一分とかからない中《うち》に読み終って、「馬鹿野郎！」と云った。それからラインガーに渡した。

「大失敗だ！　実に大失敗だ！」と心からいまいましそうにラインガーが云った。

次に手にとったウイリアムズはちょっと目をやると顔を真赤にして「スカールスがこう云うのなら本当かも知れない、畜生！」と呟やいた。

ヴォルツリオは卓子《テーブル》の端に両手をたたんで、「僕はこの手紙を三十分前に受け取ったんだがこの手紙でみると我々の中の誰かが警察に密告したんだ。だから今夜、この場で、悪い奴を調べて――そいつを殺すのだ！　解ったろうね！　問題は誰が密告したかということだ。ラインガー君か？」

「そんな事があるものか」

「ウイリアムズ、君か？」

「いいえ」

「ブロディ！　君が密告したのか？」

「決してそんな事はない」

ヴォルツリオは、ポケットからピストルを出して卓子の上に置いた。長い沈黙が続いた。三人はヴォルツリオを見詰めた。聞こえるものは鬱陶《うっとう》しい夜の雨の音ばかりだ。

するど、ウイリアムズが口を開いて、

「君は何か隠しているのか、ヴォルツリオ？」

「隠しているって？」

「我々を審問する材料でも持っているのかと云うんだ？」

「そんなものはありゃしない。今皆んなが読んだスカールスの手紙に書いてあることしか解っていないんだ」

「じゃどうして調べるんだ？」

「しッ、黙った！」とヴォルツリオが手を上げた。

一同《みんな》が石のように堅くなった。半分《ぶん》ばかりたったが何も聞こえない。

「何か物音がしたか？」と灰のように白くなったブロディが訊いた。

「誰か外にいるよ」と聞こえるか聞こえないほどの声でヴォルツリオが囁いた。その声が終らない中に錠を卸してある扉の外で誰かがこつこつと叩いた。

「もう駄目だ！　皆んなやられた！　この中の誰かが諜《しめ》し合わしたのだ！」とラインガーが云った。

音は次第に高くなった。

「巡査だ！　誰が行って扉を開ける？」とブロディが蒼くなって訊ねた。ウイリアムズが椅子を離れて鍵で扉を広く押し開けた。するとブロディがヒステリーのように笑い出した。外に立っていたのは小使だったのだ。

「御免下さいまし。何も聞きやしません。お帰りになったのかと思いました」

「よしよし」とヴォルツリオが答えた。

「炭斗《すみとり》に石炭を入れて廻っているんですが、もしお済みになりましたら一緒に持って参ります」と弁解するように云った。

「よしよし。邪魔になるから持ってきたら外へ置いといてくれたまえ」

小使が炭斗を持って出るとウイリアムズが扉を締めて錠を卸《おろ》して、

「吃驚《びっくり》させやがった。さあ始めよう」と云いながら再び腰をかけた。

「誰が密告したかそれを調べて殺してしまわねば、ここを出ることは出来ないんだ。なあに、もう少しの辛抱だ。きっと今に解るよ」とヴォルツリオが云った。

ウイリアムズは荒々しく椅子を押し遣って、両手の拇指《おやゆび》をチョッキの腕孔に引っかけたまま葉巻を噛みつつ部屋の内《なか》をぶらぶら歩き出した。そしてどうなり行くか解らぬ怖ろしい結末を考えた。やがて彼は窓際に立止って、薄暗い硝子《ガラス》にぼんやり白く映った自分の顔を見た。それからいまいましそうに力を込めて下の硝子戸を押し上げて冷たい空気を吸った。彼は後ろでヴォルツリオが半分腰を浮かなしていることや、ブロディが、「気を附けていろ！」と囁いていることには気がつかずにいるのだ。

雨は雷のように烈しい音を立て、同じ調子で闇の中を降りつづけている。と、ウイリアムズが口に喰《く》わえていた葉巻を取って窓の外に投げ出すような身構えをした。

「待った！」

鋭どい鞭のようなヴォルツリオの声がした。

「うむ、僕が合図をするように思っているんだね？　しかしそりゃ間違いだ。この葉巻はもう十分も前から火が消えているんだ。これ見たまえ」と云いながらウイリアムズは葉巻を卓子の上に置いた。

「解った」と云ってヴォルツリオは葉巻を煖炉の中に投げ込んで、「解ったからじっと腰かけていたまえ。大変な事を調べているんだからちょっとの事でも疑われるよ」

ヴォルツリオは言葉を続けた。

「密告した奴に三分間猶予を与えることにしよう。三分の中に白状したら、後で殺すにしても、少なくもこの部屋でだけは殺さずに逃がしてやろう」

こう云いながら彼は卓子の上に時計を置いて、

「三分間だ。一秒の掛値もないんだよ」と繰り返した。深い沈黙の内に時計がタクタク時を刻んだ。

「一分たった」とヴォルツリオが重々しく云った。

一同は身動きもしなかった。動くと白状しかけたように思われるので。

「二分！」沈黙が苦しくなってきた。

「三分。時間が切れた」こう云いながらヴォルツリオは時計を取って金の鎖につないだ。

ラインガーは皺涸声《しわがれごえ》で、「こんなこっちゃとても苦しくてたまらない。皆んながここに座っていて白状する心配はないよ。何故と云うに確証がないんだもの」

「全く確証は何もないんだ」とヴォルツリオが深い声で唸るように答えた。

「だのにどうして――？」

ウイリアムズがと云いかけた時突然何物かに摑まれたように一同《みんな》がぴりッと体を振わした。唐突《だしぬけ》に電話の呼鈴《ベル》が鳴りだしたのだ。

一番に立上ったのはヴォルツリオであった。彼はピストルを食卓《テーブル》の上に置いて、受話器をはずして耳に当てた。彼は「はあはあ」と返辞をしながら、後を振向いて、

「スカールスだよ」と云った。

すると皆んなが熱心に彼を見守った。彼はまた何事か電話器に向いて話した。そして驚いたような声で「えッ？」と叫んだ。それから受話器を掛けて把手を廻して、鋭い声で云った。

「スカールスがとうとう密告した奴を嗅ぎ出した。今名前を知らしてきた！」

その勝誇ったような鋭どい声が終らない中に、突然ウイリアムズがついと椅子を払いのけて立上り、逸早く卓子の上のピストルを握って、飛び退《の》いた。

「抵抗するな！　傍による奴は撃ち殺すぞ！」

「皆んな聞きたまえ」とヴォルツリオが落着いた力のこもった声で云った。「電話を掛けたのはスカールスじゃない、うちの女中なんだ。恰度あの時刻《とき》に電話を掛けるように頼んでおいたのだ。計りごとだったんだ。計りごとが成功したんだ。そこに立っている奴が自分で尻尾を現した間諜《スパイ》だ！」

ウイリアムズは狂気のようになって叫んだ。「なあに！　なあに！　逃げろ、逃げないと撃つぞ！」

ヴォルツリオは怖ろしい声で笑った。そして、

「撃ってみろピストルには弾がこめてないんだから！」と嘲《あざけ》った。

三人はウイリアムズに詰寄った。それから足で藻掻《もが》く音、ひいひい喘ぐ音、窓を押開ける音、詰ま

った咽喉《のど》から憐れみを乞う声、消魂《けたたま》しい叫声、それにつづいて数百尺の下の方で、どさッと体が敷石にぶつかる音がした。

東方の宝

「英国、倫敦《ロンドン》、警視総監」に宛てて不思議な報告を書き終った男は、ラタキア煙草の煙管《パイプ》に火を点けて、焼け付くような日光を浴びながら、うんと手足をのばして背伸びをし、それから今しがた書き終った報告を静かに読み始めた。それに書いてあった事は次の通り――

一

青いボスフォラス海峡はさながら火に燃えているよう。テレピンスの樹の匂いは淫蕩な接吻のように私の頭脳《あたま》を刺戟する。この暑い午後、後ろの壁に囲まれた庭で鳴く鳩の声を聞きながら、私はテラピアの斜面に凭れて、去年九月二十二日の夜、オックスラォードシアーにおける、英国陸軍大佐、アンゼルミング氏邸で起った事件をここに書いてみよう。

ウィルトン・フェアリーと云う人が、今英国の或る大きい監獄に終身懲役の刑に処せられて、囚われの身となっているが、これはその人が、今述べた夜リチャード・ミーズと云う人の左の肋《あばら》を、長い短刀《ナイフ》で刺し殺したためである。

私――カナリス・トリクービ――はその時の真相を今書く事にする。万更不思議でない事もない話だ。

アンゼルミング大佐がコンスタンチノーブルに来て、その親友メジド総督の、金角湾《きんかくわん》に沿った邸宅に、暫しの客となったのは、今から約二年前の事だ。恰度《ちょうど》その頃私は、この総督、即ち十二人の高官を従えた、第一級の総督の召使であった。彼は英国の有名な学校で教育を受けたのだが、その学校の確かな名前は私は知らない。多分イートンだったと思う。総督がアンゼルミング大佐と知合いになったのは、その学校にいる時の事だという。

大佐は総督の邸宅に逗留している際、大変私を可愛がってくれた。それで気前の好い主人が私を大佐に送り、大佐の召使となって英国に伴《つ》れ帰られ、大佐の屋敷に住むようになった訳だ。

大佐は親切な人だった。前の主人のように私が過失《あやまち》をした時でも犀《さい》の鞭で打つような事はしなかった。けれども私の心は暇さえあれば懐しいコンスタンチノーブルの空に飛んで、その狭い街々や、暑い日に照された黄色い犬の群や、市場の雑沓や、それからあのソリマン寺の傍の、疲れた人が阿片を喫んで怖ろしくもあれば神々しくもある夢幻郷に遊ぶ隠れ家なぞを思い出した。

九月二十二日の夜、アンゼルミング大佐は小さい夜会を開いた。来客の中に例のフェアリーとミーズがいた。ミーズの方は細君を連れていた。マルモラ海のように美しく、アジアの水のように可愛らしい細君だった。けれどもこの美しい籠の鳥に対する夫の態度は、端から見ても頗る冷淡なもので、彼女もそれには少々悄気《しょげ》ている様子だった。これがもし私の妻だったら、こんな美しい「宝石」はどこに飾るべきかという術ぐらいは知っていたろうに！

その夜の十時頃、私は読書室に珈琲を持って行った。大佐がコンスタンチノーブルの店から買って帰った珍品の数々を一同に見せびらかしている所だった。壁に掛けてある絨氈《じゅうたん》はコーランのように古びていた。ボカラの肩掛もあった。マセドニアの土耳古《トルコ》石を鏤《ちり》ばめた銀糸もあった。黄金の太陽《ひ》のように光る琥珀《こはく》の吸口の付いた長さが七呎《フィート》もある土耳古煙管《パイプ》もあった。そういえば私が運んで行った珈琲も、英国では私より他に誰もその特別の製法を知らないものだった。大佐は私まで東方から買って来た宝のように、皆んなに紹介した。

「これはカナリス・トリクービ君です」と大佐は微笑んで云った。「昔アルバニアの義勇兵だった時には、沢山の敵の首を剣《ヤタガン》で斬り落した男です。まああのぎろぎろ光る黒い眼を見て下さい！　戦争が済むとメジド総督の召使をしていたのですが、今度私が貰って連れて帰ったのです。ああ、そうそう！」と大佐は急に何事か思い出して、「総督で思い出したが、私は総督からもう一つ大変珍らしい物を貰って帰りましたよ。まだお目に掛けませんが、ちょっと怖ろしい不思議な物です」

どんな珍らしい物かと思って、私は部屋を去らずに待っていた。他の来客も別に私には気を止めなかった。すると大佐は簞笥から七宝の小壺を出して、中から左手の掌に何やら取り出した。

「これですよ」と大佐が笑った。

一同はしいんと静まり返っていたが、やがてフェアリーが吃驚《びっくり》したように口を開いて、

「何です、葉巻《シガー》じゃありませんか！」と叫んだ。

「葉巻は葉巻です――けれどもこれには大変面白い話があるのです」仔細らしい口調で大佐が答えた。

一同の眼は大佐の顔に集った。

「葉巻は葉巻です」と大佐が言葉を続けた。「やはり普通の葉巻と同様に、火を点けて喫うのです。ところが不思議なことには、この匂いの中《うち》には怖ろしい『死』があって、この煙草を吸えば易々と、しかも確実にこの世からあの世に行かれるのです。友人のメジド総督が分れる時に餞別として呉れたのですがね、こんな物を餞別とはちと可笑しいようにも思われるが、とにかく総督は立派な餞別だと云って寄越しました。今でも覚えていますが、別れる時に総督は重々しく微笑して落着き払ってこう云いました。『私たちは今でこそ日に照されていますが、明日は日蔭の身となるかも計り難いのです。貴方も今は幸福と富に包まれていますが、いつどんな事にならんとも限りません――生活の酒の味が苦くなって、朝は失望と共に目醒め、夜は悲哀と共に眠に就く時が来ないとも限りません。もしそんな時が来たら、何卒私のこの贈物の事を思い出して下さい。これは総ての悲惨な最後の慰安で、どん

な烈しい苦痛も確実に直してくれます。この薫の高い煙草を僅か二三分喫えば「休息」と云う言葉の本当の意味を知る事が出来るのです』とこう厳《おごそ》かに説明しました。それで私は総督の言葉に逆らわない方がいいと思って、実は貰って帰ったような次第なんです」

「で貴方はそれを今までずっと仕舞って持っていらしたの?」とミーズの妻が蒼くなって訊ねた。

「御覧の通りです」と大佐が答えた。

ミーズが唸るように云った。

「こんな所に置いとくのは危険ですね、誰かが見つけて喫ったらどうします?」

「用心しようと思っています」と大佐が答えた。「こんな神秘な薬には私もちょっと趣味を持っているのですから、いつか折があったら化学的に分析してもらおうと思っているのです。きっと何か少し喫っても生命《いのち》を取るような、怖ろしく利き目のある何物かが含まれているんでしょう。総督があ云う以上、私も確実だと思っています」

こう云って大佐は葉巻を壺に入れ、元のように箪笥の中に仕舞った。

二

忘れもしないがその夜はどうしても眠られなかった。何となく暑苦しくて息が詰るように苦しい夜だった。私はそんな夜はいつでも屋敷の周囲《まわり》の散歩場をぶらつきつついろいろな事を考える事にしていた。けれども私の心は平静ではなかった。白状するが――神よ許せ――ミーズの妻の美しさ、ことに彼女の深い憂愁を浮べた目差《まなざし》が、私の心の平静を乱してならなかったのだ。それからよく犀の鞭で打たれたに拘らず、前の主人のメジド総督のこと、それから桜や柘榴《ざくろ》の繁った庭園の緑の屋根の涼亭《キアスク》のことも思い出された。そしてあのコンスタンチノーブルの市場に売っている火のように頭に登るラキ酒が一杯ぐっと飲みたくてならなかった。

こんな事を考えながら、屋敷のまわりを歩いていると、ふと書斎の窓に明りが点って、何やらひそひそ話声が漏れるのに気が附いた。この夜更けに誰が起きているのかと不思議に思ったので、抜き足でこっそり窓の傍に寄ってみた。部屋にはミーズとフェアリーの二人がいた。卓子《テーブル》の上に腰かけて、足をぶらぶら揺すっているミーズの顔は、死人のように蒼白く、両眼は憎悪に燃え、唇は嘲笑に曲っている。彼は煖炉《ストーブ》の傍に立つフェアリーに向ってこう云っている――

「蝙蝠《こうもり》のような盲目《めくら》でなかったら、幾らアンゼルミングだって僕等二人の従兄弟《いとこ》を一緒に招待しはしないよ。君と僕を一緒に招待するなんて何という皮肉だ！」

すると煖炉のそばのフェアリーが静かに答えた。

「何が皮肉だ！」

「何でもないさ」とミーズが意地悪そうに云った。「そんな顔をせんがいいよ。なるほど僕は君ほど金は持っていない。しかし僕には心から奉仕してくれる妻と云うものがあるからね」

嘲笑の含まれたこの言葉を聞いたフェアリーは、急にぐるりと向き直って、相手に背を向けて煖炉の火を見つめた。彼は毒矢に急所を突かれたのだ。ミーズは笑いながら隙《す》かさず言葉を続けた。

「僕の幸運を羨しいとは思わないか。恐らく羨しがっているだろう。君もあのマージョリーのような忠実な妻が欲しいと思っているだろうね。それとも――」

フェアリーはまた向き直って、異様に光る目差で相手の男を睨みつつ、「ピラー！」と云った――いや土耳古語じゃない、英語で、「馬鹿！」と罵って頭から爪先まで身顫いしたのだ。

「おや、怒ったね！」ミーズの調子は急に荒々しく脅迫的になった。「僕には眼があるよ！　しかも立派な眼があるよ！　僕はこの目で見、この耳で聞いた――」

するとフェアリーも嵐のように癇癪玉を破裂させて、

「まるでごろつきのような事を云うね――君はごろつきだ！　あの従順な細君に対する、君の態度は何だ？　なるほど僕の細君ではなくて君の細君だ。しかし今度もしあの細君に対して少しでも苦情を云ったら、その時こそ――」

ここまで云うと、フェアリーは忿怒に息を詰まらして口籠った。

「云いたまえ、終いまで」死のように静まり返ったミーズが云った。

「ううその時こそ――君を打ち殺してやるんだ」フェアリーが言葉を結んだ。

際どい所で他の声がして、

「おや、御免下さい！　もう皆様お休みになったのかと思っていました。部屋に灯《ひ》がついていましたからそれで――」

「よしよし」とフェアリーが早口に遮った。

私は炊食司《バトラー》が邪魔をしたんだなと思った。暫く二人は黙っていたが、やがてミーズが口を開いて、

「もし今の奴がさっきの君の言葉を聞いたとしたら、他の者に饒舌《しゃべ》るかも知れないよ」

返事はなかった。前よりも一層長い沈黙が続いた。私は窓近く身を寄せて、硝子《ガラス》越に内を覗き込んだ。葉巻に火を点けかけたミーズは、ふと燐寸《マッチ》を持つ手を止めて嘲るように云った。

「文句は後にして話をつけよう。好い事を思い付いたよ。さっき大佐が話した――あの葉巻だ。大佐の話を信用して、あれを喫ってみようじゃないか。提言者として僕が喫ってみよう。そしてもし僕が眠ったまま永久に目を覚まさなかったら、君にとって幸だ。しかしもし僕が目を覚したら、君は僕の莫大な借金を払ってくれた上に、小切手を幾らか書いてくれる事にしようじゃないか？」

するとフェアリーは言下に答えて、

「承知した。君が卑怯な事をしないなら、僕だって同意する」

「御挨拶じゃないよ」と意地の悪い執拗なミーズの声がした。「僕は真面目に君の言葉を解釈するよ。さあ、借金を払ったら後で幾ら小切手を書いてくれるんだ」

「君云ってみろ」とフェアリーが嘲るような調子で不安らしく云った。

「千以下じゃないよ」

「じゃ幾ら?」

「五千!」

「よし」とフェアリーは相変らず不安らしい調子であったが、それでも直ちに同意した。

ミーズは直ぐ卓子から飛び降りて、箪笥の傍に走った。私の神経は指の先までびりッと顫えた。間もなくミーズが左手《ゆんで》の掌に葉巻を載せて帰ってきた。そして云った。

「僕だってまんざら馬鹿じゃないから、ちょっと喫っただけで、直ぐ死ぬと判り切ってるものを喫いはしない。しかし僕はまだ、煙草を喫って死んだ人の話は生れて以来一度も聞いた事がないんだ。時に君は、この葉巻をまるで喫ってしまわなくても承知してくれるんだろうね?」

「五分間でいい」とフェアリーが答えた。今は彼も相手が本気である事を知ったのか言葉の調子に嘲弄らしい所はなかった。

「時計を見ていて、五分になったら知らしてくれたまえ」

「五分間――よし」

ミーズは自分の手に持った葉巻をいじりながらそれを見詰めていたが、多少興奮したらしく顔を赧《あか》くして、

「僕の借金が幾らあるか君知っているのか?」と訊ねた。

「知らないよ、また知る必要もない。そんな事は僕の勝手だからね」

「じゃこの上は五千磅《ポンド》の約束をして置きさえすればいい訳だね？」

「そうだ。それも承知した」

ミーズは掌にのせた葉巻を見詰めながら暫らく黙っていたがやがて、

「五分間だよ、いいかい？」と云ってますます頰を赧くした。

「一秒の掛《かけ》もないよ」

「もしアンゼルミングが云った事が事実で、この煙草が僕を永久の眠に落すとしたら、他の人は僕が勝手にここに来て、勝手に楽しいこの世から去ったものと解釈するかも知れないね。どうだろう？」

「まあそれが当然の帰結だね」

「君は豚のように冷淡な男だ」とミーズが不安らしく云った。

「君が思い付いた事だから嫌になったらいつでも取消したまえ」

「いいえ、なあに、構やしない」とミーズが云った。「ほら、喫うよ！」

私は硝子窓に顔をすりつけて内の様子を伺った。椅子に深く凭れかかって、両足を卓子の端にのっけたミーズが葉巻に火を点けた。私は立ち昇る煙草の煙を見た。葉巻が焼けるのを見た。ミーズは燐寸を棄てて椅子に身を沈めてしっかり葉巻を咥《くわ》えた。

フェアリーはミーズの後の煖炉の傍に立って、手に金時計を握り締めたまま身動きもしない。怖ろしく落着いている。彼の眼は時計から椅子の人へ、それから立ち昇る煙へと、順々に動きつめた。二人とも一言も口を利かない。

左様、私の神経は指の先端《さき》までぴりッと顫えた。どうして冷淡な英国人の血はこんな場合に沸き立たないのだろうと私は不思議でならなかった。硝子窓に密着《くっつ》けた私の鼻先は痛いように思われた。その時、及びその時以後の様子を、私は残らず細かい所まで注視した。

するると間もなく、煙草を喫っていたミーズの右手《めて》がだらりと椅子から垂れ下って、力の抜けた指先から葉巻が転げ落ちた。彼は椅子の背に仰向けに凭れたまま、死の静寂に包まれた。様子を見ていたフェアリーはこの時つかつかと歩み寄った。彼は氷のように冷たく落着いていた。まず床の上の絨氈をくゆらしている葉巻を卓子の銀盆の上に拾い上げ、それから椅子の上に静かに眠るミーズの顔をじっと覗き込んだ。

「ミーズ！」鋭どい彼の声。

返事はない。彼は卓子の上に置いてある電気ランプを取り上げ、白い光で敵《あいて》の顔を照した。敵の顔に見入るフェアリーの顔は、相変らず厳粛ではあるがさすがに血の気は失せて蒼白い。ランプを卓子の上に置いたフェアリーは、眠れる人の額に手を当て、次にその手の脈を調べた。

「ほう、確《たしか》に死んでいる！」彼の皺嗄声《しゃがれごえ》が聞えた。

眩惑したように暫らくじっと佇んでいる彼の顔には、敵に勝った者の悦びは少しも見られなかった。私は始めは彼がきっと気を失って馬鹿な真似をするだろうと思っていた。しかし彼は私が思ったより強かった。静かに電燈のスイッチを捻って扉《と》を閉めて部屋を去った。

私はじっとあたりの気配に耳を澄ました。それからそっと窓を開けて、部屋の内に忍び込んだ。足が床に敷いた絨氈に付くや否や、溜息が聞えたと思った。で、私は何の躊躇もせず、咄嗟に左手《ゆんで》の壁の、二つの額の間に掛けてある、金を鏤《ちりば》めた鋼鉄の土耳古剣《ヤタガン》を取った——先の尖った、歯の鋭どい曲った短刀《ナイフ》だ。私は用心のために、それを握ったまま椅子の上に眠る人の側に近づいた。暗黒《やみ》に包まれた私は少しの音も立てなかったのだが、神が彼の夢を呼び醒したものか、それとも彼の本能が私の近づいた事を知らしたものか、ミーズは幽《かす》かに叫び声を出して、むずと私の腕を摑んだ。

「シッ！」宥めるように私が囁いた。「シッ！　眠ているより死んだ方がましだ」

云うなり私は力まかせに土耳古剣で彼の左の肋をぐさッと突き刺した。

四

あまりの暑さにこの話を書きかけたなりつい居眠をしていた。鳩の鳴声、夢中になって騒ぎ廻る蜜蜂の歌は、さながら子守唄のように私の神経をいい気持に眠に誘ってくれる。蜜柑畑の匂いよ！　それに混った篤薅杏《テレスピン》の樹の匂いよ！　ボスフォラス海峡は火のように燃えている。ここは何という楽しい処だろう。私の後の壁に囲まれた庭では、若い女が、三本の糸のあるギターを弾きながら頻りに唄を歌っている。どんな女だろう？　あんな好い声の持主だからきっと美しい女に違いない。これを書いてしまったら覗いてやろう。ああ、カナリス・トリクービはまだ老耄《おいぼ》れてもいなければ、醜くもない！　まだ日光に照らされた蓮の花のように私に向かって開く唇もあればクッションより軟らかい白い肌もある。

さて私は何故ミーズを殺したか？　それは彼が悪漢なるが故ではなかった。どうしてどうして！　何で彼が悪漢であろう？　殺したのは生憎《あいにく》私に都合の悪い時に彼が目を覚したからである。目を覚したとすれば死んでいたのではないだろうか？　無論死んでいたのではない。ただ喪心していたのだ。生命にかかわる煙草を喫っているという意識に、あまり興奮し、あまり怖れを抱いたがために、一時気を失って昏倒していただけだ。では葉巻は？　葉巻に毒は無かったのだ。

私が盆の上に載っている葉巻を取ろうとして手を伸ばした時に彼が目を覚したのは、彼の運が悪かったのだ。私はその時驚かされ妨害されるのを好まなかった。

メジド総督がこの種の葉巻を、特別に親しい友人たちによく贈る癖があるのを、私はかねてから知っていた。彼は自分の言葉をそのままに信ずる人を陰では腹を抱えて笑っていたのだ。彼は何と云った？「生活の酒の味がにがくなって、朝は失望と共に目醒め、夜は悲哀と共に眠に就く」と云った。けれどもこれはあの有名なメジド総督の考えを別の言葉で表したに過ぎない。彼れはこうした病が死によって全治するとは決して思わなかった。なあに、彼は金が総てを救済すると思っていたのだ。それでこの悪戯を思いついたのだ。そこで彼はどの葉巻にも怖ろしく高価な宝石を巻き込んだ！　これが彼の「総ての悲惨の最後の慰安、どんな烈しい苦痛も確実に直す」ものなのだ。富だ！　私もこの説を信ずる。この地球の表面に金より好いものがあるだろうか？

見たまえ！　この世に疲れた者が葉巻に火を点けると、忽ち巨万の富の元となる宝石が、燦然と輝いて転げ落ちる。これが約束の「休息」と云う言葉の本当の意味でなくて何であろう？　私は友人に対して行うべき悪戯として、これより面白い悪戯はないと思う。

左様、私、カナリス・トリクービは、葉巻の中の宝石を我が物にした。そして私は今金持になっている。

フェアリーが敵を殺した罪で、終身懲役の刑に処せられたと聞いたのは、私が英国の陸軍大佐に暇を貰って、故国に帰ってから後の事であった。私は知らないが、彼に対していろいろ不利な証拠が沢山上ったそうだ。罪を葉巻に被《き》せる訳には行かなかった。ミーズは葉巻で死んだのではないのだもの。その上あの夜二人の話を小耳に挟んだ炊食司の証言が彼の運命に最後の判決を下してしまった。

私は有りのままを正直に書いた。しかしこれは送るかどうかは解らない。フェアリーと云う人は私に親切だった。彼が愛していた女を今私が幸福にしてやったら、極楽でその女がまた私を幸福にしてくれるかも知れない。それは確かだ。——なんの巡査を怖れる事があろう？　今の中なら自分はどんな警戒でも出来るから、この手紙を送る事にしよう——

　ここは何という恵まれた土地だろう！　灼熱した太陽の光の愛撫は満たされた我が心の願いである。果物を一杯積んで市場に急ぐ船があすこを通っている。豚のような米国人の船長が船足が遅いと云って船頭を叱咤している。可哀そうに！　彼等はまるで奴隷のように働いている。もし私があすこに居たら、あの米国人の気管《のどくび》を引き裂いてやるのだが。遥か向うの方には土耳古帝《サルタン》の船が二十六本の橈《かい》を輝かして浮んでいる。鳩は相変らず、さながら恋人の腕に抱かれて烈しい接吻に喪心した娘のように鳴き続けている。噴水は泡沫《しぶき》を上げている。後ろの庭では、例の娘が三本糸のあるギターを弾きながら、頻りに歌っている。神は讃《ほ》むべきかな、何たる幸福！

人間豹

長い卓子《テーブル》の一番上手に控えて、胴衣《チョッキ》の間から礼服用のシャツをはみ出させ、火のように赤い髯を生やした、背のひょろい高い、痩せ細った男が、席を立って云った。

「諸君、我々はこれから警部君が経験されたという事実談を、拝聴しようではありませんか」

すると、このレスプレンデント旅館《ホテル》の特別食堂の卓子を囲んだ、三十三人の客が思い思いに、体を動かし、満足げに囁き合った。

「ホップ君！　ホップ君！　警部のホップ君！」

と呼ぶ声が、ここそこに聞えだした。

卓子の端に指をのせ、椅子の背にぐったり凭れかかった一人の丸々と肥えた紳士が、顔を軟らげ、機嫌好さそうに微笑しながら、

「承知した！　諸君がそんなに所望するなら、これから話してきかそう！」

彼はブランディーを一口啜ると、早速次のように話しだした。


私は警視庁の命令を守って、先週の水曜日にチェルウッドエンドに行った。自動車には乗らないで、ベーカー街から八時半の汽車に乗って行った。それと云うのも、その日は大した雪で、路が悪かったからだ。

チェルウッドエンドで、下車した者は、私一人だった。私は橋の下を通り、左手の階段を上ると、

原っぱを横ぎって、チェルウッドエンドで有名な、例の橅《ぶな》の林の中に入ったが道の両側に橅が高く生え繋っているので、まるで谷底でも歩いているようだった。裸の手足のような枝が、角力《すもう》でも取っているように錯綜した上からは、夜の闇を込めて霏々《ひひ》と降りしきる繊細《デリケート》な、白い雪の花が覆い覆《かぶ》さって、音もなく梢をたわめていた。

森の小道は大道と十字になる処まで続いているのだが、私の眼差す家は、この大道に沿って、森の小道を見通す処に立っている。道端にしょんぼり立った一軒家で、安っぽい醜い、灰色の煉瓦造の小さい家で、板垣の上には物々しく曲った釘を覗かせてある。

家の傍まで近づくと、鋭どい黒い眼をした、馬鹿に背の高い女が、「今晩は」と云うので、私も同じ言葉で挨拶したが、彼女は間もなく、歩くと云うよりは、滑ると云いたい奇妙な歩振《あるきぶり》で、静に姿を消してしまった。

小さい廊下は暗かった。私が扉《ドア》を叩くと、扉の向うに声して、

「あっちに行けい！　あっちに行けい！」

と云った。それから閂《かんぬき》を抜いて、鎖をはずす音がしたかと思うと、袖と襟だけ赤く飾った青い寝衣《ガウン》を着た男が姿を現した。手に持つ、掃除の悪い小さいランプの薄暗い光で、その男の、ぶさぶさの髪と、蒼白い顔がちらと見えた。

「何か御用ですか？」と訝しげに彼が訊いた。

「エルグッドさんは貴方ですか？　私は警視庁の警部ホップですが、貴方からの手紙を受取りましたので、参りました」

彼はどぎまぎした調子で、

「ああ、そうですか。何卒《どうぞ》お入り下さい。今夜はとてもおいでになるまいと思いましたから、今寝ようとしていた処です。さア、何卒こちらへ」

私が彼に従って家に入ると、またさっきの金切声が、「あっちに行けい！　あっちに行けい！」と云う。見れば、壁際の籠の中にいる灰色の鸚鵡《おうむ》が、まるで私に向って喰って掛るように、頻りに嘴《くちばし》を磨いているのであった。

私たちが廊下を通って、小さい部屋に入ると、彼が卓子の上にランプを置いた。

「この部屋は寒いですから、どれ、暖炉《ストーブ》に火でも点けましょう」

氷のように冷たい部屋の空気に、彼がガタガタ歯並を顫わしている。多分神経を病んでいるのだろう。彼が手捜《てさぐ》りに暖炉に火を点けると、バッと爆発して、直ぐ消えた。

「糞ッ！」

と彼が忌ま忌ましそうに叫んだ。

「構わないで下さい。部屋が暖まる間には失礼しますから」

「構いませんか？　じゃア、服を着てきますから、ちょっと待っていて下さい。骨の髄まで浸み込む寒さだから、これじゃア堪りません」

私は一人になると、ランプを持って、部屋の内を調べてみた。その部屋は寝室のために作ったものではないが、暫らく寝室として使われていたことは直ぐ解った。なるほど、寝台は置いてない。ただ壁際に長椅子があるだけだが隅の方の小箪笥の上には、旋回式の姿見が置いてあり、部屋の他の隅にはカスターの像を台にした、小さい円い手洗場があって、窓にも二つの重い、葡萄酒色の窓掛が垂《さが》っている。これらは正しく寝室用のものだ。窓から眺めると、外は真っ暗で、ただちらちら小止みなく降る雪が見えるばかり。二十分ばかりも経ってエルグッドが帰ってきたが、帰ってきた彼は服を着替えていたばかりでなく、寒さをしのぐためにウィスキーを一杯呷《あお》ったと見えて、ぷんぷん好い匂いをさしていた。今度は多少気持好くなったらしく、直ぐ事務的の口調で、

「よく来て下さいました」と云いながら卓子の傍近く椅子を引寄せて坐った。「警察の方に出した手紙で、詳しく事情を述べておきましたから、私が今困っている事は、よくお解りでしょう？」

「それは解っていますがとにかく、貴方のお口から、も一度掻い摘んで話して頂きたいのです」

「じゃアお話致しましょう。実は私はこの地所と、三千磅《ポンド》の財産を、今度、腹異《はらちがい》の兄のエドモンドから、遺言で相続することになったのです。この腹異の兄エドモンドは、この家で一人寂しい生活をしていたのですが、今から四ケ月前に、ちっとも姿を見せなくなったので、近所の人が不思議に思って入ってみると、何と、エドモンドが台所の床の上に死んだまま倒れていたそうですよ。発作的の病いを持っていましたから、多分、倒れた拍子に、卓子で頭を打ったのでしょう」

　ここまで話して、彼は急に口を閉じて、耳を澄ますような、奇妙な顔付をした。

「死因に疑わしい点はなかったのですか？」私が訊いた。

　彼は居住いを正して、

「医者は自然の死という診断を下しました」

「で貴方はその診断に満足しましたか？」

「私？　なあに、私は当時、外国にいたんですよ。長い間、米国にいました――ほら、あの金切声だ聞えますか？　仕様のない鸚鵡の野郎だ！　あれア、エドモンドが飼っていたんです。いつか捻《ひね》り殺してしまってやろうかと思っています――」

「ははあ、そうですか、貴方は当時米国にいらしたのですか？　じゃ、多分、弁護士から手紙をお受取りになったでしょうね？」

「いや、ところが、私は長い間、兄と文通せずにいましたから、私の居所も解らなかったと見えて、もし私が生きているなら、弁護士の処に手紙を出せよという広告を私が見たもんですから、直ぐ英国に帰って、それ以来、ずっとここに住んでいるんです」

「お一人？」

「はあ」

「解りました、それで皆《みん》なから憎まれていらっしゃるのですね？」

「そうです、皆なが妙な眼付で見たり、蔭で変な噂をしたりして困るんです」

「それア、貴方がどこにも顔を出さず、一人で住んでいらっしゃるからでしょう？」

彼は一頻り渋い顔をして黙っていたが、

「多分こうなんでしょう――皆なは、私が何かエドモンドの死に関係があるようにでも思っているんでしょう」

「だって、エルグッドさん、まさか数千哩《マイル》を離れた地点にいた貴方を疑うようなことはありますまい。また貴方もそんなつまらない事件で、わざわざ私をお呼びになったのでもありますまい。そんな詰らない――」

「冗談じゃアありません！」

彼がさっき飲んだ酒に頬を火のように火照《ほて》らして叫んだ。

「何か私をお呼びになったには他に理由があるんでしょう？」

彼は不安らしい落着きのない態度で周囲《あたり》を見廻すと、何か込入った話でもあるように、椅子を私の側近く引きよせて、

「警部さん、お伺いしたい事があるんですが、貴方は人間豹と云うもののことを聞いたことがありますか？」

恐怖に両眼を輝やかせながら、彼が云ったこの言葉には劇的の緊張があった。

「無論、聞いたことがあります」と私が宥めるような調子で云った。「遠い外国の警察でも、多少は人間豹のこと位は知っています。世界の或る秘密結社の怖ろしい名前ですよ」

彼ははッと胸撫で卸《おろ》したような顔をして、

「じゃア、説明せんでもいいですね。その結社の目的も御存じですか？」

「少しは知っています。彼等は一種の理想主義者の団体で、総ての法律の正しいことを認めていると同時に、この法律を破って、埒外に飛出す者よりも、法律を破らずに罪悪を犯す悪漢の多いことを認めています。ですから彼等は法律の蔭に隠れて、悪事を働くこの種の悪漢に主として目を光らしているのです――と云うよりむしろ、触れる物をして、焼き尽さずには置かないようなレンズの焼点を置いているのです。これは無論、例えて云っただけの事ですが、とにかく、平易に云えば、彼等は法律を笑って眺めている悪漢や、法律の蔭に隠れている犯人を絶滅するために、彼等を片ッ端から惨殺しようとしているんです」

「どこまでも彼等の跡をつけるのです――人間豹が！」エルグッドが嗄声《かれごえ》で呟いた。「彼等の跡を嗅ぎつける事にかけては、まるで野獣のようなものです！　人間豹の団員の印を御存じですか、警部さん？」

「知っています」と云いながら私は左の手の袖を捲って、「ここですよ、恰度《ちょうど》この肘と手頸の間の内側に、豹の刺身《いれずみ》をするのです。ですから、ここに印があったら、その人は人間豹の団員で、なかったら団員でないのです。しかし、何故そんな事をお訊きになるんです？　貴方の腹異の兄さんが、その秘密結社の団員にでも殺されたと思っていらっしゃるのですか？」

すると彼が奇妙な目付で私を見入って、

「まさか」

「それとも貴方御自身がその団員に――」

と、この時、唐突《だしぬけ》に低い長い笑い声が、どこからともなく聞えてきた。

彼は病的な神経に顫えながら、きッと椅子から飛上り、

「彼奴《あいつ》を叩き殺してやる！」と云いながら部屋を出て、籠を壁から外して、鸚鵡が入ったなり、その籠を烈しく床に叩きつける音がしたが、間もなく自分のやり過ぎた行いを恥ずるような顔をして、帰ってきた。

「エルグッドさん、貴方はエドモンドが、どの部屋に寝ていたか、知っていますか？」

と私が唐突に訊いた。

「二階の裏の部屋です」と彼が慌てて答えた。

「貴方はさっき、エドモンドがこの家に一人きりで住んでいたと仰有いましたね？」

「はあ、そう云いました」彼が多少敵意を示しながら云った。

「いや、何も貴方をお疑いするんじゃアありませんがね、失礼な事を訊ねるようですが、エドモンドの寝室は、その後、誰が使っているんでしょう？」

「私が使っています」

「じゃア、この部屋、現に今私たちが坐っているこの部屋は、寝室として使っていたんではないのですね?」

「ええ、何故そんな事をお訊きになるんです?」

「寝室らしい家具が二つ三つあるからですよ」

「それア、邪魔になるから、ここに持ってきたんです。ただそれだけですよ」

「そんなお言葉を聞こうとは意外でした」と私が云った。「貴方がさっき服を着替えていられる間に、ちょっとこの部屋を調べてみたのですが、私が調べた処によると、この部屋は、誰かが寝室として使っていたもの、しかもかなり長い間、寝室として使っていたものらしいです」

「そりゃア、警部さん、貴方の考え違いですよ!」と彼がきっぱり云った。

「私はそう認めます」

「何故?」

「この部屋に長い間寝起きしていた男は、三十五から四十位までの歳恰好《としかっこう》で、背の高さは、凡そ五呎《フィート》八吋《インチ》、頭が半分禿げていて、赤味掛った鳶色の髪を生やした人です」

「出鱈目を云っていらっしゃる。証拠がありますか?」と彼が嘲った。

「その人の背の長さは、あの隅の箪笥の上に置いてある旋回式の鏡で解ります。姿を映すためには、背の高さに相当したように鏡を回してあるはずですから、それから髪の毛の色は、あの鏡のそばに落ちていた一本の毛が赤味掛った鳶色だったので判断がつきました。健康な人の髪の毛と、不健康な人の髪の毛は、ちょっと見ただけで解りますが、その毛は細くて脆かったから、きっと頭の禿げた人の毛に違いありません。それから年齢《とし》は、凡《およ》その想像ですが、あの暖炉棚《マントルピース》の上に飾ってある女の写真を見ると、三十五六の女らしいですが、その女の良人《おっと》なら大抵、三十五六から四十までの男でしょう」

「しかし写真の女が関係があるかどうか、そんな事は解らないでしょう？」

「ところが、あの写真の裏表には、沢山指跡が残っています。そしてその指先から判断すれば、非常に小さい指の人です。恐らくその人は、度々写真を取り上げては、その女の唇《くち》に、自分の唇を触れたものでしょう。その証拠には、そこの処が、唇《くちびる》の湿りで、よごれています。ですから確に、この部屋にいた男はあの写真の女を愛していた、恐らくは、結婚していたと判断するのです」

「随分鋭い想像力を持っていらっしゃいますね」と罵るようにエルグッドが云った。「その他に？」

「彼は裏のないスコッチの帽子を冠っていて、非常な巻煙草吸いで、巻煙草は害になるほど喫っていました。それから、近眼ですから、眼鏡を掛けていましたが、その眼鏡は、折込式のでなく、かつまた、本を読む時にだけ、使っていました」

　彼は口元に神経質らしい微笑を浮かべて、私を見入っていたが、

「私にはさっぱり解りません。例えば、裏のない帽子と仰有るのはどうしてです？」

「直ぐ解ることです。彼は扉の横のあの釘にいつも帽子を掛けていましたから、釘に帽子のスコッチの毛が残っています」

「それから巻煙草と仰有るのは？」

「巻煙草の紙包みの屑を、窓の硝子扉《ガラスど》の隙間に詰め込んでいます。多分、風でガタガタ硝子扉が鳴るのを防いだのでしょうが、それで見ても、その人の神経が弱かった、即ち、害になるほど度を過して煙草を喫ったことは解ります」

「驚嘆すべき想像力を持っていらっしゃる！」

「どういたしまして」

「それから近眼で読書の際にのみ、眼鏡を使うというのは？」

「姿見の真下に曲った針金があります。その針金は眼鏡の耳掛けの曲った処を補うために用いたものらしいのです。もし彼が始終眼鏡を使っていたら、そんな不便利な、間に合せ的なものに用いないでしょう」

「あまり突込み過ぎた御観察ですね。ではその男はどこに寝ていたでしょう？」

「あの長椅子の上に寝ていたのです。まア、あのユトレヒト天鵞絨《びろうど》の端が禿げていることを御覧なさい」

「貴方の御観察はそれだけですか？」

「まだ時間があれば、これ以上の観察をすることも出来ます。しかし私は、これだけで、大変な断定を下すことが出来るのです」

「大変な断定とは？」

「その人と云うのはエルグッドさんです！」

「私？」と冷やかに彼が云った。

「貴方です」

彼は深い溜息をつきながら、

「そうです。実は私です。私はエドモンドが死ぬ前に、ここに一年ばかり彼と一緒に住んでいました。つまり彼の秘密の客だったのです。その事を白状しようと思いながら、どうしても口を出すことが出来なかったのですが、貴方の方から云って下さったら、却って助かったような気がします」

談話者《はなして》はここでちょっと言葉を切り、一同を見廻しながら、機嫌好さそうに微笑して、ブランディーの杯《グラス》に唇《くち》を触れた。

「巧い！　ホップ君！　上出来だよ！」と長い卓子の一方に控えた背のひょろ高い、痩せ細った男が叫んだ。彼は片手で、火のように赤い髯を撫で、片手で、ともすれば、はみ出そうとする胸のシャツを押入れた。

「エルグッドの野郎を、雪隠詰《せっちんづめ》にしたね、ホップ君！」と他の男が賞讃した。

「実に巧くやった！」第三の男が云った。

「頭のある男を見ろ！」第四の男が叫んだ。

談話者はいと満足げに、相貌を崩して打笑《うちえ》んだ。彼はブランディーの杯を下に置くと、咳《がい》一咳して、また話を続けた。


実は自分でも、自分に花束でも呉れて遣《や》りたい位に思っているんだよ。さて諸君、エルグッドがそれを白状した以上は、その理由《わけ》は説明するに違いないと思っていたら、果して彼がその家に隠れるようになった不思議な事情を説明した。

「私が腹異の兄エドモンドの家に来たのは、人目を忍ぶために逃げて来たのです」とエルグッドが打解けて説明しだした。「私は恰度今夜のような真っ暗い夜、誰か自分の生命《いのち》をつけ狙ってはいないかと、何度も後を振返りながら、人目を盗んで、こっそりこの家まで逃げて来ました。これと云うのも、さっき貴方がちょっとお訊ねになったように、実は私が怖ろしい人間豹に附け狙われていたからです。私はこの人間豹を逃れるために、大陸から、大陸へと旅をして歩きましたが、どこまで逃げても、限りがありません。一度《ひとたび》悪魔のような彼等に睨まれたが最後、どんな人でも、それから逃れる事は出来ません。そこで私は仕方なくエドモンドの家に逃げ込んで、彼に総てを打明け、助けを乞うたのです。そして私はどんな事があっても、他人《ひと》に姿を見せないことにしました。幸いエドモンドも承諾してくれて、この部屋を与えてくれましたから、私は始終この窓の窓掛《カーテン》を引いて置いて、兄以外の者には、誰にも私がいる事を知らせませんでした。暗い夜の他は、外に出ることもなく、しかも出ると云った処で、人通りのない路を歩いている位のものでした。そうして丸一年を過ごしたのです。一年ばかり経って始めて、私は自分が英国に帰った事を人間豹の団員が知らずにいること、彼等が私を見失って、諦めていることを信ずるようになりました。恰度、その頃、或る日の朝、思い懸けなくエドモンドが発作的の病いで、台所の床の上に倒れて死んでいるのを見付けました。吃驚《びっくり》しましたよ。その時には！　私は二重の意味で吃驚しました。一つは彼が死んだことを、一つは自分の位置が危《あやう》いことに気が付いたのです。もし家を飛び出して、巡査を呼べば従って私がいる事も解り、私が人目を忍んで一年の間兄と共に住んでいた秘密も世間にばれます。私が秘密のばれることを何よりも怖れていた心持は、貴方にもお解りだと思います。何故といいますに、秘密がばれれば、またあの怖ろしい敵に附け狙われるのですからね。そこで私は、自分に与えられたただ一つの方法をとりました。即ち、来た時と同じく、闇にまぎれてそっと家を抜け出したのです。私が来た事は誰も知らないので、逃げ出すには、大した骨も折れませんでした。それから二三日経って私は船で米国に渡りました。もうその頃は、私も敵を怖れなくなっていました。英国の新聞を見ていると、果して予想通り、私を呼び寄せる広告が出ていましたので、取る物も取りあえず、今度は公然と英国に帰りました。無論、広告が出れば、私の動作も敵に解る訳ですが、さればと云って、兄の財産もそのままにする訳にも行きませんから、敵にさとられるのは、覚悟の上だったのです。私はさっき一年間もここに住みながら、夜ばかり外出したので誰にも覚《さと》られなかったと云いましたが、害こそ受けね、覚られたと思った事は、たった一度あったのです。或る晩のことでした。泥で穢《よご》れた路を散歩していましたら、突然、一人の女にぱッたり衝突しましたが、その拍子に私の帽子が落ちて、雲に隠れた朧《おぼろ》の月の光で、先方《むこう》が私の顔を見たらしいのです。けれどもその女は村に住んでいる女でしたし、それに何分月の光が微かだったから、心配ないと思っていたのです。ところが、私が今度ここへ公然帰って来ましたら、またその女に会いましたよ。出会った時に、ちらと一目見たきりですが、それでも人間というものは、自分の跡をつけている人の目付ぐらいは解るものです。私はその後も、その女に二三度会いましたが、会うごとに、彼女の瞳の中に、疑惑と敵意が輝いているような気がして堪りません」

「なるほど」と私が頷いた。「もしその女が兄さんの生前、貴方がここに隠れていた事に気付いていれば、その女が、兄さんの財産を相続した貴方と、兄さんの発作的の死との間に、何か関係がありはせぬかと疑うも無理はありませんね。その女は貴方の事を村の人に饒舌《しゃべ》ったでしょうか?」

「饒舌ったらしいです。自分の想像を吹聴したらしいです。ですから、私が外出すると、皆なが妙な目付で私を見て困ってるんですよ。これじゃア堪りませんから、何とかしなくちゃアなりません。飛んでもない噂の的になっちゃア堪りません」

「本当ですとも」

「だから今夜貴方に来て頂いたんですよ。実際、私は今随分困難な地位に立っているんです。どこかで人間豹が爪を磨いているでしょうが、彼等に対して、どんな態度を執ったらいいでしょう。警部さん！」

彼はまた始めのように神経質になり、蒼白い顔、光のない目で私を見た。

「貴方が会ったというのは、どんな女でした？」と私が訊いた。

「背が馬鹿に高く、顔が浅黒くて、目が黒く鋭く、歩くと云うよりも、むしろ滑ると云いたいような、妙な足付で歩く女です」

「不思議な女ですねえ！　貴方は、その女が、エドモンドさんの死と貴方との関係を疑っている以上に、もっと深い目的を抱いていると、お考えになった事はありませんか？」

彼は暫く口を開けたまま、私を見詰めていた。

「ああ！　私はそんな事を考えた事はありません。では、貴方はその女も人間豹の一人だと仰有るのですか？」

「それは私にも解りません。しかし、人間豹と名乗る秘密結社の一人が――おや！」

折からまた、「あっちに行けい！　あっちに行けい！」と叫ぶ鸚鵡の声が聞えてくる。

「誰か家の外に来てるんでしょう？」と私が云った。

彼は懶《だる》そうに立上って、

「私が行って見ます。警部さんも私の傍について来て下さい」

二人は爪先で歩いて、狭い廊下に出た。隅の方に投げ棄てられている鸚鵡が、笑うように叫んだ。

エルグッドは把手《ハンドル》を握って扉を開けようとして、私がついて来たかどうか、振返って見た。

「さア！」と私がうながした。

電光の速さで、サッと彼が扉を開けるや否や、二人は瞳を凝らして、外の闇を見た。私は夜の闇の中に微《かす》かに人の顔を見たように思ったが、それは幻か、刹那に消えてしまった。私が追かけて外に出ようとするとエルグッドが悪魔のような力、で、ぎゅッと私の腕を摑んで、

「何卒《どうぞ》私一人残さないで下さい！」と喘いだ。

彼はひどい恐怖に襲われている。

そよとの風もない空気は、骨身にしみる冷たさだ。雪は小止みなく降頻《ふりしき》っている。周囲《あたり》は森《しん》として、何の物音もせぬ。

エルグッドは私を中に入れて、扉を締めた。

「部屋に帰りましょう。さっき貴方が、あの女も人間豹の一人かも知れないと云われたので、急に気味が悪くなりました。それに気が付いていたら――」ここまで云って云い淀んで、ぶるぶる体を顫わした。二人が部屋に入ると、「誰もいなかったようですね」と彼が続けた。「貴方見ましたか？」

「どうもよく解りませんでした」

「しかしあの鸚鵡は誰か来る物音を聞いたに違いない。警部さん、私が困っている事がよくお解りになったでしょう。どうしたらいいでしょう？」

「本当にこれじゃアやり切れませんねえ、もっと気を確に持っていらっしゃらなくちゃア駄目ですよ」

ランプの石油が無くなりかけた。彼が芯を捻《ひね》り出したら、怒ったようにパチパチ音がした。

「貴方は二つの恐怖に襲われています。一つはエドモンドの死について妙な噂があること、一つは貴方自身をつけ狙っている敵があることです。貴方がこの国に帰ったのは、無考えだったと思います

が、しかし、それは今更らとやかく云ってみた処で、仕方がありません。さて、このエドモンドの死に関する妙な噂ですが、貴方は自分でも、当時この家にいたと云われますし、かつまた、事実において、エドモンドの死のために莫大な財産を相続されたのです」彼は半ば椅子から腰を浮かせて、

「えッ！」と怒気を含んで叫んだ。「貴方も、私が殺したように疑っていらっしゃるのですか？」

「まア、静かになさい、しかし、貴方はまだ、それを否定していませんよ」

「よろしい、じゃア、今、ここで否定します。永久に否定しておきます！」云いながら彼は前にのしかかって、ぽんと拳で卓子を叩いた。

「私がエドモンドを殺していながら、何で警官を呼んだりなんか、するもんですか！　そんな馬鹿な事があるもんですか！」

「けれどもそんな噂が立つのも、無理はないのです。そして――こんな事を云うのは失礼かも知れませんが――貴方が人間豹と云う団体につけ狙われていると仰有るのは、決して貴方が潔白であると云う証拠にはならないのです。貴方も御承知の通り、また私も知っています通り、この狂暴な団体は犯人――法律で捕《つかま》えることの出来ぬ犯人のみをつけ狙うのです。ですから貴方は、『彼等が自分を探している』と仰有ると同時に、

『彼等が自分を探すには何か理由《わけ》がある』ということを、無言の間に白状していらっしゃるのです。その位《くら》いの事は、貴方にだって、お解りだろうと思います」

「そんな議論は後にして」と彼が興奮して云った。「とにかく、警部さん、私は貴方に保護して頂きたいのです。私を附け狙い、私を惨殺しようとしている奴等から、保護して頂きたいのです！」

「私があの女の話をしたので、そんなにびくびくしだしたのですね！」

「そうかも知れません。本当にあの女は、団体の一人でしょうか？」

「事によったらそうかも知れませんよ。もしそうだったら、貴方の行動は、細大漏らさず注意して見ているはずです。ですから、あの手紙、貴方が今度警察にお出しになったあの手紙も――」

「どうしました？」と彼が遮った。

「あの手紙も、その女が途中で横取りしたかも知れませんよ」

「横取り！」彼が喘いだ。私は静かに、力を込めて続けた。

「そしてあの手紙を、貴方の敵《かたき》の一人に渡し、今夜、警部ホップがここに来る代りに――」

こう云いながら、私は前腕を捲って、手頸と肘の間に貼った、肉色の薄い紙を剥がして見せた！

それを一目見た彼は、全身の筋肉を、石のように強張《こわば》らした。

「死んで罪を清めろ！」私が我が党の定り文句を云った。諸君！　そして人間豹の怖るべき牙である処の光る短刀を、キラリと右の袖から滑り出させた。


こう云って談話者がブランディーを飲みほした時、興奮した低い囁きがここそこに起った。

「かくて一人の悪人が滅んだんだね」と一人が云った。

「しかも極めて手際よく！」と他の一人が云った。「しかし最初からエルグッドの秘密を知っていたのなら、捜索の必要はなかったはずじゃァないか？」

「面白いから捜索したんだよ。それからまた一つには、彼を囲む網の怖ろしさを示してやりたかったのだよ」

「それから話の仕方も巧かったぜ」と第三の男が云った。「何だかこう、物凄い処があって、――ねえ、警部君」

「ヤア、『警部』とは面白い！」長い卓子の上手に控えた、背のひょろ長い痩せ細った男が、こう云って微笑した。

彼はシャツの胸を胴衣《チョッキ》の中に押込み、赤い髯を火のように輝せながら、扉の傍によって、勢いよく扉を押開《おしあ》け、重い帷帳《とばり》を捲くって云った。

「諸君！　我々は総会を兼ねた宴会を去年はウインナに開き、今夜はこの倫敦《ロンドン》に開きましたが、来年はまた他で開くことに致しましょう。そうするのが最も安全な方法だと思います。今夜はこれで解散しましょうか？」

約束の刻限

一

「ねえ、ジャドソン君」

とチェインズ刑務所を出て来たディパーが微笑しながら云った。

「君ア運の好い男だぜ。まアここの景色と、あすこの景色を比べて見るがいい。ここは見晴しの好い、古風な綺麗な庭園で、テムズ河の波の音まで聞えてくるが、あすこは扉《ドア》の孔に柱を打付けた怖ろしい石の部屋だ――」

「シッ……」ジャドソンが灰のように蒼くなって、遮った。

「どうした？」

「妻が来た。頼むから、もっと小さい声で話してくれたまえ、ディパー君」

すると刑務所を出た男が、荒造りの腰掛《ベンチ》から心持ち前屈みになって、杖《ステッキ》を差し伸して、十二呎《フィート》もあろうかと思われる長い蜀葵《たちあおい》や、向日葵《ひまわり》の繁みを掻除《かきの》けて、眸《ひとみ》を凝らして向うを見た。向うの煉瓦造の壁の傍には、細っそりした、まだどこやら娘らしい初々しさのある一人の婦人が子供を連れて、格子型にはびこった桃の木に、突張《つっぱり》をかっている。

「君の奥さんは、俺を嫌っているらしいぜ」

ディパーが両眼を埋火のように光らした。

ジャドソンはこれには答えなかった。

ディパーは両手を広い胸に当てて続けた。

「俺の体は、君の二倍もあるんだが、それでも奥さんは、この俺を嫌っている。しかし幾ら奥さんが嫌ったって、そんな事は構いアしない、君と二人で仲よくしていさえすれア、それで好いんだ」

ジャドソンの胸に、昔の憎悪の念が火のように燃えだした。今にも相手の頸筋に飛付いて、息の根を止め、その愚弄と生命《いのち》を絶滅してやりたいような誘惑を感じた。

けれどもこの乱暴な誘惑は、いつものように、直ぐ消えた。彼は流血の殺人を犯しかねぬ熱情を持ちながら、いつもその百分の一の勇気も持合わしていなかった。

「しかし、これではいかんから、これからはちったア奥さんに、構ってもらいたいもんだ」と急にディパーが打しおれた陰気な調子になって云った。「全くあの奥さんと云ったら、俺がいても素知らぬ顔をして、物を云っても返事もしないんだからなア、それに君方の召使の奴等までが、内々奥さんの言付を守っていると見えて実に無愛想だ。お客様に対してそんな待遇をするという事があるもんか。おい、ジャドソン君皆《みん》なと一緒に食事している時に、『奥さん五六年前にチェインズ刑務所にいた時には、このジャドソン君と私が一番仲が好かったんですよ』と、云ってやったら、奥さんがどんな顔をするだろうねえ?」

「シッ!」ジャドソンが苦い顔をして喘いだ。「聞えるじゃアないか――」

「そうしたら奥さんが、どんな顔をするだろうか?」ディパーが歯を出して、ニヤニヤ笑った。「それでも、俺の顔を見向きもしないで、すッと立上って、部屋を出るだろう。なあに、構うことはない、云ってやろう。云って、奥さんの胸を、毒矢のような言葉で突射してやろう。そうしたら、心配ばかりして――」

「そんな事をしたら、俺からお金も取れなくなるよ！」ジャドソンが蒼白い、冷汗のにじんだ自分の額を叩いた。「幾ら君だって、そんな無考えなことを――」

「まア、そんなに心配するなよ」とディパーが相手の腿を軽く叩きながら云った。「いくら俺だって、金の卵を生む鵞鳥を殺すような馬鹿な真似はしない。なア、その点は安心してもらいたいんだ。不幸な昔の旧友に数百磅《ポンド》の金を呉れ、またこれからも時々お金を呉れようと云う友達に対して誰がそんな事をするものか？」

「何故？」

「何故って、君はチェインズ刑務所を出ると、僕が苦しんでいる間に、一人で正当な方法で巨万の富を得たんだから、羨んでも仕方がないじゃアないか？　だから、その君が何も君の過去を知らぬ、無邪気な女と夫婦になったからって、俺がその女に闇夜のような秘密を打明けたりなんかしやしない。この俺は決してそんな無謀な事はしやしない。二人が刑務所を出てからもう四五年になる。殆ど五年だ。そして二人が出た時期もあまり違わなかった。出ると君は米国に渡って、商売に手を出して、どんどんお金を儲け、同時にあの女と結婚したんだ。

米国で君と会ったのは、この俺にとっちゃア仕合せだったが、君にとっちゃアあまり有難くなかったらしい。いや、よほど心配して、一時は俺を殺そうとまで思っていたらしい。しかし云っておくがね、そんな馬鹿な事をするもんじゃアないよ。君はきっとやり損なうに違いない。その上君には蠅を殺すほどの元気もない。或る人なんか君の事を臆病者だと云っているが、実はそれというのもやッぱり、チェインズ刑務所にいた間、毎朝礼拝の時に隣り合って腰掛けていた男を、心の中で愛しているからだよ。なア、そうだろう？」

ジャドソンがぐっと咽喉《のど》に詰った塊りを飲むような音をさせた。

「そうに違いない」と毒々しく笑いながらディパーが続けた。「けれどもそれにしちゃア、君はどうして俺に一言挨拶しないで米国からこっちに帰ったんだ。もっとも君の居所は直ぐ突止めることが出来た。いつだってこの俺ア、君の居所ぐらい直ぐ嗅ぎ出して見せるよ。こんな立派な家に安閑と暮しているなんて、実際君は幸福な男だ。しかし随分長居をした。奥さんがいるから、土曜から月曜まで逗留しただけで沢山だ。今夜は倫敦に帰ろう。七時四十分の汽車で帰りたいのだが、それまでに二百磅都合つけてくれまいか、それだけは是非都合つけてもらいたいんだ」

「だってこの五年間に、もう二千磅も出したじゃアないか」皺嗄《しやが》れた声を顫わしながらジャドソンが云った。

彼は声を顫わすまいとしても、自然に顫えるのをどうすることも出来なかった。その上両手もわなわな激しくふるえた。胸の鼓動が高くなった。

ディパーはからから笑いながら、

「それア二千磅貰ったさ。それがどうした？　君ア掻き捨てるほどお金を持ってるじゃアないか！」

「君は人の生血を吸うような男だッ！」ジャドソンが立上りながら喘いだ。

「誰の生血を？」殺気を含んだ目でディパーが見上げた。「俺が君の生血を吸う？　どうしてそんなにぶるぶる顫えているんだ？　病気なのか？　君は故意《わざ》と俺に大きな声を出させるんだ。それ！　奥さんがこっちを向いてるじゃアないか、もし俺がチェインズ刑務所だなんて云っているのを奥さんが聞くと――」

「こっちへ来たまえ！」とジャドソンが遮った。

彼は頭の先から、足の先まで顫えている。

ディパーはくすくす笑いながら彼に従った。庭園を出て門を抜けると、外は林になっている。その林の中を通って大道に出て、凡《およ》そ五十碼《ヤード》ばかり歩くと、ジャドソンが橅《ぶな》の苗木畑の傍で立止った。傍に一本の木が倒れている。そこは低い岡の上で、麓には遥か離れて「青い鳩」と云う酒場がたった一軒あるばかり。

ジャドソンが胸の興奮を一生懸命に押さえて静かに云った。

「ここまで来たら、もう妻に解る心配はない。妻のいる近くで、昔の話はしてくれるなと約束してあったのに、君はその約束を破ってしまった。が、まア済んだ事はどうでもいい、さて、これからの問題だが、君はどこまでも俺を苦しめるだろうが、俺はただ心の平和が得たくて堪らんのだ。そこで君に相談するんだが、もう、二百磅出そう。それでどこかによそへ行ってくれたまえ。ね、是非そうしてもらいたいんだ。せめて、一年間来ないでくれるといい」

「七百五十磅くれたら承知する」

「よし」云いながら彼は鋭どい苦痛を押えるように、額に手を遣《や》った。「じゃア七百五十磅出す。しかし云っておくが、もし君が十二ケ月以内にまた遣って来たら、その時は――その時は――」

彼は云い淀んで口を閉じた。

「解ってる。解ってる。十二ケ月内には決して来ない。時に今その金が貰えるのか？」

「今は持っていない、大金だから今直ぐという訳には行かぬ。今日は月曜日だから、水曜日の晩までに用意しておこう」

「じゃア水曜の晩にまたお伺いしよう——水曜まで、君んとこに御厄介になるわけには行くまいから——」

「それア駄目だ。妻は君を嫌っているんだから、長くいればいるほど君を疑いだす。だから君はもう家に来ない方がいい。お金は直接に俺が君に渡すことにしよう。場所はここがいい、ここなら妻に解る心配もない。だから日が暮れてから、ここに来てくれたまえ。時刻は九時にしようか？」

「九時にしよう！」とディパーが云った。「水曜日の夜の九時だ、しかし約束した以上——」

「大丈夫だ。きっと金を持って来る。ここへ」とジャドソンが絶望し切った沈んだ声で云った。

二人は打連れて家に帰った。ディパーはそれから二時間後、家を出て倫敦に帰った。

嫌な客が去ると、ジャドソンは締められていた頸を放されたような気がした。彼は自分の書斎に入ると机の抽斗《ひきだし》から、一通の手紙を取出して、改めて読み直したが、それには次のような短い文句が認《したた》めてあった。

「もし貴方の方に差支えありませんでしたら、次の月曜日の七時から、八時までの間にお伺い致します」

差出人の名前は、ローランズとある。

七時から八時と云えばもう直ぐであるが、ジャドソンはその来客を待つに、最も悪い方法を執った。彼は一つの部屋に閉じ籠り、何もしないでその部屋の内をあちらこちら歩き廻った。そしていよいよローランズが来た時には、殆ど熱病の人のように焦立《いらだ》っていた。

ローランズと云うのは、ほっそりした体に薄い服を着込んで、長い頸に低いカラーを掛けた、物越の頗る柔和な、叮嚀な人であった。

ジャドソンが緑色の天鵞絨《びろうど》の幕を引いたり窓の扉を締めたりする間、来客は膝の上に両手を遣って、俯目勝《ふしめが》ちに坐って待った。

「ブランナを探し当てるまでは、私の処へは来ないという約束だったから、ブランナの居所が解ったでしょうね？」とジャドソンが口を切った。

「解りました」

「どこにいるんです？」

「ハムステッドにいます。西《ウエスト》ハムステッドに一家を持って、妻や子供達と暮しています」

「幸福に？」

「ごく幸福に暮しています。一週間に三度ずつは市部に出掛け、平常《ふだん》は温室で草花を作るのを道楽にしています。ブランナは模範的の良人《おっと》、模範的の父らしいです」

「解りました」と部屋の内を歩きながら、ジャドソンが言った。「かなり高価な報酬だとは思いますが、しかし、秘密探偵としての仕事に成功なさったのですから、私はそれで満足しました。私が紐育《ニューヨーク》の貴方の事務所をお訪ねして、ブランナの居所の捜索をお願いしてから、もう一年以上になりますね？」

「殆ど二年ですよ」

「捜索をお願いした時、本人に関する事実をあまり多く申上げることが出来なかったので、あるいは捜索が不成功に終りはしないかと、実はそれを懸念していたのです」

「それにも拘らず成功しましたよ」

「貴方は米国で判らないので、終《つい》に捜索の手を英国に伸ばしましたが、でも何分手掛りが皆無で捜索に困難な処から、一度なぞは、断念しようとしましたね。そこを、私激励もしたが、しかし貴方は倦《う》まず撓《たゆ》まずよくも捜索を続けられましたよ」

ローランズが静かに会釈した。

「そして偶然にも貴方はブランナが英国のピンリコの家に住んでいることを突き止め、直ぐ米国に帰って、私に総てを報告しました。貴方は苦心の末、終に目的の人物を探し出しその写真まで持って帰ってくれました。今でもその写真は、この抽斗の中に大切に仕舞ってあります。それで私は貴方のお仕事に対して、莫大の報酬をお払い致しました」

「今でもその点は感謝しています」

「けれども恰度《ちょうど》その頃、私は米国の仕事を片付けたいと思って忙がしく働いていました。直ぐには英国に帰れませんでした。そこで貴方に一足先に英国へ帰って頂き、彼がピンリコの部屋から引越すようなことはありはせぬか、様子を見ていて頂く事としたのです。けれども、貴方が英国に来た時には、もうブランナはピンリコの部屋から、行方不明になっていました。それを今度また貴方が探し出したのです。今度は彼も永住の地を定めたということですし、また私も近くにいるのですから、もう心配ありますまい。ローランズさん、これで貴方のお仕事はいよいよ終りました。もう彼の宛名を書いて下さりさえすれば、それでいいのです。そしたら最後の報酬として私も手形を書きましょう」

「これがブランナの宛名です」と云いながらローランズが小さな紙片を渡した。

「倫敦、西ハムステッド・ハッセル・ガードンス、二十二番、ウィリヤム・ペタゾン・ブランナ」とジャドソンが読んだ。「結構です。じゃアこの手形をお渡し致します。これでいいですか?」

「これだけ頂いたら沢山です」

「しかし随分苦心なさったでしょう。殆ど不可能と思われることをやりとげられたのですから。紐育《ニューヨーク》へはいつお帰りですか」

「直ぐ帰ります。明日、リヴァプールを出帆する船に乗るか、または五日後にサザンプトンを出る船に乗ろうかと思っています」

「私の方の用事は済んだのですから、私はいつお帰りになったっても構いませんよ」

「じゃア明日の船に乗りましょう」

「さようなら、ローランズさん！」

来客は扉《ドア》を閉めて外へ出た。一人残ったジャドソンは凡そ十分間ばかり、ただ熱病患者のように烈しい息づかいをするばかりで、身動きもせずに坐っていた。それからつかつかと部屋の隅に歩み寄り、タイプライターの覆いを取り除けて、中に一枚の紙を差し込んで椅子に腰掛けた。

彼はタイプライターで五枚も反古にして、五枚とも焼いて灰にしてしまった。更に七枚完全に叩き終って、七枚とも蠟燭の火で燃やしてしまった。

窶《やつ》れた彼の両頬に、ぽッと赤い血の気が上った。夕闇が次第に深くなっても、なかなか満足な手紙が書けず、眼は焦燥に赤く血走り、指先のみが、いたずらにわなわな顫えた。けれどもやっと満足なのが書けた。

彼はそれを封筒に入れると、護謨《ゴム》を塗った封が剝げはせぬかと、幾度も試して見て、それからタイプライターに差込んで宛名を打った。

宛名は、「倫敦、西ハムステッド・ハッセル・ガードンス、二十二番、ウィリヤム・ペタソン・ブランナ様」であった。彼はそれを自分で持って出て、丁寧に郵便函に投げ込んだ。

二

「新聞を見ますと、カヴェンディシュ劇場の昨夜《ゆうべ》の初日は大入りだったそうですねえ。貴方今夜行って見ようじゃアございませんか？」

「うん、行こう、席を買い取っときな！」

ブランナは二十も若く見える背の低い肥った、美しい妻と、愉快げに談笑している。

「じゃア、午後になって電話を掛けて、椅子を二つ予約しておきますわ」

朝食の紅茶を沸かしながら彼女がこう云った。

「うん、それがいい」

ブランナは今朝配達された一束の郵便物から一通の手紙を抜取って、封を切った。

彼は青と白とで装飾した部屋の、煖炉《ストーブ》のそばに、丈夫そうな股を拡げて立っている。彼が啣《くわ》えた煙管《パイプ》からは、火の点かぬ金色の煙草の一片が垂れ下っている。いかにも立派な戦闘者のような頑強な頤《あご》を持ち、鼻には少年時代からの傷が残り、青い電光のように光る落窪んだ両眼には鋭どさと共に、滑稽な気分も漂っている。彼はゴリラのように毛深い胸を持ち、前腕の毛は手の甲にまで生え拡がっている。

彼は第一の手紙を読み終ると、封筒に仕舞って、煖炉台《マントルピース》の上の網棚に投げ込み、第二の手紙を開くと、くすくす笑い出した。

「何を笑っていらっしゃるの？」と妻が打解けた調子で訊ねた。

「お前が服を作った仕立屋が、特別手数料の書付を寄越したよ。特別手数料だなんて滑稽だなあ！今日俺が小切手を送っておこう」それから彼は第三の手紙を開けた。

読んで行く中《うち》に、彼の太い眉がピリリと上りまた下った。彼はちらりと鋭い眼差で妻を窃見《ぬすみみ》したが、妻はあちらを向いている。そこでまたタイプライターで打ったその手紙を読み始めた。

彼は煙管が砕けるほど強く歯を喰いしばって、青い両眼を鋭く輝かした。怖ろしく難かしい表情が、彼の顔付を石のように固くした。

「何か大変な事でも書いてありますの！」と妻が優しく訊いた。

「うん――うん――えッ？　大変なこと？　うん、まア大変なことだ！　商売上の手紙は事務所宛で送ってくれると、いいのだがなア！」

「本当にそうでございますわねえ」と呟いたきりで、妻は慎しみ深く口を噤《つぐ》んだ。

ブランナは一通を読んでしまうと、最後の文句をじっと睨んだ。太い眉を顰めて紙に穴が開くほど鋭く睨んだ。二分間経った。それでも彼は身動きもしない。火の点いていない煙管を口から取っても、火を点けようとはせず、ただ握り締めているだけだった。彼は咽喉の奥の方で軽く咳払いした。それから、また繰返して始めから読み始めた。ちょっと足踏みして一吋《インチ》ばかり、前より広く股を開けて、木が生えたように衝立《つった》った。

その手紙にはこんな文句が書いてあった。

「私は自分の名を打明けることは出来ませんが、貴方の物質的援助がほしいので、この手紙を書きます。私が昔貴方と一緒に法律を犯した罪人として、同じ刑務所に繋がれていた者だと云ったら、貴方も物質的援助、即ち私に金を恵むことを、お拒みになりはしますまい。私は貴方と一緒にチェインズ刑務所に繋がれていた男です。私がどうして貴方の居所を知ったか、どうして貴方が今幸福に暮していることを知ったか、それはここでは申上げられませんから、密会の上で申上げましょう。実はこの密会を私が希望しているのです。恐らく、貴方の過去は貴方たちの社会の人も知らねば、奥さんも御存じないことでしょう。ですから、私が口を噤んでいさえすれば秘密が漏れる心配はないのです。そして、万一この秘密が漏れたら、貴方の社会的の生涯は、永久に葬られてしまうのです。ところが貴方は、大した損もしないで、易々と私に口を噤ませることが出来るのです。貴方はただ次の水曜日の晩に、テムズ河沿いのファーレニイ村まで来て下さりさえすれば、それでいいのです。貴方はその時までに出来るだけ、沢山の現金を用意して、晩の九時に間違いなく来て下さい。村から南に行くと『青い鳩』と云う一軒の酒場《バア》があります。その酒場のそばの岡を上ると、頂に樵の苗木畑があります。私はこの場所で、さっき申上げた時刻に、間違いなく貴方に面会したいのです。この手紙はお読みになると直ぐ焼き払うのが貴方のおためです」

ただそれだけで、差出人の名前もなければ住所もない。

ブランナは、タイプライターで打った一語一語を念入りに注視しながらまた繰返して、始めから読んだ。そして煙管を口から取って、歯を喰いしばって、下唇を前に突出した。それから広い肩を張って、静かに胸に息を吸い込んでまたふッと静かに吐き出した。

彼はその手紙を捻じまげて一本の太い紙撚《こより》を作ると、燐寸《マッチ》を擦って、その紙撚に火を点け、それを煙管に持って行って、火が点いて膨れ上る煙草を指で押えては、また火を点けしながら、紙撚をすっ

かり焼払ってしまった。妻は心配らしい顔付で、

「急ぐ手紙ですの？」

「うん」と三度煙を出き出した後でやっとブランナが答えた。

「なにか悪いお手紙なんですか？」

「いいえ――いいえ」彼は五分間ばかりじッと前方を見詰めて、静かに煙草を喫っていたが、やがて煙管を口から取って、「お前今夜芝居見に行くのなら、自動車に乗らないで行ってくれないか、ちょっと、俺が借りたいんだ――そうだなア、七時から九時までの間に」

「それア、貴方がお使いになっても好いわ。ですけど、カヴェンディシュ劇場にはいらっしゃらないの？」

「行くよ。早く帰れたら後から行く、第一幕は見られないが、第二幕が済むまでには行くよ」

＊　＊　＊　＊　＊　＊

ジャドソンはその晩、七時に夕飯《ゆうめし》を済ました。これがいつも彼が夕飯を取る時間だ。彼はディパーに会う約束があっても事更夕飯の時間を繰上げはしなかった。その晩は西北の風が灰色の雲を空に低く飛ばして、平常《ふだん》より早く暗くなった。

ジャドソンはいかにも美味そうに夕飯を食べた。そして礼儀正しい紳士らしく、心の動揺を少しも面《おもて》に表さなかった。召使は、順々に皿を運び去った。卓子《テーブル》の向う側には、ジャドソンの妻が坐っている。すらりとした体にサフランの色のイヴニングドレスを着た彼女は胸に鈴蘭の花を挿している。

美妙な芳烈なその花の薫が周囲《あたり》に漂う。

「御飯が済んだらお出掛けになりますの?」と暫くして妻が沈黙を破った。

「俺か?」と彼は急にさッと顔色を変えて、「どうしてそんな事を訊ねるのだ?」

「だって貴方は、始終時計ばかり見ていらっしゃるじゃありませんか」

「別に出るつもりで見ているんじゃアないよ」と云って、彼が神経質らしく、唇を曲げてちょっと笑った。

折から窓の外にさッと風が起ると共に、一と頻《しき》りぱらぱら雨の音がした。

暫く二人は無言でいた。ジャドソンは沈黙勝ち、妻もあまり口を聞かなかった。彼は常から妻の比較的無口の癖を愛していた。もし妻がお饒舌《しゃべり》だったら、とても辛抱出来ないだろう。彼は彼女のおとなしくして静かな物越や、彼の頭を愛撫する殆ど透明なほど白い美しい彼女の手が気に入っていた。苦しい時に、彼はどんなにその妻を愛しただろう。彼女は彼にとって、まるで渇いた人の唇に触れる水晶色の清水を漂《たた》えたコップのようなものだ。

忽ち彼女がまた口を開いた。

「貴方私に或る事を約束して下さいますか?」

「して上げるよ」

「もう家であの人のことは云わないで下さいな」

ジャドソンは葡萄酒の杯《グラス》を手探りながら、

「ディパーのこと?」

「はあ」

彼が不確な手付で杯を歯に触れさすと、ピカリと酒が光った。彼は杯を下に置いて、

「もうあの男は来ないだろう」

「お断りになったの？」

「うん、もう来ないはずだ。さア、二階に上ろうか？」

二人が立上ると召使が卓子を片付けた。ジャドソンは時計を見ながら、ちょっと窓際にいって見た。そして窓掛《カーテン》を払い除けるとじっと硝子《ガラス》越しに外を眺めたが、眼に付くものは、段々暮れ行く夜の闇に、キラキラ光って降る雨の線《すじ》ばかりだった。

ジャドソンは窓際を去って、ピアノを弾く妻の傍に歩み寄った。彼女は夕食後はいつもピアノを弾き、またジャドソンはそれが何より好きであった。だから彼はいつも一二時間もその傍に坐って、鍵盤《キイー》の上を易々動く彼女のしなやかな先細型《テーパーがた》の指や、蠟燭の明りに光るダイヤや、手頸に滑る金の腕環などを打眺めて暮すのが常だった。

彼女はショパンのノクターンや、シューマンの自由なファンタジアが頗る上手だった。ジャドソンは今夜もそれを聞く振りをして、いつもの場所に腰掛けたのだが、十分ばかりすると、もう他の事を考えていた。彼は幾度も時計を出して見た。

じっとしているのが苦しかった。頬骨の下に現れた赤い血の気が、次第に大きくなって顔一面に拡がると、熱い手の平にじとじと油がにじむので、ハンカチを出してはそれを拭いた。

九時に十五分前になると、彼は妻に気づかれぬように、そっと安楽椅子を立上って露台《バルコニー》に通ずる、大きい硝子の扉を開けた。

熱した彼の顔を、さッと湿った風が撫でた。外には、風に吹かれて唸る木々の声や、小止みなく降

る雨の音が満ちていた。露台の周囲を飾る黄色い薔薇の花は、風になぶられて烈しく踊っている。

ジャドソンは降る雨に頓着せず、露台に出て闇の中を捜《さぐ》るように見廻した。露台の下の花園からは、ラエンダーや、スィートウィリアムや、いろんな花の香が一緒に混って漂った。黒い闇の中に、一層黒く浮かび出した一線の線は、花園を囲む籬《いけがき》である。その籬を離れた彼の眼は、向うの岡に登る道や、その麓の酒場なぞを求めた。

岡の頂の樵の若木は、風に戦《そよ》いで、荒い夜の唄を唄っている。無論、真っ暗だから岡の頂は見えない。ただその辺と思うあたりを見入っただけだ。

段々時が経って行く。彼の鼓動は胸が痛いほど烈しくなった。嗄《しゃが》れた呟きが彼の唇を漏れた。

「もしブランナが今でも、チェインズにいた頃のような乱暴者だったら——もし彼が今でも俺の想像通りの男だったら、そうしたら——そうしたら——」

折から唐突《だしぬけ》に、ピアノの音がはたと止んだ。彼女は良人のいないことに気が付いたのだ。ジャドソンは不意に彼女に腕を握られて、吃驚《びっくり》して振向いた。

暫らく沈黙の後彼女が言った。

「貴方は何かの物音に耳を澄していらっしゃるのでしょう?」

ジャドソンは露台の手摺に凭れたまま、

「風が村の方から吹いているから、もう九時を打つお寺の鐘が聞えるだろうと思っているんだ」それから一段と声を落して「小さい枝の折れる音が聞える位だから、この嵐じゃア大きいのも折れるかも知れないよ」

彼が言葉を切って、息を殺すと、遥か遠くの時計が微かに時を報じだした。一——二——三——四その刹那、忽ちジャドソンの全身がピリリと顫え、心臓の鼓動が一時に止ったかと思うと、急に、早鐘のように烈しく轟きだした。腹の底から、「ほら！」と云う叫声が出かけたが、それは蒼白い唇でせきとめた。

「あら！　何の音でしょう？　拳銃《ピストル》の音じゃアないかしら？」妻が軟らかい声で云った。

「神経だよ」と興奮に息を詰らせながらジャドソンが呟いた。

「まア貴方はお聞きにならなかったの？　今あの向うの奥の方で大きな音がしたじゃありませんか」

「風が烈しいから、大きな木が、根元から折れたんだろう」片手で横腹を押さえて、ジャドソンが説明した。

彼は「寒いのにこんな処に立っているのは毒だから、さア内に入ろう！」と云いたかったが、自分の歯並が、ガタガタ顫え、顔が真ッ蒼になってるのを知られるのが嫌だったから黙っていた。そして鉄の手摺を握り締めながら、さながら自分が企んで、企み通りになった出来事を見るように、きっと両眼を円く見開いて、いつまでもいつまでも闇を見詰めていた。

彼が企み通りになったと思うのも無理はない。事実ディパーは弾丸《たま》に心臓を貫かれ、雨の滴る木の下に倒れているのである。そしてブランナを乗せて倫敦に帰る自動車の泣くような響きが、次第に幽《かすか》に幽になって、終いに雨の降る闇に消えてしまった。

ブランナは全速力で飛ばした。彼は第二幕が済まぬ間に、カヴェンディシュ劇場に帰りたいのだ！

敵

一

怖しい五ケ年の期限が次第に消滅してくるにつれゴールドリングの心は不安を増して、日毎に暗い影が胸を圧するのを感じた。

それと云うのは、五ケ年の長い月日を牢獄に過した彼の友マディシュが解放されるからだ。マディシュは五年の間、監獄に暗黒の夜を送り、世間から全く存在を忘れられていた。しかし彼は無実の罪だったのだ。何の罪も犯さないで、五年の苦役を忍んだのである。彼はふとした不利な誤解から社会の表面から葬られ、総《すべて》の人に見放された。しかしマディシュが無罪な事を知っている人間が、ただ一人あった。それがゴールドリングだった。彼が一口云えば、マディシュは無罪になるところだったが、それを云わなかった。法廷においてマディシュは殆ど絶望的の声を絞り、哀願するようにゴールドリングの証言を乞うた。それだのにゴールドリングは蒼白い唇を結んで頑として頭を横に振ったのであった。

マディシュは投獄された。そのマディシュが、今や監獄を出ようとしているのである。いや、もう出ているのかも知れないのである。

だからゴールドリングがこの頃悪夢のような不安を感じ、寝醒《ねざめ》悪く思うのも無理はない。なるほど、二人はあまり親密な友人ではなかった。けれども非道《ひど》い目に合わされたマディシュは決して相手を忘れはしまい。

ゴールドリングは別れる時の憎悪と怨恨に満ちた友の顔を今でもはっきり覚えている。

「マディシュは監獄を出たらきっと復讐を企てるだろう」

これはゴールドリングが百度《たび》も千度も心に呟いた言葉だ。

彼はこの胸を喰い破るような恐怖と、焦燥と、悔恨にさいなまれ、殆ど日となく夜となく、心の平和を焼きつくされ通しであった。

彼はその五年を、独身で通した。それと云うのも、彼が愛した女、この災難の源になった女が、彼のものにならなかったからである。もっとも彼女自身では、自分が災難の源になったとは、少しも知らずにいるのである。

ゴールドリングはこの悲しむべき秘密を、他人《ひと》に語って聞かせる気にもなれなかった。と云うのが、元来彼は内気な質だったからである。もっともその代り自分の気持を手帳の頁《ページ》に認《したた》めることにしていた。

そこへ急にマディシュが現れた。

ある夜、ゴールドリングが手帳を書き終って、リンネルの窓掛を揚げると、ふと窓外の路の向う側の菩提樹と電燈の中間に、一人の男が立っているのが眼に映った。ゴールドリングが咄嗟に身を退こうとしたが、何故だか足に千斤の重りが付いているようで、猛烈な勢で躍動しかけた胸の鼓動が、急に止まるように感じた。

マディシュが帰った!

マディシュが電燈の下に立ってじっと窓を見上げている。ゴールドリングは瞬間に彼を認めた。その白い、憔悴《しょうすい》した顔は、自分がかつて無実の罪に陥れた人の顔であることを認めた。彼は思わず苦痛と恐怖の呻声《うめきごえ》を唇から洩らしたが、やっとのことでブルブル顫える足を曳きずってスイッチを捻って明りを消し、疲労した体を椅子に横たえた。

マディシュが玄関から案内を乞うて、ここまで上って来はしないだろうか？　確に来るに違いない。そうしたらどうしよう？　この質問は今夜が初めてでなく、これまで度々彼の心に湧いたのであるが、いつも適当な答えを見出し得なかった。

五分間経った。十分、十五分経った。それでもまだ恐ろしい呼鈴《ベル》が鳴らぬ。彼は幾らか安堵してほッと溜息した。あるいは自分の姿が先方に見えなかったのではあるまいか？　彼はまた窓から外を覗いて見た。と、嬉しやマディシュの姿はいつの間にか消えていた。

翌日、彼は倫敦《ロンドン》を立って田舎に行った。敵が彼を追跡して来たかどうかそれは、無論解ろう由もなかった。いつも警戒していれば彼をまくことが出来るだろう。こう思いながら、彼は或る道端の家の傍《かたわら》に立止って周囲を見廻した。実際、マディシュは立派にまかれた。そして二ケ月間影も形も見せなかった。

ところが二ケ月後の或る日のことだ。その日は終日烈しい嵐が吹き暴《あ》れたが、夕方になると雲の晴間から夕日が顔を見せた。ゴールドリングが宿を出て爽快な田舎道を歩いていると、緑の野面《のづら》は雨に洗われ、木々の梢からはポツリポツリと滴が垂れる。

と、遥か後方に当って、次第に疾駆して近づく自動車の音がするので、狭い路の片方に身を除けながら振返えると灰色の長い自動車が、二人の男を乗せて泥濘《ぬかるみ》を蹴飛ばしながらやって来る。

「危いなア！」

こう心に呟きながら、ゴールドリングは運転手を見遣《や》った。次に運転手と肩を並べて坐る伴《つれ》の男に眼を移した。

それがマディシュだった。

マディシュはじっと眸《ひとみ》を据えてこっちを見ている。二人の眼と眼がカチリと出会った。

ゴールドリングはよろめきながら山櫨《やまはぜ》の籬《いけがき》に縋《すが》りついた。彼は車上の男の表情が、疑惑から次第に勝利、狂暴な勝利に変り行くのを鮮《あざやか》に見た。彼は車上のマディシュが、伴の男の手頸に触れるのを見た。が、ゴールドリングは自動車が停止するのを待たず、咄嗟に右手の半分開いた門をくぐり、羊に踏みにじられた泥濘に靴をスポスポ浸しながら、籬に添って五十碼《ヤード》ばかり走り、橅《ぶな》の木立の傍まで来て初めて後を振返った。息がはずんで、動悸が耳の中で烈しく轟いた。

マディシュは追っかけて来ない。耳を傾けると、自動車の音が次第に遠のいて行くように思われた。もっとも確かな事は解らなかったが。

彼は何故、まるで小学校の生徒のように慌てて逃げ出したのだろうか？　マディシュに殺されることを怖れたのだろうか？　そうだ、それを怖れたのだ。けれども彼はそうした不名誉な差恥心に苛《いじ》められながら再三考え直している中《うち》にいつしか他の事実に初めて気が付いた。

彼の敵は、彼を追跡して影の如く付き廻り、彼の身辺にいつも不断に復讐の剣が垂れ下っていることを知らして脅迫するのを単なる目的としているのではあるまいか？　始終彼の傍に付いていて惨酷に脅迫するのが目的ではあるまいか？　とにかく、マディシュはそれを、目的とするか、でなければ、即刻に彼を殺すかするであろう。

「とうとう俺の居所を嗅ぎつけやがった」とゴールドリングが身顫いしながら心に呟いた。「彼奴《あいつ》がこんな淋しい田舎で俺を見付けたのは、先に倫敦で見付けた時と同様、決して偶然に出会《でくわ》したのではない。確に俺を尾行しているんだ。それにしても彼奴と同乗していた男は誰だろう？」

暫くして彼が恐る恐る橅の立木から身を現すと、もう周囲《あたり》は薄暗い夕闇に包まれて、広い野原には何物かが泣くような声が満ち、一群の白嘴鴉《しろはがらす》が列を作って向うの森に急いだ。ゴールドリングは日が暮れて闇に包まれるのを怖れた。もし闇の中からマディシュが現れたら、幾ら大声で救助を求めても誰も来てくれはすまい。

ゴールドリングは大道を避け、野原の細道を廻って宿屋に急いだ。時々木蔭などに立止っては、微かな物音に耳を澄ました。

「もし彼奴が俺に付き廻る気なら、俺の方でも彼奴をまいてやる。なあに、世界は広い。一所《ひとところ》にじっとしていなくたっていい」

こう彼は決心した。

けれども考えてみるとそれは容易なことではなかった。今後の長い年月《としつき》を、呪わしい敵を避けながら暮すことのいかに困難であるかを思って彼はぞっと身顫いした。総《すべ》ての慰安を破棄し、総ての旧友と交渉を断つのは辛いことだ。隠遁的で、家庭を愛する彼の性質としては、とても忍べそうもないことだ。

この考えは、彼がその夜、宿屋に帰って、倫敦から廻送された一通の手紙を見出した時、一層強くなった。

おお、その手紙よ！　彼はその手紙の封筒を、さながら生命《いのち》あるもののように、目を見張って凝視した。彼女からの手紙だ。自分の心を汚《けが》さぬため、かつはまた、彼の愛の純潔を保たせるため、五年の昔に彼から去り往《ゆ》いた彼女の手紙である。その彼女が久しぶりに手紙を寄越したのだ。彼は急いで封を切った。

中には短かい文句で次のように認めてあった。

御覧の通り私は倫敦に帰って来ました。良人《おっと》は一年半前に死にました。久しぶりに、貴方にお目に掛りたく思いますから、私のこの処に訪ねて来て下さい。　ポーラより

この手紙を読んでも彼は別に喜悦に胸を轟かせはしなかった。彼女は自分に来てくれと云う――それは事実だ。けれども彼女は自分が犯した罪悪は少しも知らないのだ。仮令《たとい》自分が犯した罪も、元をただせば彼女故とは云いながら罪はどこまでも罪でなければならぬ。その罪は永久に二人の間を割いたのである。

彼女に会ってみようか？　彼は会うことに決めた。それに何より彼はマディシュのいる土地を遠のきたかったので、次の汽車で宿屋を立って倫敦に帰る決心をした。次の汽車は終列車だ。彼は終列車に乗込んで、倫敦に向った。

それは急行で、静かな夜を、鋭い音を立てて進んだ。ゴールドリングは一人で一つの客車を占めたので、誰にも邪魔されなかった。けれども汽車が倫敦に近づくにつれ、彼は初めて自分の粗忽に気が付いた。恐らく顔と顔を見合したマディシュは次の汽車で自分が倫敦へ帰ることを覚っただろう。そうすれば彼がその汽車を逃がすはずがない。してみると、二人は同じ汽車に乗っているかも知れないのだ。

なるほど、停車場には彼がいなかった。しかしそれだけで何で安心出来よう。快速力の自動車を持った彼は、どの停車場から乗込もうが自由自在ではないか。

汽車が倫敦の終点に着くと、電燈が闇に大きな明るい円を描き、プラットホームに行く人、帰る人の群が波打っていた。ゴールドリングは雨外套を片一方の肩に懸け、鞄を手に持つと、ひらりと外に飛び降りた。恰度《ちょうど》アスファルトの路上に貸自動車《タクシー》が止ったので、急いでその方に歩みかけて、ふと気が付くと、自分が今出た客車の次の室の扉《ドア》が開いて、一人の男が飛び降りる気配がした。

ゴールドリングはその男が何故だかマディシュのように思われて背骨が冷やりとした。そして同じ本能が、彼の頸をその方に向けさせようとした。彼は暫くその本能と戦った後、とうとうその方に向いてしまった。

彼の予感が当っていた。あまりに遅く彼の心に浮かんだ想像は確実だった。男は紛う方なきマディシュだ！

一瞬間の間、ゴールドリングは、平気を装った。見て見ぬ振りをさえ装った。が、じっと自分を見詰てる憤怒に燃えた目差《まなざし》の前に自分の眼が眩しさを感ずるのを隠すことは出来ない。怖ろしい男は、ほんの二三碼《ヤード》離れた処に立っているのだ。その男のしっかり握り締めた拳、それから五年間の屈辱と苦役とに憔衰して、落込んだ頰に深い皺が刻まれている顔などを見た彼は、思わず低い叫声を立てて後退《あとずさ》りした。途端にマディシュが一歩前に進み出た。

けれどもゴールドリングは敵が近づくを待たず、急いで貸自動車に駈寄った。

「――ホテルだ！　早く！」と運転手に小声で命じながらひらりと飛乗りピシャンと扉《ドア》を締めると、ぐったり座席に身を凭らせた。そして、烈しい情緒に喪心せんばかりに疲労しているので、静かに手を遣ってびっしょり額ににじみ出した冷汗を拭いた。

「やれやれ明日ポーラに会ったら、何もかも話してしまおう！　何もかも話してしまおう！」自動車が速かに停車場を滑り出して周囲に懐しい都会の喧騒が聞えだした時、彼がこう呟いた。

二

けれども翌朝眼が覚めた時のゴールドリングの決心は、それほど固くはなかった。昨夜の苦悶の熱も、幾分冷めたように思われた。彼は故意《わざ》と見知らぬ旅館《ホテル》の名を告げて、飛鳥のような速力で自動車を飛ばせたのであった。外を見るとマディシュの姿は見えない。多分今度は完全に彼の目から逃れ得たであろう。要するに倫敦は身を隠すに都合のいい場所である。田舎に出掛けたのは彼としては失敗であった。

とは云え、ポーラの招待を拒絶する理由は何も認められなかった。で、彼はその日の午後、ベルグラヴィアに彼女を訪れた。その途中の彼は、殆どマディシュの存在さえ忘れていた。彼は五年の長い月日の後、久しぶりで自分がそのために身も心も棄てて火のような熱情を以って愛した女に会おうとしてるのだ。よく自分に手紙を呉れた。けれども彼女の良人が死んだということを知らせたことは、別に深い意味がありそうに思われない。彼女の良人は彼女より三十も年上で、始終病身だったのだ。それはさておき、ゴールドリングは今もなお彼女を愛しているだろうか？　この問題は彼にもはっきり解らない。そんな問題を考えるべく、今の彼の頭はあまりに混乱している。

彼女はいた。女中に案内されて階段を昇る時、彼の鼓動が怪しく顫えた。扉が開いた。顔を起した彼は、微笑して迎えるポーラを見た。その瞬間に彼は、自分が相変らず心から彼女を要求していることを覚った。

「随分久《しば》らくでしたわねえ！」

云いながら彼女が両手を差出した。

彼は差出された彼女の両手をしかと握ったが、言葉は出ない。ありし昔のいろんな事、いろんな苦悶を一時に思い出して両眼に涙をうるませた。

「まア、貴方は御気分でもお悪いのじゃアなくって？」ポーラが優しく云った。「さアお掛けなさい、ゴールドリングさん、私はあれからずっと外国に行っていて、今度初めて帰って参りましたの、それでも久しぶりにお目に掛れて嬉しゅうございますわ」

ゴールドリングは彼女と並んで長椅子《ソファ》に腰を下した。女は彼が昔と変っている事に気が付いたが、彼の方は昔通りの彼女を見た。彼が昔讃美した赤味がかった金髪には、一本の白髪も混らず、淡褐色の眼差は相変らずぱっちりとして、華やかな微笑と同じ魅力が籠っている。

「ポーラさん、貴方は昔とちっとも変っていませんよ、いや、昔より却って美しい位ですよ」

するとと彼女があでやかに打笑い、

「だのに貴方は沈んでいらっしゃるのね？」

ゴールドリングは目を伏せた。彼は自分が招待に応じたことは失敗ではなかったかと思い始めた。こうなれば彼としては自分が打沈んでいる真の理由《わけ》を、どうしても告白せねばならぬ、彼女が言葉を続けた。

「私、その後の貴方の御様子を、ちっとも存じませんの。私にお手紙下さるなと云っておきましたから、それでお手紙を下さらなかったのでしょうが、私はそれをいつも感謝していました。御仕事の方は順調に旨く行きましたか？　さア、どうぞその後の様子を詳しく話して下さい」

突然《だしぬけ》に彼が息も詰るような声で、

「実に怖ろしい事件が起りましたよ」

こう云って彼は自分の声の調子が急激だったことに気が付いたように急に口を噤んだ。ポーラは眸を据えて彼を見入った。彼女は妙に緊張した不安に襲われた。相手の男が始め見た時より一層変っているように思えた。女は片唾《かたず》を飲んで次の言葉を待ったが、男はなかなか口を開かない。彼女は子供をあやすように彼の片手を握り、片手でそれを軽く叩きながら、

「さア、話して頂戴」と静かにうながした。

「実は貴女にお別れすると直ぐ大変な事が起ったのですよ」とゴールドリングが強いて自分を制しながら低い声で話しだした。「貴女は何も御存じないですが、この五年間に私は散々な目に会いました。私は今までこんな話を貴女にしようとは夢にも思いませんでした。こんな話をするために今日ここに来たのではないのです。ただ――ただ――」

ここでまた彼が云い淀んだ。

「ただ話さねばならぬような気がしてきたのでしょう？」と女が受けた。「結構です。今になって話を止めて頂いちゃア、私が困りますわ。さア、その大変な怖ろしい事件と仰有るのは何でございますの、つまり、後で考えてみるとそんなに悪い事件ではなかったのでしょう」

「始から話さないと解りません」と、ゴールドリングがちょっと躊躇してから話し始めた。「御承知の通り、私は随分熱烈に貴女を愛していました。けれども今から考えてみるとその方が貴方のためだったのかも知れませんが、貴女は私の要求を容れて下さらなかった。そして貴女は嫉妬深い男と結婚

され、私に再び会うことを禁ぜられました。もし貴女が私と密会したら、彼――即ち貴女の良人はどんな非道い手段を執るか解らなかったのです。そこで私達は最後の会合として歌劇を見物に行き、人目を忍びながら隅の席に坐りました。その時もし私がもっと慎み深かったら今から思い出しても愉快な最後の会合となったのでしょうが、私は貴女に総てを要求したため、貴女に恐怖心を起こさせ、終《つい》に貴女は良人を勧めて、翌日大陸の旅にのぼられました。それが五年昔のことです。ごく些細な出来事だったから貴女はお気付きにならなかったでしょうが、私にとって大変な事件はあの一緒に歌劇見物に行った夜から始まったのです。第一幕目が済んで幕が降りた時でした。ふと前を見ると、私たちが坐っている二つ三つ前の列に一人の男が立ってうろうろしていました。その男は後から来て、席を探していたのです。私はその男と顔を見合せました。二人は大した友人ではなかったにせよ、とにかく、知合いの仲だったのです。名はマディシュと云いました。顔を見合すと、彼の方では片手を上げて会釈しましたが、私は密会を見られた腹立たしさに、見て見ぬ振をしていました。このマディシュは、暫く観客《けんぶつ》の間に立っていましたが、やがて外に出て行きました。それから、二日経って、彼が逮捕されたのですが、いかなる犯罪の嫌疑で逮捕されたかは、この話に関係ないのですから、ここでは云いますまい。とにかく、マディシュ自身では何も知らぬと主張しましたが、出て来る証拠は皆彼のために不利でした。運命と云うものは、よく無垢の人を複雑極まりなく不幸に陥れて、悪魔の微笑を浮かべて喜ぶものですが、彼の場合が恰度それでした。彼はただ犯罪のあった時刻に現場にいなかったという証拠を示すより他に、どうすることも出来なかったのです。詳しい話は止しますが、マディシュは犯罪の時刻に現場にいなかったということ、即ち反証《アリバイ》を示すことが出来ない以上、監獄に投ぜられるより他ない羽目になったのです。そして彼が反証を示すには、ただある時刻に私と歌劇場で会ったということを云いさえすればいいのです。そして私が一口彼の陳述に間違いがないということを誓言さえすればよかったのです」

暫く沈黙が続いた。彼は質問を待受けるようにそっとポーラに眼をくれた。ポーラは当惑したように眉を顰《ひそ》めて、彼が握っていた自分の手を引いた。彼はそれに気が付いたので、ぽッと顔を赧《あか》らめた。

「そこでマディシュが私の誓言を求めたのです」皺嗄声《しゃがれごえ》になりかけたので彼は軽く咳払した。

「裁判所から召喚状を受取った私は彼のために誓言しなくてはならなくなりました。ところがです。ポーラさん、ここをよく考えて下さいよ。私の念頭には貴女以外のものは何もなかったのです。貴女の名誉、貴女の名前の外は何も考えませんでした。その心持ちは貴女にもお解りだろうと思います」

するとポーラが鋭く興奮した声で、

「あア、そうですか。マディシュがあの時刻に劇場にいたということを、貴方に誓言してくれと頼んだのですね？」

「そうですよ」

「それで――それで――まア！」

驚愕して彼女が後ろに倒れかかった。

「私はその夜、劇場に行かなかったと云ってしまいました」皺嗄れた声で云ってゴールドリングが顔を火照《ほて》らした。

緊張した沈黙が続いた。ゴールドリングは暫く頭を垂れ、両手を力一杯握締めて、足元の絨毯《じゅうたん》を見詰めていたが、やがてまた話しだした。

「私は始めには一人で歌劇を見物に行ったと云おうかと思いました。けれどもよく考えてみますと、大切な場合ですから、私が見物に行ったとなると、詳しく調査して確かな処を突止めるに相違ない。それにしても、もしマディシュが婦人と私が一緒にいたと云わなかったら、何とかそこは瞞《ごま》かせたでしょう。私が見物に行ったと云えば、どうしても貴女の名を隠すことは出来ないのです。そうなれば貴女も証人として法廷に召喚されるに決っている。そうなると貴女の良人がどう思うでしょう。私はその辺の事を瞬間に考えたものですから、どうしても劇場に行かなかったと云うより他なかったのです。そこで私が偽りの誓いをしたのです。即ち偽誓を犯したのです。そしてマディシュをチェンロク監獄に送ったのです」

「まア！」と唇まで蒼くしてポーラが喘いだ。

ゴールドリングは今までと同じ死人のような皺嗄声で続けた。

「けれども無論、私が劇場に行かなかったと云っただけでは信用してくれません。ではその夜どこで何をしていたと訊ねました。ところが幸いな事には、私はいつも貴方との関係を誰に対しても秘密にしていましたので、その夜劇場に行くということを誰にも口外していなかったのです。当時の私は、今と同様、独身生活をしていましたので、夕方になるといつも大抵ハイド公園《パーク》に行って腰掛《ベンチ》で本を読みながら奏楽を聴いていました。それで、私は、その夜は奏楽を聴いた後で街をぶらぶら散歩したが誰にも知人に会わなかったと答えてやりました」

ポーラは長椅子から立上って、息が詰りかけた人のように、両手を咽喉《のど》に当てて喘いだ。

「まア、怖い！　新聞でなりとその事件の事を知ったら私、直ぐにも帰る処でしたが、旅行に出た当時、英国の新聞を見なかったのでちっとも知りませんでしたわ。そして――そして――その人は監獄に入ったのですか？」彼女が両眼を見開いてゴールドリングを見た。

「五年の刑を宣告されました」

ポーラは片方の椅子に身を沈ませて死人のように顔色を変えた。

「その人を監獄にお入れになったの？　まア、非道い！」

「しかし、ポーラさん、私は自分のために彼を監獄に入れたのじゃアありませんよ。私の身にもなってみて下さい。友を監獄に入れるなんて怖ろしい事が、そう易々と出来るものではありません。私は自分でも死ぬるほどの苦痛を経験しました。今でもその苦痛を経験しています」

彼はポーラの憐れみと同情を求めるように茫然と眼を見張って彼女を見たが、犠牲者マディシュにのみ烈しい同情を寄せてゴールドリングの事を考えていない彼女の顔には、ただ恐怖の表情が表われているばかりだった。

そこに長い深い沈黙が続いた。暫くしてポーラが沈黙を破って、

「でその人はまだ監獄にいるのですか？」と低い声で訊いた。

「二ケ月ばかり前に出ました」

「お会いになって？」

「はあ」

「では話をなさいました？」

「いいえ、話なんかは出来ますまい。きっと私を殺すだろうと思っています」

「殺す？」

「ええ、もし私が彼だったとしても相手の男を殺すでしょう。私は彼が監獄に入れられた時から、出たら私の生命を狙うだろうと思っていました。私はこの恐怖と、腸《はらわた》を千切るような良心の苛責で、

五年の間毎日責められ通しでした。彼が法廷を去る時に与えた一瞥は、今でも忘れられません。きっと復讐をするでしょう。また復讐する気になるのが当り前でしょう」

「まア、可哀そうに！　お気の毒なことですねえ！　何とかして上げることは出来ないでしょうか？　このまま放っておく訳には参りません」

「マディシュは決心しただけの事は自分でやるでしょう」と絶望的に眉を顰めてゴールドリングが云った。「私は一日たりとも彼の事を忘れたことはありません。彼は監獄を出ると直ぐ私を探したものと見えて、私はその時久しぶりに彼の姿を見ました。街の向う側に立って、私の家の窓を見ていましたよ」

ポーラは片手で自分の額を押さえながら、

「それで貴方はどうなさいました？」

「私？　私は逃げましたよ」と云ってゴールドリングが奇怪な声を立ててカラカラ笑った。「田舎に逃げて行きました。田舎に行った当分二三週間ぐらいは、彼の目から離れたように思っていましたが、それは考え違いで、間もなく或る日彼が伴の男と二人で自動車に乗っている処を見ました。恰度その夜のことですよ、貴女の手紙を受取ったのは。それで取る物も取りあえず、直ぐその夜の汽車で倫敦に引返したのでしたが、それをマディシュが覚ったと見えて、倫敦の停車場に降りると、彼も同じ汽車から降りて来ました。そこで大急ぎで自動車に飛乗って逃げたのですが、当分、彼はまた私を探し出すでしょう。私の考えでは、どうも彼はただ私に付き廻って、不断に脅迫しようとしているらしいです。ですから、彼から、逃れることはとても出来ません。あるいはそんな話をしているここにでも――」

急に彼が言葉を切って立上り、つかつか窓際に歩み寄って、三秒ばかり外を眺めていたが、両眼を見開いて振返り、

「この下に立っています」と喘いだ。

「えッ！　じゃア私たち二人でその人に会いましょう！　直ぐお呼びなさい！」

「駄目です！」

「いや、会いましょう！」

「駄目ですよ、ポーラさん！」

「駄目じゃアございません、一時も早く会った方がお互いのためですわ。このまま棄て置くことが出来るものですか。会って何とか話を付けましょう」

「話をつける？」と絶望の身振りをしながらゴールドリングが繰返した。「事実が解ったら、私がまた偽誓の罪にとわれるということが、お解りになりませんか？　貴女は私が罪にとわれる事を何ともお思いになりませんか？」

「まア、そう気を悪くなさらないで下さい。けれども何とか方法を講じなくちゃアならないということ位貴方も考えていらっしゃるでしょう。マディシュと云う人は貴方を探し当て貴方に付きまとって、貴方を脅しているのですから、このまま棄て置かず何とかしなくちゃアなりませんわ」

それからポーラは彼が止ようとするのを振切って窓を覗き、

「もう帰ったようですわ。下を通っている人はあっても、こっちを見ている人はありませんよ」

「私が出るのを待っているんですよ」と、重苦しい声でゴールドリングが云った。

「あるいはそうかも知れませんねえ。そうとすれば、いよいよ棄て置かれないわけです」

「じゃア、どうしようと仰有るのです？」

「第一にその人の住所《すみか》を知らなければなりません。直接にか、間接にか、とにかく彼に私たちの意嚮《いこう》を通じる必要がありますから、彼の住所は調べておかなくちゃアなりません。監獄へ訊ねたら彼の住所が解るでしょう。ですからチェンロク監獄へ手紙を出して――いや、もっと手取り早い方法がありますわ。警視庁の捜索課に訊ねたら一層よく解るでしょうから、私がこれから直ぐ電話を掛けてみましょう」

「相当の手続を踏まずに唐突《だしぬけ》に電話を掛けたりして、何で教えてくれるものですか？」

「いや、大丈夫ですわ。捜索課に知人がいますから」

部屋の隅の廻転書架の上には電話器が置いてある。ポーラがその受話器を取るとゴールドリングが慌てた声で、

「電話なんかで、無暗なことを云うのは止して下さいよ」

「まア、黙って私のすることを見ていて下さい」と優しく答えて彼女は電話に向い、

「もしもし、警視庁につないで下さい」それから暫くして、「警視庁ですね、捜索課のニューサムさんを呼んで下さいませんか」それからまた暫くして、「貴方ニューサムさん？　私ねえ、チェンロク監獄を最近に出た囚人の住所が知りたいのですが、差支えなかったら、教えて下さいませんか？　はあ待っています」また長い沈黙。「はあ、そうです。囚人の名はマディシュですよ。はあ。そう、マディシュです。監獄は最近に放免されたんですよ。え？　よく聞えませんからもう一度云って下さい。はあ、はあ。解りました。どうも有難う。どうも有難う……」ポーラが受話器を置くと、

「どうでした？」と彼が渋い声で訊いた。

「その人はチャールス・ゼフスン・マディシュと云う名でしょう？」

「ええ、そうです」

「チャールス・ゼフスン・マディシュは放免される三日前に、監獄内で死んだそうですよ？」

ゴールドリングは、指先を曲げ、両手を高く宙に拡げて、ウンとも云わず、黙ったまま、ばったり絨毯の上に倒れ掛かった。

＊　＊　＊

ハーリー街なるリーソン博士が書いた、「脳裡の幻影」という論文の中には次のような文句があった。

「……大脳の働きに故障が出来た場合、錯覚を起こすというも一つの例として、私は自分で親しく診察したCと云う患者を揚げることが出来る。彼は発病後、間もなく死んでしまったのであるが、私は立会医師として、彼の日記のある部分を読み彼をよく知る一人の婦人の話を聞くを得た。それによれば、彼は最近に死んだ知人が、街に立って自分の家の窓を眺めているのを二度見、プラットホームで一度見、自動車に乗っている処を一度見たそうである。しかもこの劇的事件の最も興味ある点は、Cがその知人の死んだことを少しも知らずにいた事である。

我々は影である。我々が追うものも影である」

パイプ

一

午後七時、レストローワは自分の部屋に帰ると、まるで背骨でも折れたように、ドカリと椅子に腰かけて、

「ああ、もう骨牌《カルタ》には凝り凝りした。本当に凝り凝りした」と嘆息した。「俺は垢取《ごみとり》人夫にも劣っている。あんな骨牌なんぞ、星雲《ネバユラ》ほどの値打もなければ関係もないことだ。ああ、こんなにお金を取られちゃア、夜もろくろく寝られアしない。それに今夜は先日の週末休日《ウイークエンド》にワイルドリー卿方で取られたより二倍も小切手を書かされたのだから、これではもっと骨牌に上手になるか、でなければ――おや、誰がこんなに取り散らしたんだろう?」

彼の前に卓子《テーブル》があるのだが、その卓子の両側の四つずつの抽斗《ひきだし》が皆開いている。一番下の抽斗は床の上に抽き抜いてある。

「ボールズ!」

召使の名を呼びながらレストローワが呼鈴《ベル》の方に手を伸ばしかけると、どこからともなく静かな声がして、

「呼鈴を押すのは止したまえ。押したって召使はいやアしないよ」と云う。

レストローワがハッとして顔を起こすと、つい卓子の向う三碼《ヤード》の処に拳銃《ピストル》の砲口《つつぐち》が自分の眼と眼の

間を狙っている。顔の上半分を黒キャラコで覆い、その二つの割目《さけめ》から眼のみを光らした男が、曲げた左手の上から拳銃を覗かしている。

四秒の沈黙の後に、レストローワがまた息をしだした。そして機械的に後ろの扉《ドア》の方を振向くと、そこにも第二の男が覆面をして立っているが、拳銃は持っていない。

「何者だ！　君達は？」レストローワが云った。

「そう訊ねるのももっともだ」と拳銃を持った男が云った。

二人の怪漢の中で主に口を開くのはこの男である。

「それに貴様の口の利き方が落着いているのも、却って双方のために好いと云うものだ。貴様の方が少しでも慌てたら、こっちも初めから嚇《おど》してかからなくちゃアならんからな。しかし、とにかく、生命《いのち》が危いかも知れんということは、貴様も気が附いていようね？」

レストローワは頷きながら、

「知れんとはまだ助かる望みがある証拠だな。時にお前たちが顔を隠しているのは、俺が知った顔だからそれで隠しているのか？」

「貴様はまだ俺たちの顔は生れて以来一度も見たことがないのだ。しかし、俺たちは質問されに来たのじゃアない。こっちから質問するために来たのだ。どうだ、貴様は先週の週末休日にケントのワイルドリー卿の家に行ったろう？」

「行った」

「そして土曜日の晩にも日曜日の晩にも骨牌をして、いつもの腕の冴えを見せたが――」

「いや、実に拙い勝負だった」

「腕の冴えを見せたが貴様の運の悪かったために、相手の――」

「相手のハウスマンはまるで達人のように骨牌を切った。外交官のような凄味を見せた」

「そして勝負に夢中になったあまり、貴様は思い掛けぬ損をした。その時貴様が取られた金高を云ってみようか」

「止してくれ、耳が痛い」

「貴様は土曜日の午後、ワイルドリー卿のレドバインス荘へ行く時には、召使のボールズに自動車を運転さした。そしてボールズだけは午後五時頃別荘につくと、自動車と共に近くの『双子海老《ふたごえび》』と云う宿屋に泊った」

「全くその通り」頷きながらレストローワは両足の踵を卓子の上に載せた。

「次に日曜日の夜のことを話そう。日曜日の夜は少し早目に骨牌を止めた。十一時頃だったろう。そして婦人たちは直ぐ各自《てんで》の部屋に帰ったが、後に残ったのは――後に残った者の名を貴様の口から聞こう」

「そんな事を聞かせる必要はないじゃアないか！」

「正直に云ってしまえ」

「しかし何故そんな事を訊くのだ？」

「俺の聞いた事に返事をしろッ！」

レストローワはちょっと考えたのち、

「残った者？　残った者は小説を読んでいたドレーパーと、暗号を考えていたハウスマンと――この男は訳の解らぬ言葉の暗号を雑誌などに出して金を取っている――それからピアノを弾いていたシーヴスキングと――この男のピアノがやかましいので暗号に頭を撚《ひね》っているハウスマンが始終顰面《しかめつら》でその方を睨んでいた――それから最後にゴールドリングが子供のブラウンを摑まえて、次の世界大戦争は降誕祭《クリスマス》の五週間前に始まるだの、文明は復活祭の直ぐ後で爆発するだのと出鱈目を吹いていた。広間に残った者はそれだけだ」

「貴様自身の名を脱かしたね」

「なあに、俺が寝室に帰った時に、これだけ残っていたと云うのだ」

「そうだ、一番に広間を出たのは貴様だろうが、しかし貴様は寝室に帰っても寝ようとはしないで、一時間もぶらぶら部屋の内を歩いていた。骨牌に負けて気が焦立っていたからだ。

ところがそう見えて実はそうでなかったのだ。

そして二時が打って皆んなが寝静まると、貴様はそッと寝室を抜け出して露台《バルコニー》に出た」

レストローワは相手が詳しく知っているのに驚いたように眉を上げて、

「新鮮な朝の空気を吸うために露台に出たのに差支えないではないか？」

「その露台は三つの他の部屋に続いているが、貴様はその一番端のワイルドリー夫人の化粧部屋の前まで歩いて行った。そしてそこに楡《にれ》の木の枝が覗いているために貴様の姿が二三分間見えなかったが、再び姿を見せると自分の部屋に帰って朝までそこから外に出なかった」

覆面の男は劇的な小説の第一章を読み終ったように唇を閉じた。

「面白くもない話だ」とレストローワが云った。「巻煙草に火を点けても可《い》いかい？」

「ちょっとでも手を動かしたらその場で射殺《うちころ》すぞッ！　そんな生意気を云うのは貴様のためにならんぞ！　面白くない話でも俺の観察がどれほど正しいかと云うことを知らせるために聞かしているのだ。

この話の後にどんな事が控えているか解る、貴様にも解るだろう」

「解った解った！　お前たちが云おうとしていた事が今初めて解った」レストローワが云った。「今日の夕刊を見ていたらワイルドリー夫人の部屋に何者か忍び込んでダイアの垂飾《ペンダント》を盗んだと書いてあったから、多分その事を云うのだろう？　どうだ、こう云ったらお気に召すか？」

「まア勘弁してやる。そして？」

「そしてとは」

「そしてそれをどう貴様が説明するかと云うのだ？」

「それってダイアの事かい？　なあにあのダイアはさすが泥棒が欲しがるだけあって立派なものさ。ローズ型に刻んだ真ん中に青い光のある石だが、夫人のこのダイアの使い方は一風変っていて、飾りを付けずにただ爪に握らして細い白金《プラチナ》の鎖の先にぶらさげておくだけだった」

「また白ばくれだしたな。気を付けろッ！」

レストローワはじっと相手の顔に眼を据えて、

「ははあ、お前はあの宝石を俺が盗んだように思っているのだな？」と静に云った。

「知れたことよ」

「なるほどあの夜の俺の行動と云い、それからまた骨牌で負けたことと云い――」

「骨牌で取られた金は貴様の負債のほんの一部に過ぎないのだ」

「そうだ。実際そうに違いない。それで何もかも分った。お前たち二人は宝石泥棒で、多分大きい団体の一部だろう。そして宝石の行方を探すのがお前たちの仕事で、いつも蜘蛛のような網を拡げては宝石を摑むのだろう。そして手落ちのない準備をして今にもあの宝石を摑もうとした時、不意に他から盗まれたので面喰っているんだろう。一体どうして俺の留守に部屋を掻き散らしたのか不思議に思っていたが、その理由《わけ》も解った。お前たちはダイアを取りに来たんだね。ところがお生憎《あいにく》さま、盗んだのは俺じゃアない。俺はあのダイアの盗難については何も知らないのだ」

「嘘を吐《つ》けッ！」

「嘘じゃアないよ！」

「今よく部屋を捜索しても、ダイアは出て来なかった。それからあの夜以来の貴様の行動はちゃんと調べてあるが別にダイアを売払った様子も見えない。だからあのダイアは今貴様が身につけてあるに違いない」

「否——」

「どこまでも否《ノー》と云うか？」

レストローワは「うん」と云いかけたが相手の顔を見ると、その眼の光の中に、いつでも拳銃を発《はな》ちそうな景色が見えたので黙ってしまった。

「よく考えてみろ。考える時間だけ待っている。十分間待ってやろう。もう十分間経ってダイアを出さなかったら、ズドンとお前の頭を射ち貫《ぬ》いてやる」

「そうだろう。まかり間違えばお前が拳銃を射つだろうということは俺も知っているよ」

そう云いながら彼は卓子に載せた足を卸した。

二

どうしたものだろう？　レストローワは椅子に凭れて両眼を閉じた。我れながら自分の冷静なのにちょっと驚いたが、いつまでも驚いてはいられない。彼は白熱的の精神を集中せねばならぬ。彼はどうしても前途に死のある一本道を進まねばならぬ羽目になった。死ねばそれまでだ。だから少しでもその道を外《そ》れ得る隙があったら、その隙を逃してはならぬ。慌てて事を仕損じて、まだ数十年の余命ある生命《いのち》を失ってはならぬ。

しかもこのままでは生命を失うより他ないのだ。十分間の余命《いのち》！　僅か十分間前の彼はまだピカデイリーの倶楽部《クラブ》で骨牌を切っていた。そして買物なぞする人達にまじって、夕日を浴びながら、健康な足取りで家に帰った。それらの人達の声や跫音《あしおと》、それから愉快な自動車の唸りは、今でも窓から響いて来る。だのに十分間後、一発の弾丸《たま》が頭脳を貫くと同時に、彼の生命が蠟燭の火のように吹き消されるのか！

レストローワはこれらの事実をまざまざと意識した。万が一にも怪漢が拳銃を使わないかも知れないなぞと虫の好いことは決して考えなかった。じっと見詰めたその両眼、落着き払ったその声は、彼等が唯者でない事を語っている。レストローワは全くの絶望と直面した。

彼は心に思った。もし今あのダイアを渡すなら自分は生きた人としてこの部屋を出ることが出来るだろう。けれども自分は持っていもせねば、盗んだ覚えもないのだ。だからただ一つの方法は、どこからかそのダイアを探し出してやることだが、それには時間を要する。容易な仕事でない。明敏な探偵にして初めて出来る仕事だが、それでも直ぐには探せない。十日、あるいは十週間を要するだろう。だのに自分には十分間の命しかない――その十分間も今では欠けている。彼等は狙っていた宝石を先に盗まれて口惜しがっているのであろう。彼等としては口惜しがるのも無理はない。けれども自分が盗まなかったとしても、誰か盗んだ者はあるに違いない。ではあの夜ワイルドリー卿邸に集った者の中で誰が盗んだのだろう――ああ、そうそう！　あれを忘れていた！

ふとレストローワは或る事を思い出した。そしてその或る事に全身の注意と思考力を集中した。

「後五分！」気味悪い声が部屋に響いた。

けれどもレストローワはその声を聞かなかった。もうその時には彼の頭脳《あたま》が最も激しい骨牌の勝負の際にも経験しなかったほどの速度をもって活動していたのだ。

「三分！」

レストローワの唇がちょっと動いたが、まだ物は云わないで考えていた。

「二分！」

「よしよし」とレストローワが呟いた。「ダイアのありかをお知らせしよう」

「一分！」

「まア、そう騒がないでいたまえ」と静かに彼が云った。「ダイアは君に差し上げよう。ダイアを持っている人は知っているから、その人から受け取って上げよう」

「馬鹿！　それで俺たちを追い返そうとするのか？」

「追い返しはしない。ダイアは君達がこの部屋を出る前に差し上げよう。それなら満足だろう？　射つなら射っても可いが、まずそれより前に、俺の話を聞いてもらいたいのだ」

二人が素早く眼と眼を見交した。

「盗みもしないものを盗んだと云って俺を殺そうなんて、それア君たちの方が無理と云うものだ。それほど俺の動作を知っているくらいなら、多分君たちの仲間の者があの夜、庭から様子を窺っていたのだろうが、その男が見失った出来事がただ一つある。それは俺が露台《バルコニー》を歩いていたら、恰度《ちょうど》ワイルドリー夫人の衣裳部屋の前で、或る物に躓《つまず》いたことだ。或る物と云って他でもない。荊棘《ブライヤ》製の煙管《パイプ》だ。拾ってみると雁頸にまだ微《かす》に温味《あたたかみ》が残っていた。ほら、この卓子の上にある煙管だよ。ちょっと調べさしてもらうよ」

そう云いながらレストローワが手を伸したが、その動作には一糸も取り乱さぬ確かさがあった。

「お前たちはこの煙管を俺の物と思うかも知れないが、それは違う。俺は巻煙草は喫うが、煙管の方は幾ら稽古をしてみても喫う気になれない。それが嘘と思うなら、煙管や刻煙草《きざみたばこ》が出てくるかどうかこの部屋を探してみるが可い。俺のポケットでも探してみるが可い。しかし今更探さんでも、もう探して解ってることと思う。さて、俺はあの露台の上でこの煙管を拾うと、翌朝になって所有者に返すつもりでポケットに入れ、そのままつい忘れて、その後ずっとこの卓子の上に置いといた。この煙管を落した者がある以上、ワイルドリー夫人の部屋の前に行ったのは俺一人じゃない。誰か俺より少し前に行った者があるに違いない。では誰だろう？　何とかしてその人を探し出さなくてはならぬ。ダイアは夫人のものでも、俺の生命は俺のものだからね。問題はただ『この煙管の持主は誰だろう？』という一事だ。俺はお前たちが待っている中にその持主を探しダイアを取戻して見せる。もし俺が誤魔化していると思うなら、いつでも拳銃の引金を引くがよかろう。しかし云っておくが俺はダイアを持ってはいないのだから、俺を殺したってただお前たちが不快を感ずるだけだよ。さて、さっき話した通り、俺が広間を出た時にはまだそこで小説を読んでいたドレーパーと、暗号を考えていたハウスマンと、ピアノを弾いていたシーヴスキングと、政治を論じていたゴールドリングとブラウンがいたが、このブラウンは巻煙草しか喫わないからまず第一に除外しなければならん。残る四人は、俺の知る限り、皆んな煙管の喫煙者だ。ではこの煙管は四人の中の誰の物だろう？　それはこの煙管を調べてみれば大抵見当がつく」

三

レストローワは真実《ほんとう》のと云うよりは、殆ど故意《わざ》とらしい落着《おちつき》を見せて椅子を引きよせ、前跼《まえこご》みになって煙管を調べ始めた。彼は自分の生命が間一髪に繋がっていることはよく知っていた。彼は何物にも優る絶好の手掛品《てがかりひん》を持っているのだから、もし充分時間があり、相手を感心させるだけの説明が出来れば、そこに逃げ道は自然に開けると云うものだ。もし彼が落着いた態度を示して、ダイアを所持していないという信念を彼等に抱かせるなら、そこに一縷の望みが出来るというものだ。彼等は説明を聞いてくれるだろう。彼等は少くもダイアのありかを説明するだけの時間は待ってくれるだろう。総《すべ》ての希望はその時間に掛っている。

レストローワはちょっとでも慌てたらもう自分の生命はないのだと考えた。いつ頭の脳天へ弾丸が舞い込むかも知れないと思うと、ヒヤリと痛むような気がした。

彼は落着き払って言葉を続けた。

「さて残りの四人の中で、これがシーヴスキングの物でないことは直ぐ解る。何故と云って、これは随分長い間使ったか、それとも乱暴に使ったものらしいが、シーヴスキングはそれほどの煙草好きでもなければ体力もないから、そんな強い煙草は喫わない。強いやつを喫うと気分が悪くなるのだ。だから四人の中からシーヴスキングの名は消さなくてはならん。残るはハウスマンと、ドレーパーと、ゴールドリングだ。こうして段々範囲を狭めて行くと」

レストローワは、次第に気が安らかになるのを感じた。次第に脳天のヒヤリとした痛みが消えてきた。

「次にはドレーパーの名を消そう」と暫くして彼が続けた。「御覧の通り、ほら、吸口の処がこんなに噛み減されているだろう。これはこの煙管の持主が強い頭を持っていると同時に、丈夫な歯を持っている証拠だ。ところがドレーパーは入歯をしている。あの男が笑う時に見れば入歯だことは直ぐ解る。入歯をはめた男は吸口を強く噛まないからこんなに傷が付くはずがない。噛もうと思っても、それだけの力がないから、噛めないのだ」

そしてレストローワは言葉が反響するように微かに心の中で、「噛めないのだ」と繰返した。

彼はまだ生きていた。彼の落ちついた態度と、その説明は、恐らく彼を絶望の淵から救い出すかも知れない。彼は戸口に立っていた第二の男が今までより奥へ入って、面白そうに彼の説明を聞いているのを知った。

「残るはハウスマンとゴールドリングだ」とレストローワが煙管をいじりながら推理の糸を手《た》ぐった。「二人の中のどっちかがこの忌わしい煙管の所有者に違いない。どっちだろう？　二人とも強い頭と丈夫な歯を持っている。これは贅沢な煙管だ。仏蘭西《フランス》産の上等の荆棘《ブライア》の根で作った煙管だ。しかし二人とも贅沢な煙管を買える身分だから、この理窟は何の足しにもならぬ」

こう云って彼はちょっと言葉を切ったが、慌てた風は少しも見せず、相変らず悠々と指先で煙管をいじっている。

忽ち彼がまた言葉を続けた。

「けれどもなお詳しく調べてみると、最後の持主が解る。この煙管の持主は、これが最上等の煙管であるに拘らず、随分不注意に乱暴に使っている。雁頸の中にヤニがたまっているばかりではない。雁頸の端の前の方が焼けている。だからきっとこれは掃除するためにアルコールですいで火を点けたのだ。本当に煙管を大切にする人だったらアルコールで焼いたりなんぞしないから、この煙管の所有者はずぼらだことが解る。これアきっとメチールアルコールを付けたのだ。まだ匂いが残っている。さて、二人の中でゴールドリングはこんな高価な煙管を乱暴に取扱うような男ではない。彼は厳格と云うよりもむしろ気難かしい男だ。気難かしいのが彼の美点——と云うより——弱点だ。ところが彼に比べるとハウスマンの方は全然反対の性格の所有者で、その習慣にもボヘミアンらしい処がある。だからこの煙管がゴールドリングの物でないことは明《あきらか》だ。こうして一人ずつ除外してくると、この煙管がハウスマンの物だことが解る。だからあの夜、露台をうろついたのは、あのハウスマンに違いない。彼の経済状態が他の一同に比較してさほどでないこと、彼の仕事が骨が折れ、そして責任が重いことなぞ考えてみてもこの推定に間違いないことが解る」

四

レストローワは話を止めて相変らず眼を伏せたまま煙管の軸をいじっている。

暫くすると彼の後ろに今まで黙って立っていた方の男が口を開いて、

「ワイルドリー卿の煙管かも知れないよ」と云った。

「いや、ワイルドリー卿は葉巻《シガー》しか喫わない——一本三志《シリング》もするような」

「召使の煙管かも知れない」

「いや、召使は他の部屋にいた上に、主婦の宝石を盗むために煙管なんか喫いながらやって来はしない。この窃盗は前々から計画したものでなくて、咄嗟に思い付いたものらしい。煙草を喫っていた者がふとした出来心からさそわれてやったものらしい」

長い沈黙が続いた。レストローワは顔を起さなかった。彼は自分の運命を決するために二人が捜《さぐ》るような眼と眼を見交していることを知っていた。

「もし彼等が少しでも自分がダイアを持っているかも知れないと疑ったら、彼等は直ぐその機会を摑むだろう」こう彼は心に呟いた。

暫くすると今までいつも饒舌《しゃべ》った方の男が不満らしい声で、

「貴様の云う事はちっとも珍しくないじゃアないか。またもしハウスマンが垂飾を持っているとしても、貴様がそれを自由にすることは出来まい？」

「それはたやすいことだ。彼だって自分の身が危いと知れば、直ぐに手離すにきまっている」

「それにしても時間がかかるだろう」

「直ぐだよ。俺がこれから手紙を書いてやろう」

「手紙！」

「ウン、お前たちのためにもなれば、俺のためにもなり、誰も迷惑をする者がないような手紙を書くのだ。ここにいる一人がその手紙を持って行けば可いだろう。ハウスマンの家はチャーリング・クロス街だから五分間しかかからない。だから十分間たてばダイアが戻って来るのだ。どら、これからお前たちが見ている前で手紙を書こう」

レストローワは卓子の上の皮のケースから一枚の書翰紙を抜き取ると、時々ペンを止めては考え考えして、文句を認《したた》めした。認め終るとそれを示しながら、

「こう書いておけば大丈夫だ」と静に云った。

「こう書いておけばきっと怖がるに違いない。あの男だって一時の出来心から盗んだのだから、これを見ると毒蛇を手離すようにダイアを手離すに違いない」

手紙にはこう書いてあった。

Please give—asking no questions to the bearer
of this letter, who was sent to you by Edward
Lestroua (acting for the owner), the trinket

in which you should an unfortunate interest. No charge involving grave unpleasantness will follow on effectual and instant restoration.

（どうか何事もお尋ねにならないで、エドワード・レストローワ（ワイルドリー夫人代理）の使者たるこの手紙の持参者に、貴方が不幸な興味を持たれた飾物をお渡し下さい。すぐにお渡し下さるなら決して貴方のために不愉快な結果にはなりません）

二人が手紙の文句を読み終ると、恰度その時封筒の宛名を書き終ったレストローワが顔を起して、

「その手紙をハウスマンに持って行ったら、お前のダイア――いやワイルドリー夫人のダイアが直ぐ戻ってくるよ」

と云ったが、この軽い冗談も却って彼の確信ある態度に重みを与えた。

二人の男は一歩か二歩近づいて互に何事か囁いた。拳銃を持った男はその暇にもレストローワから眼を離さなかった。この時にはレストローワはもう巻煙草を吹かしていた。拳銃を持った男が例の威嚇するような調子で、

「確だろうね？」と訊いた。

「絶対に確だ」

「よし。しかし云っておくが、俺は目的物を手に入れるまで、この部屋を出はしないよ」

「必ずダイアを持って帰らしてやる」

拳銃を持った男は伴《つれ》の男に何やら囁きながら手紙を渡した。手紙を受け取った男は直ぐ部屋を出た。

レストローワは巻煙草の入った函を指差しながら、

「喫いたまえ」と云った。

侵入者は一本取って左の手で火を点けた。そして卓子の前に椅子を引き寄せてレストローワに向合《むかいあ》って坐ると、両脚を組み合した。彼は相変らず拳銃を向けたまま息苦しい懐疑に満ちた沈黙を守っている。

「おい、そんな物ア引っ込めたまえ。弾丸の入った拳銃なんてあまり気味の好いもんじゃアないぜ」

快活にレストローワが云った。

返事はない。

「とにかくあの煙管を拾った俺は運が好かった。しかも持主に返すのを忘れて、ちゃんとこの卓子の上に置いとくなんて」

「運が好いやら悪いやら、まだ解るもんか」

「いや、好かった」

「もう十五分経ったよ」

「まだまだ」

「だって貴様は十分と云ったじゃアないか？」

「約《およ》そだ。それに車や人で街が雑沓していることを考えなくてはならん」

五

　また暫くの沈黙が続いた。レストローワが二本目の巻煙草に火をつけた。先ほどから微かな不安を示していた侵入者は、段々いらいらしてきた。やがて彼はきっと椅子から立上って、

「やア！　待たせるにもほどがある！」

　すると間髪を入れず、レストローワが落着き払った声で、

「ようし！　じゃ約束通りダイアを出してやろう。それここにある！」

　そう云いながら彼は片手で煙管を取り、片手で卓子の上にあった銀の小刀《ナイフ》を取って、雁頸に少しばかり詰った煙草の塊をほじくって、ワイルドリー夫人の宝石をポロリと掌にはたき落した。

「持って帰りたまえ」レストローワが微笑しながら云った。

　彼は今にも轟然たる死の爆音が耳を掠めるかと思った。

　侵入者は直ぐそのダイアを取ったが、今にも殺人を犯しかけた彼の指先は怪しくわななき、激しい息遣いをしている。ダイアを受け取った彼は熱心にそれを調べた。

「それで満足だろう！」苦笑しながらレストローワが云った。「人間としての弱味で貴い時間を最後まで引き延ばしたことは幾重にも許してもらいたい。実はさっきお前たちの前でこの煙管を調べている時に、チラとダイアの光を初めて見た次第で、それまでは少しも知らなかった。御覧の通り泥棒は

細い鎖からダイアだけむしり取っている。こんな仕事に不慣れな奴だから慌てたのだ。そして宝石を隠す場所としては好い思い付きだが、雁頸の中に押込んで、その上から少しばかりの煙草を詰めこんで逃げ出したが、逃げ出す時に慌てたもんだから、煙管をポケットに入れるつもりで露台に落したまま気付かずにいたのだ。そこをこの俺が拾ったという順序だね。万事はよく解っている」

覆面の蔭の眸が勝利に輝いた。彼は急に笑顔を作って、

「なるほど！　なるほど！　それとも知らぬハウスマンはまだ狂気《きちがい》のようになって探しているんだね——この煙管を！」

「いいや！」掌をこすりながらレストローワが笑った。

「えッ！」

「なアに、これア、あの男の煙管ではない！　断じてあの男の煙管ではないのだ。何故って俺の友人ハウスマンは、決して他人《ひと》の物を盗むような男じゃアないんだから」

「えッ！　ハウスマンの煙管でない！　一体どうしたと云うんだい」

「まア、聞きたまえ。面白いから今まで黙っていたのだが、俺は今朝ちょっと見ただけでこの煙管の持主を知った。では何故持主がハウスマンだと云ったか！　それは他でもない。時間が欲しかったのだ。さっき云った通り、俺はこの中にダイアが隠してあることは、今お前たちの眼の前で調べるまで知らずにいた。だのに、何故黙っていたかと云えば、二つの理由がある。第一の理由は知らぬ顔して推理を下しながら話して聞かせるのが面白かったからだ——お前だって俺が本当の刑事のような断定を下すのを感心して聞いていたじゃアないか。第二の理由は——しかしこれは後にして、お前はこの煙管の持主の名が聞きたいだろう。俺の召使のだよ」

「ボールズ！」

「その通り、ボールズに返してやろうと思って卓子の上に置いといたんだが、いつまでたっても帰って来ぬ。何故帰って来ぬか？　それはよく解っている。ダイアを隠した自分の煙管がなくなったから、自分の罪悪を発見されるのを怖れて逃げ出したのだ。何故ボールズの物だことが解ったかと云うに、実はこの煙管は去年のクリスマスに俺が彼に遣った物だ。この吸口の処に製造者の商標の円盤が描いてあったり、形に見覚えがあったり、それから彼奴《あいつ》がメチールアルコールでこれを掃除しているのを実際に見たことがあったりするので、俺には直ぐ解った。彼奴は泊っていた『双子海老』と言う宿屋を抜け出し、ワイルドリー夫人の屋敷の露台に攀《よ》じ登って、垂飾を盗んだのだ。お前が俺のことをよく知っているのは、さだめしボールズを間諜に使ったからだろうが、お前としては俺の様子を捜るより彼奴の様子を見ていた方が賢かったのだ。しかしまア、とにかく、ダイアはお前の手に入った。どうだ、これで満足したかい？」

「なるほど！　貴様は馬鹿に度胆《どぎも》の坐った野郎だ！　だからあんな手紙を書いて、無駄な時間を費したんだな？」

「あッ！　待った待った！　さっき時間を遅らした第二の理由を説明しかけて止めたね。第二の理由を話して聞かそう。俺は勝手な理窟をつけてあの煙管をハウスマンの物にしたが、それには訳がある。前に話したように、ハウスマンは雑誌なぞに言葉の暗号を載せてお金を取っているが、この道にかけては先生驚くべき才能を持っている。さて、俺はハウスマンに送る手紙を書く時、随分念を入れて書いた。それはお前も見ていた通りだ。それから、ハウスマンにしてみれば自分が盗みもしないのにダイアを出せなぞ書いてあれば不思議に思うに違いない。謎の手紙と思うに違いない。そこで彼は、本能的に、機械的に、恰度犬が鼠の跡を嗅ぐように、お得意の暗号を読む力で、隠れた謎の意味を嗅ぎ始めるに違いない。そしてあの手紙を好く見ていると――これは総ての暗号の綴り方の中で一番古いありふれた方式だが――各行の最初の文字が驚くべき大変な言葉、Police《ポリス》（警官）と云う言葉を綴ってる！　これこそ救いを求むる俺の叫び声だ。では彼が俺の叫びに応じてくれただろうか？　然《しか》り、応じてくれた！　こらッ！　もう拳銃を下せッ！　二人の警官が一分間も前から後ろの戸口に立っているぞッ！」

彼は吃驚《びっくり》して振向いたと思う間もなく、空しく発たれた拳銃の音！　つづいて警官たちがドサッと彼を突倒す音！

「勝ったぞッ！」レストローワが怒鳴った。「おい！　ハウスマン！　君も来てくれたのか？　有難い！　有難い！」

犯罪の氷の道

一

オリーヴ嬢がクラージス街の私方《わたくしかた》に訪ねて来て、若者ファーニーが二年の刑を終えて出獄したことを知らしてくれた。

私はオリーヴ嬢ほど可愛らしい女をまだ見たことがない。無論、欠点を捜せば幾らもあろう。けれども彼女ほど愛嬌があって、心まで水晶のように澄んだ女は珍らしい。私は若者ファーニーが刑務所にいる二ケ年の間、できるだけ彼女に会うことを避けていた。それは私が彼女を恋するようになることを怖れていたからだろうか？

いや、そうではない。私は彼女の幸福に大打撃を与えた。それ以来彼女はすっかり変ってきた。しかも彼女は私が彼女の幸福に打撃を与えたことも知らずに、私に厚意を持っている――

この私に！

彼女は私の部屋に入って、椅子に腰かけると、静かに私を見入りながら、別に興奮した風も苦痛の色も見せず、低い落着いた声で、ファーニーが三週間前に放免状を貰って刑務所を出たこと、ちょっと帰って直ぐまた行方不明になったこと、それから苦心して探した結果、今カムデンの或る見すぼらしい場末の穢ない屋根裏に住んでいるのを突き止めたことなぞを物語った。

「マア、そんな処に住んでいらっしゃるのですよ」とオリーヴ嬢が言った、「あまり長い間、暗い処に住んでいたので、きっと明るい処が嫌になったのですわ。ですから、私が行くと苦痛をお感じになって私の顔を見ないようになさるのです。話をしても、私の話に耳を貸して下さらないの。そしてもう来てくれるなと仰有いますわ」

彼女は平気でこれだけの事を云った。彼女の膝の上に載った手套《てぶくろ》をはめた手は、少しも動かない。けれどもそっと顔を見ると、さすがに唇は微かに振えていた。

「貴女はファーニーさんの命令でここにいらっしゃったでしょうね?」

と私が訊ねた。

「いえ、貴方の事は何とも申しませんでしたわ」

「だのに貴女はどうしておいでになったのです?」

「それは——それは——貴方はファーニーさんのお友だちだったのですから、ファーニーさんの処に行って頂きたいと思いまして——」

ファーニーの友だち? 私がファーニーの友だちか? 私は椅子を立上ると煖炉《ストーブ》のそばに行ってじっと燃える焔を見入った。ファーニーを刑務所に入れたのは誰だ? この自分ではないか? 少くも私が誘惑しなかったら、彼は罪を犯さなかったに違いない。

「あの人に友だちが役に立つのは今です。今より他にありません」

彼女がきっぱりした声で云った。

「私がいるだけじゃア、駄目なんでございますの。何しろ私は女の細腕ですからね。それア、あの方だって、私がまだあの方を思っていることや、私が苦心して居所を探し出したことを認めてくれるでしょうけれども、今は女がいたってどうする事も出来ないんです。今要るのは男の強い腕です。今あの方が男の強い腕に縋《すが》らなかったら、永久に谷底に落ちてしまいます。それは貴方にだってお解りでしょう。ねえ、そうでしょう、ドースさん？　ですから是非貴方に行って頂きたいのでございますの。あの方はいつも貴方を信用していました。後生ですからそうして下さいませんか？」

煖炉棚《マントルピース》の前に屈んだ私の額に冷汗がにじんだ。あのファーニーの昔友達の中で、人もあろうにオリーヴ嬢が私を訪ねて来ようとは！　こんな事件でオリーヴ嬢と会う位なら、世界のはてまでも逃げ出す処だった。一体、彼女に向いてどう説明したら可《い》いだろう？「あの人が刑務所に入ったのはこの私のためですよ。彼が青玉《サファイア》を盗もうとしたのは、この私が教えたからです。無論、私とて彼を助けてやりたかったのは一杯ですが、とにかく私が彼を刑務所に投じた形になっているのです」とこう云ってやろうか？　けれども、私はそうは口に出しかねて、一時逃れを云った。

「それは貴方の考え違いと云うものですよ。女の愛と信仰で救い得ない場合に、何で他の者の力で救えますか？」

「とにかく行ってみて下さい」

「それに彼はいつも私が出しゃばるのを嫌っていました。誰でも刑務所を出た時には、一人でいたがるものです。私だって多分そうだろうと思います。ですから少くもここ当分は、行かずにおいた方が好いと思いますね」

「それアあの方だってちょっと交際しただけの友達なら会いたくないと思うでしょう。けれども貴方は違います。あの方は世間の人に見棄てられて、誰も救いの手を出してくれる者がないように思っているのです。他の友達は見棄てようとも、貴方だけは、よもやお見棄てにはならないと思います。ね、貴方、お願いですから、会いに行って下さいましな。貴方の前に跪《ひざまづ》いて頭を地につけてでもお願い致しますわ」

こうまで云われては私も折れるより他はなかった。そこで顔を起こして彼女の顔を見入りながら、「住所を教えて下さい。行ってみましょう」と云った。

彼女は私にお礼を云うために口を開けたが、言葉は一口も出さないで、唐突《だしぬけ》に顔を覆って啜り泣きしだした。

二

石の階段が二つ、その上に木の階段が二つ、一番上に手摺のない梯子が一つあって、そこが屋根裏になっている。私はその梯子の下に立ったまま、暫く上を仰いでいた。時々屋根裏の部屋からファーニーが絨氈《じゅうたん》も敷かぬ床の上を行きつ戻りつしている跫音《あしおと》が聞こえてくる。次第に私の息がはずんできた。息がはずんできたのは、階段を昇ったからではない。私は数百金を出しても、扉《ドア》を叩くのが嫌だと思った。けれども叩くより他に仕方がなかった。

私はちょっと扉を叩いて、それから把手《ハンドル》を廻して覗き込んだ。

二人の目と目が出会った。

「やア、ドース君じゃアないか！」

こう云いながら、彼が顔を女学生のように真っ赤に染め、また白紙のように白くした。これで第一の関門が通れたわけだ。私は静かに部屋に入って、扉を締めた。気の毒なほど安っぽい巻煙草の煙の匂いがプンと鼻を打った。火のない煖炉や、穢ない外を見せないために故意《わざ》と幕を下した窓を私は見た。

「会いに来たよ」と私が正面《まとも》に彼を見ながら云った。

「誰に聞いて来たのだ？」

「オリーヴさんに聞いた」

彼はちょっとどきりとしたらしかったが、直ぐまた気を引き締めた。二ケ年の刑務所生活は、彼を見違えるほど窶《やつ》れさして、昔の立派な面影はどこにも見られない。両眼は窪み、頰は落ち、広かった肩は細くなって、手がぶるぶる顫えている。彼は黙ったまま随分長い間私を見つめていた。早く私を見るのを止めて何とか云ってくれればいいがと思った。私の咽喉《のど》はいたずらに乾《ひ》からびて、言葉が自由に出なかった。誰とてこんな場合には適当な言葉を発見するに苦しむだろう。

暫くすると彼がどこか昔の微笑に似た快活な微笑を浮べて、

「ドース君、よく来てくれた。こんな時に来てくれるのは、広い世間で君一人だよ」と云った。

直ぐ彼の心を読んだ私の耳が痛かった。彼に胸を刺されるような気がした。こんな事は云われるより、握り拳で頭を殴られた方がましだ。

「おい、君、好い事があるんだよ」と彼が言葉を続けた。「あの青玉では失敗したが、今度は巧くやりたいものだ――」

「どうか君、もう泥棒だけは止してくれたまえ！」と私がきっぱり遮った。

すると彼が刑務所に入る前にはなかった額の皺を寄せ、鋭く私を見入りながら、

「えッ！　どうしたんだ？　君ア、もう足を洗ったのか？　君がそんな事を云おうとは意外だね。僕が刑務所に入ってから、何か変った事でもあったのか？」

「まア聞きたまえ」と私が静かに云った。

彼は私が出した露西亜《ロシア》巻の煙草に火をつけると、粗末な荒布寝床《カンヴァスどこ》に腰かけて耳を澄ました。

「僕もあの時君と同じように捕えられたんだよ。それは君も御承知の通りだ――」と、私が説明を始

めた。

「それは解っている」と彼が云った。「あの時は僕も君を棄てて一人逃げようとせず、君も僕を棄てて逃げようとせず、二人一緒に捕えられたのだ。エレシャム家に青玉を取りに行った時二人で戦った光景は、とても終生忘れられない。君は一生懸命になって僕を助けようとした。その点はこの二年の間いつも君に感謝していた。だから何もそんなに弁解がましい事を云うにゃ及ばないよ」

「そう——僕は出来るだけのことはした。けれども君を逃がす事も出来なければ、また僕自身で逃げ出すことも出来なかった。けれども君が考えているように裁判所まで引っぱられはしなかった。実に運の好い事がそれにあったのだよ。警察の方で僕に或る値打ちを発見したんだね。簡単に云えば、ファーニー君、僕は有名な宝石泥棒だったので、宝石の事ならどんな事でも知っている。そこで警視庁の連中が、僕をスパイに使って宝石泥棒を捕えようとしたのだ。運が好かったと云ったのはここだ。つまり僕は刑務所に入れられる代り、警視庁の仕事をしなくちゃアならなくなったんだ。で、あれから二年間スパイばかりやってきたという訳なんだ。いつかは代償の期限が済んで自由になれるだろうと思うが、まだそこまで行かんのだよ」

ファーニーは非常な興味を持って私の話を聞いていた。私は二年の間彼ほどの苦労はしなかった。彼は暗い監房で過ごしたのに、私は明るい日の照る処で暮してきた。しかも彼は前日からの悪人でなく、ただ私に誘惑されて罪を犯したのである。私はむしろ彼に罵倒されたかった。

然《しか》るに彼は静かに椅子を立ち上ると私の手を握り締めて、

「そうか、それは嬉しい。僕は刑務所にいる間、君がどうなっただろうと、どの位《くら》いそれを心配したか解らない。君が無事だったのは何より結構だ。刑務所という処は、決して健康な場所ではないよ。

まアどんな処か話して聞かそうか?」

彼の顔からはいつの間にやら苦痛の表情が消えていた。そして忙《せわ》しそうに大跨《おおまた》に部屋の中を歩き廻った。

「僕は君を助けるためにここまでやって来たのだ。今までの事は僕の方が悪かった。けれども――けれども――」

するとファーニーは急にくるりと向き直り、故意《わざ》とらしい微笑を浮かべて、

「それは君も悪かったさ。しかし今夜だけ、君が警察に務めているということを忘れてもらいたいのだよ。僕の思い付いた事を話してみようか?」

「止したまえ」

「まア、聞くだけ聞きたまえ」

「おい、君、心から君を愛しているオリーヴと云う女がある事を忘れちゃア駄目だぜ」

彼は火のように瞳を輝かして、

「あの女の名だけは云わないでくれたまえ。直りかけた傷口に焼けた鉄を当てられるような気がする!」

「そうか。では云うまい」

「僕の云う事を聞いてくれるのか?」

「好い事ならとにかく、悪い事なら聞かれないね」

「ではもう僕がどんなに落魄しても構わないと云うのか? 君はそれア警察の方に雇われていれば好いだろう。しかしこの僕はもうどうにもならないんだ。君は刑務所から出る者が、皆んな善人になっ

ているかと思うかも知れないが、もしそう思っていたら、君の大きな間違いだ。いつまでも手を藉《か》せとは云わない。ただ今度一度だけだ――一度で僕は綺麗に足を洗って、米国に渡る。そしてそこで正しい正直な男として新生涯を初めるつもりだ。君がどうしても嫌だと云うなら仕方もないが、僕としてはとても言葉で云えぬほど君の助力を切望しているのだ」

「では君が新生涯に入るために、僕が千磅《ポンド》の金を提供しよう」

「冗談じゃアない。君の金なんか欲しくないよ！」

「では君はどうしようと云うんだ？」

「面白い事があるんだよ。君も知っている通り、僕はまだ悪い事をやらない中《うち》に、よくいろんな家に招待されたものだが、カルミンスター公爵夫人の家に招待されたこともあるんだよ。ところがね、二三日前にね、その公爵夫人の屋敷に給仕として当時雇われていた男にひょっこり街で出会ったのだよ。その給仕はブラザースと云う名の男で、窃盗のために公爵夫人方から追い払われたのだが、僕と街で行き会うと、両方とも振向いて見て、それから話をしだして、遂に一緒に近くの酒場《バァ》に入ったんだよ」

聞いていた私が微に唇から呻き声を漏らした。

「ところが向うも僕が最近に刑務所を出たことを知っていてね、先生もこの頃公爵夫人方から暇を貰ったのだから頻りに同情してくれたよ。それで別れる前に聞き捨てにならぬ事を話してくれた。公爵夫人の蛋白石《オパール》の頸飾のことを話してくれたのさ。その蛋白石は僕もいつやら舞踏会の時に夫人に向《むか》いて褒たことのある、二十五の火のような玉が連なった実に立派な物だよ」

ここまで聞くと、もう私は辛抱し切れなくなった。

「君ア、気でも狂ったのじゃアないか？　英国中であのカルミンスター夫人ほど自分の宝石を自慢し、かつまたそれを用心深く保存している女はないのだよ。君ア、また刑務所に入りたいのか？」

「僕は今夜の中にあの蛋白石が盗みたいんだ」

「で君はブラザースとやら云う給仕と一緒に公爵夫人の屋敷に忍び込もうと云うのか？」

「なあに、屋敷じゃアない、もっともっと易しい仕事なんだよ。夫人は巴里《パリ》の宝石屋の目録を見ている中に、あの頸飾の飾付けを変えたくなったので、いよいよ巴里に送ることに決めたのだ。ブラザースは丁度解雇される前にその事を聞いたそうだ。そして巴里の店からわざわざ頸飾を受け取りに来た店員が明日は巴里に帰るから、やるなら今夜の中だ」

「馬鹿々々しい！　で巴里から来た店員はどこに泊ってるんだ？」

「それはブラザースが知っている。先生ちゃんとそんな事まで調べてるんだ。いつも巴里の店員に尾行して様子を覗《うかが》っている。けれどもまだ僕を十分信用していないで、大切な点だけは打明けてくれない。今夜ホルボン街とシャフツベリー街の角で落ち合うことになっているから、その時教えてくれるだろう。巴里の店員はこの倫敦《ロンドン》にいる間は遊ぶにきまっているから、夜は芝居が済む頃まで家に帰らぬはずだ。場所は解らないが、家具附の間借りをしていて、その家の隣りの家が今空家になっていて、しかもその空家の扉《ドア》の鍵をブラザースが手に入れてるんだ。二人はこの空家から屋根を伝《つたわ》って天窓から隣の家に忍び込むつもりだ。僕も刑務所にいる間に、いろんな事を覚えて心配はないだろうと思うが、しかし君が手を貸してくれると、一層事が旨く運ぶだろうと思う。どうだ、一つ一緒にやってくれないか？」

「犯罪にもいろんな部門があるが、普通の窃盗や忍び込みは僕の専門じゃアない。そんな事は僕には向かない仕事だ。君は強いて不幸を求めに行くようなものだ。きっと不幸な報いが来るだろうと僕は思う。だから、君、止したまえ！　僕はその蛋白石というのは、巴里の店員がいつも離さず身につけていると思うね」

「いいや、僕はそう思わぬ。彼は倫敦で遊ぶだろうから頸飾は部屋に仕舞っといて出るだろうと思う。おい、ドース君、嫌だと云っちゃア困るよ。君が誘った時に僕が同意したのだから、今度は君が僕に同意してくれる番ではないか？」

　ファーニーは胸を貫くような言葉で話を結んだ。他の事を云うなら、何を云っても怖くない、何を云っても笑っていられるが、「今度は君が同意してくれる番ではないか」と云われると、拳銃《ピストル》を向けられたより怖い。そうだ。私はかつて彼を誘惑した。そして彼を二年の間刑務所に入れた。その彼が今度は私を誘惑しようとしているのだ。彼が巴里の店員を襲っても失敗することは明らかで、彼の計画には確実な処がない。私が助けてやらねば、彼が失敗するのは決りきっている。それかと云ってオリーヴ嬢の事を思えば彼と一緒に罪を犯す気にもなれぬ。私は二つの道に狂った。

「おい君、うんと云ってくれないか」熱心にファーニーが云った。

　私は十分間の間考えてとうとう同意した。

「よし、では今夜だけは君の云う通りにしよう。しかし云っておくが今夜一度だけだよ」

「有難う。きっと同意してくれるだろうと思っていた」彼が軽く笑った。「巻煙草をもう一本くれたまえ。さっき云った場所で、今夜十時にブラザースと落合う約束になっている。だから君もそこまで来てくれたまえ。君は変装した方が好いだろう。ブラザースに正体を知られて、後で強請《ゆす》られたりすると面倒だから」

三

青玉を盗みに行った時には、ファーニーと私は風の前に立った二つの蠟燭のようなものであった。二人で失敗したのは「犯罪の氷の道」を踏み外したためではなくて、周囲の状態が都合悪く出来ていたからである。だからあの時は総《すべ》ての事が行き違った。仕事に取りかかる前から不安な予感があった。けれど今度の冒険は頗る幼稚で狂気沙汰《きちがいざた》と思われるほどであったにも拘らず、不思議にも私はニューオクスフォード駅からシャフツベリー街の方に行く時、何等不安な予感を感じなかった。ただ困った事には昼の中からヒューヒュー吹いていた風が、夜に入って黒雲を低く吹きまくって雨を降らしはじめた。しかし一緒に仕事をする者が道具のように自由に使えるブラザースとファーニーかと思うと何となく気が安らかだった。ファーニーが話した計画はいかにも単純だが、単純だけに仕事は案外易しいかも知れぬ。また獲物の蛋白石は確に値打のある品物だ。私はカルミンスター公爵夫人を知っているだろうか? そう、よく知っている。彼女の蛋白石の頸飾も見た事があるが、処々に斑点《はんてん》のある火のような赤味の差した素晴しい蛋白石だ。

シャフツベリー街を百歩ばかり歩いたと思う頃、私は燐寸《マッチ》を磨《す》って葉巻に火を点けた。と、燐寸の火が消えない中にファーニーが出てきた。燐寸の火をかざして、彼の顔を見ると、ひどく昂奮している。

「ドース君、遅かったじゃあないか！」と咎めるように彼が云った。「ブラザースが不平を云っていたぜ。先生は君を連れて行くのを嫌がってるんだから」

「ブラザースはどこにいるんだ？」

こう云いながら私が彼と肩を並べて歩きかけると、間もなく向うから、ブラザースがやって来た。中折を目深に冠って、雨外套の裾を風になびかせている。ちょっと見たところ平凡な男だ。けれどもこうした目的で、こうした男とこうした場所で落ち合うなんて、不思議な会合ではある。ファーニーが彼を指差しながら、

「これがブラザース君だよ。旨く落ち合えてよかったね」

紹介されたブラザースは顰面《しかめつら》をした。

「さあ、行こう」とファーニーが云った。「ブラザース君、案内してくれたまえ」

三人が一緒に歩きだした。

「君たちは平気らしいが、用心しないと危ないぜ」と私が云った。

「なアに、大丈夫だよ。心配ない。宝石屋に忍び込むなら警官や夜番を怖れる必要もあるが、何しろ留守で燈《ひ》さえ点いていない部屋へ飛びこむんだからね」ファーニーが云った。

「しかし巴里の店員が留守でなかったらどうする」

「いや、確に留守だ。さっきブラザース君が彼奴《きゃつ》が自動車に乗って出るのを見とどけたのだ。芝居がはねる頃までは帰ってくる心配はないよ」

「それにしても道具なしには入れない」

「道具はちゃんと用意して来た。外套の下には金梃《かなてこ》を隠しているし、上衣のポケットには鑿《のみ》まで入れ

てきたよ」

「その用意は可《い》いとして、大切な物を一つ忘れているぜ」

「何を？」

「経験を」

「その代り君がいるじゃアないか」

「しかし忍び込みは僕の専門外だからね」

「帰りたければ帰りたまえ」

私は溜息を吐《つ》いた。帰るには既に時期が遅い。今夜だけはファーニーのお伴をするより他ない。

二十分ばかり歩いたと思うとブラザースが立止って、

「向うの家だがね、どうもよく考えてみると、三人も部屋の中に入る必要はないらしい。だから僕だけは一人家の外に立って張番をしていようと思うのだ」

「怖気《おじけ》がついたのかね？」静に私が言った。

「えッ！　君ア来んでも好かったんだよ。勝手に連いて来たんじゃアないか」荒々しく彼が云った。

そばからファーニーが、

「そうだ、ブラザース君は外で張番をしている方が好い。鍵を出したまえ。君はここでぶらついていて、怪しい者が近づいたら合図をしてくれたまえ。暗くて静かだから仕事をするには都合が好い」

「どんな合図が好いだろう？」ブラザースが渋い顔をして云った。

「口笛が好い——口笛で歌を吹きたまえ」

ブラザースは鍵を渡しながら、

「じゃア、『チペレリーの唄』を吹こう。怪しい奴が来たら『チペレリーの唄』を一回吹いて僕だけ先に逃げるよ」

私たちは彼と長い街の角で別れて進んだ。夜霧の中をしとしとと小止みなく雨が降る。

ファーニーが興奮にぶるぶる振えながら、

「早く来たまえ。彼奴《あいつ》がいない方が却って好いよ」

私も彼がいないで幸《さいわい》だと思った。一分間後、私たちは人気のない空家に入っていた。

ファーニーが燭火の強い懐中電気を点《とも》しながら、

「一週間前まではこの家に番人が一人住んでいたんだがね、それが伝染病にかかって入院してるんだ。この家が消毒してあれば好いが」

こう冗談のように云って、それから笑いながら階段を昇りはじめた。二人が跫音を忍ばせながら昇ると、静な家の中が一層静に思われた。時々ギーと階段が軋んだ。階段と云っても手摺が埃だらけの狭い階段で、片方の黄色い壁紙に手を触れるとぼこぼこになっていた。階段のそばの三つの窓からは、硝子扉《ガラスドア》越しに、空地に生えた菩提樹の繁みが見える。二人は抜足差足、息を殺して歩いた。ファーニーはもし何者かが現れたら、直ぐ殴りつける身構えをして片手に鉄梃《かなてこ》を握り締めている。二年の刑務所生活は彼を抜け目ない男にした。

階段を昇り切ると、壁の少し高い処に屋根と天井との間の狭い隙間に通ずる四角な孔があって板で閉《ふさ》いである。

ファーニーが私の耳に口を寄せて、聞えるか聞えないかの低い声で囁いた。

「ブラザースが云っていたが、あの板は鉄梃で開くそうだよ。あれを開けて入ると天井裏から直ぐ屋根の天窓に抜けられるようになっている。だから君この壁際に屈《しゃが》んでくれたまえ。僕が君の肩へ上って、この鉄梃で板をこじ開けるから。梯子を持ってくるとよかったんだがなア！」

ファーニーは云った通りにした。孔が開くと二人が天井裏に昇った。すぐそばに天窓があったので、二人はそこから屋根の上に出た。

目が眩むほどの高い処に上っても平気な人もある。けれども私は怖しかった。私には猫の真似は出来ない。臍の緒切って以来、この時ほど胆を冷した事はない。

空を仰げば、雨はいつの間にか止んで、高い高い処に星が二つ三つ輝やいている。二人は靴の先を筧《とい》に掛けて横に這って隣りの家の方に行った。遥かに街の雑音が、数百哩《マイル》離れた喚声を聞くように微かに響いてくる。手を掛ける処と云っては、薄い瓦の僅かの凸起《とっき》より他ないし、足を掛ける筧はいつ滑るか解らぬので、もし屋根から転げ落ちようものなら、下の敷石で、体を微塵に砕いて死なねばならぬ。

ファーニーがいかにも疲労して、激しく呼吸しているのが、手に取る如く聞える。しかし彼は疲労しているのではない。興奮して神経を弱くしているのだ。

けれども隣りの天窓に着くのは時間を要しなかった。その天窓からは明りが漏れていた。私たちは鉄梃で扉を開けて下を見た。そこは小さい浴室になっていた。

「ここから両手でぶらさがって下に飛び降りよう。あまり高くないから大丈夫だよ」

云いながらファーニーが靴を脱いでポケットに入れた。

次の瞬間、ひらりと彼が下に飛び降りた。私がそれに続いた。あまり高くないので、音はしなかった。

「蛋白石がある部屋は君知っているのだろうね?」私が囁いた。

「彼奴は部屋を二つ持っているそうだ。裏の部屋は寝室になっているそうだから、表の部屋から先に探すことにしよう。待っていたまえ。部屋の扉に鍵が掛っているかどうか調べてみるから、掛ってなければ、直ぐ帰って君に知らせるよ」

多くの泥棒が成功するのは大胆と単純の性質を持っているからだ。ファーニーもそれを持っていた。彼は浴室の扉を開けて外に出た。外には敷物を敷いた階段が電燈に照されている。間もなく彼が帰って来て、

「扉には鍵が掛けてないから、早く来たまえ!」と囁いた。

彼の両眼は物凄く輝き落ち窪んだ頬は赤く火照《ほて》っている。

「そんなに静かに歩かんでも可い。もし人がいたら跫音を聞いて顔を出すから大胆に歩きたまえ」と私が云った。

けれども彼は激しく興奮していて、私の言葉に耳を藉さず、さながら焼けた煉瓦の上を踏むように歩いた。

彼は扉の前に立止って私に合図して静に開けた。二人は部屋に入った。ファーニーがまた扉を閉めた。これが表の部屋だ。ファーニーが壁際を捜《さぐ》ってパッとスイッチを捻ると、赤い傘のある電燈に灯がついた。

けれども私たちが部屋の中を見廻そうと首を振り向けたその瞬間、下の方から微かな鋭い口笛で、「It's a long. long way——」と「チペレリーの唄」を吹くのが聞えた。

「おや! ブラザースだ!」

こう喘ぎながらファーニーが火照った頬を灰のように蒼くした。

私は彼が慌てて頓馬な行動をとらないように彼の腕を握った。暫らく沈黙が続いたと思うと、下の方で大きい叱咤の声、それに続いて恐怖で縮み上るような鋭い叫び声が聞こえた。

「ブラザースが捕えられた！」とファーニーが喘いだ。

そして私の手を振り切って駈出そうとしたので、私がまた彼の腕を握って、力一杯曳きずるようにして裏の部屋に連れて行った。

「慌てちゃアいかん！」と私は一層力を入れて云った。「静かにしていたまえ！」

「警官がここまで上って来るかも知れないよ！」

「来ないかも知れない」

「きっとブラザースが何にもかも饒舌《しゃべ》るだろう」

次の瞬間の騒動はとても言葉には表せない。ファーニーは指の先までぶるぶる顫えだした。彼は刑務所に入ってから人間がすっかり変っていた。彼は眼をむき全身を戦慄《おのの》かせながら、

「おい、ドース君、僕あ二度と刑務所に帰るのは嫌だ！　死んで地の底に埋められてもあすこに帰るのは嫌だ！　地獄のような処に二度と曳かれたくない――おや！」

折から鮮明な呼鈴《ベル》がリリンと家の中に鳴り渡った。それを聞くとファーニーが狂気のようになって扉の方に出かけたが、私がまた抱き止めた。

「静かにしたまえ！　どうするつもりなんだ？」

「どうするって、来た通りに隣りの空家に抜け出るのさ。ドース君、放してくれ！　僕ア捕えられるは嫌だ！」

「また隣りの空家へ抜ける！　駄目だ！　こんなに慌てていちゃア、きっと屋根から滑り落ちるよ」彼を抱き止めながら私が叫ぶような大きい声で云った。「ここに待っていて運を天に委《まか》した方が好い――」

この時にはもう重い跫音が階段を走り上るのが聞えた。危機一髪だ。ファーニーは万策つきて今にも私の頸に飛び掛って来そうな気勢を示したが、それは思い止めて窓際に走り寄って、ガラリと硝子扉を開けた。

私が追っ掛けて近よると、その間に彼は窓からヒラリと外に飛び降りた。私は彼の体が外の黒い菩提樹の枝にぶつかる音を聞いた。

けれども窓から覗く暇はなかった。この時にはもう外から激しく扉を叩く音がして把手を握って、ガタガタ扉を揺すりだした。そして太い声が、

「いるか？　開けろッ！　開けろッ！」と喚《わめ》いた。

私はちょっとためらった後、鍵を差込んで勢よく扉を開けた。

廊下には大兵肥満の巡査が一人立っていた。眼と眼が出合った。しかし厳《いか》めしい彼の表情は直ぐ彼の顔から消えてにやにや笑いだした。彼は近くの交番に立つ巡査で私をよく知っているのだ。

「やア、貴方だったのですか？」こう巡査が呟いた。

読者よ、この家はクラージス街の私の家だったのだ。そしてカルミンスター公爵夫人に頼まれた巴里の宝石商の使者と云うのは、私だったのだ！

巡査はそれから五分間後、一握りの上等の葉巻をポケットに入れて私の部屋を出て行った。

彼の話によれば、彼が家の前を通っていたら、中折帽を目深に冠った男が窓を仰いでいるので不審

に思って近よると、その男が口笛を吹いて逃げかけた。で、捕えようとすると怖ろしい叫声を立てて手を振り切って逃げてしまった。そこで留守の間に階上に泥棒が忍び込んでいるかも知れないと思ってやって来たのだそうだ。

ファーニーは菩提樹の枝に引っかかると、そこから幹を伝って這い降り、塀を越して無事に街に逃げ失せた。

ブラザースは好い事を思い付きはしたが、やり方が拙《まず》かった。なるほど、私が公に公爵夫人を訪問して宝石の飾付の目録を見せた時には巴里の店から来たに違いなかった。しかし公爵邸に雇われて間のないブラザースは、私が昔から夫人と親しい間柄だったことには気が付かなかった。私は宝石泥棒を捕えるために警視庁に雇われている暇に、よくこうした内職の仕事をしていたのだ。あの夜、私は蛋白石を寝室の抽斗《ひきだし》に入れておいた。そしてファーニーからあの蛋白石のことを聞かされた時にはあまりの意外に驚きもしたが、またそれを隠すのに随分苦心をした。そして私は私の計画を立てて、その計画通りにしたのである。何故こんな計画を立てたかと云えば、ただファーニーに性根を入れてやりたかったからだ。二度と泥棒することを思い止まらしてやりたかったからだ。無論、彼を懲らすのなら他にも方法はあったろう。けれども自然に彼の方から頭を持ち上げてきたのを利用するには、これが一番好かったのだ。

ファーニーはその夜から全く姿を見せなくなった。さだめし彼は後になって私が警官に逮捕されなかった事を知っただろう。けれども何故私が警官に捕えられなかったかということは、彼の永久の謎だろうと思う。

そしてオリーヴ嬢は？　私は三ケ月後、彼女から手紙を受け取ったが、それには彼女が心から愛していたファーニーと、ある英国の植民地で一緒になったと書いてあった。二人は悲しい汚《けが》れた頁《ページ》をめくって、新生涯に入ったのだ。

処々に斑点のある火のように赤い二十五の蛋白石は私の紹介で巴里の店で飾り付けを終って、今では雪のように白い公爵夫人の胸に美しく光っている。宝石に口があったら、この数奇な物語を彼女に話して聞かせるだろうに。けれども物語を持たぬ美しい宝石というものが、この世のどこにあるだろう?

赤い窓掛《カーテン》

一

「どうして、どうして！　トレヴィズンさん、そんなことが出来るもんですか！　貴方の御希望通り、最小額たる千磅《ポンド》を前金としてお渡しすることも、私の権限内では、不可能なことなんです」

　こう云う弁護士の声には、誠意がこもっていた。そして彼は金縁眼鏡の奥の親切に満ちた眼差で、気遣わしげな顔をしている来訪者を眺めた。

「駄目ですか？」来訪者トレヴィズンが溜息をした。

「はあ」

「でも、遺産は全部で四五万磅はあるはずなんですけれど」

「それはそうかも知れません」用心深く弁護士が答えた。

「そして、もし私が自分の汚名を雪《そそ》ぐことができれば、それが全部私のものとなるのです」

「全くです」

　トレヴィズンはまた溜息をして、

「私は出来るだけのことはして来ました。従兄《いとこ》が私を呼んでから、今日で十一ケ月目になります。その時の医者の話では従兄は後数週間しか生きられないと云うので、他に親族のない彼は、全部の遺産を私に譲る考えになったのです。しかし、彼は、私が殺人の罪で捕えられ放免されたので、それを躊躇しました。で、結局、彼は死ぬ時に、もし一年間の中《うち》に私が無罪の証明をしたら、つまり他の真犯人を探したら、遺産を譲るという遺言をしたのです。ですから真の犯人を探すことが出来なければ、私はみすみす遺産を取逃がさなければなりません。しかもその一年の中の十一ケ月過ぎたのに、まだ何の手掛も得ないでいるのです……バーナードを殺した真犯人を探すのに、後一ケ月しかないのに、まだ五里霧中をさまよっているのです」

「お察しします。しかし、まだ失望したもんでもありません」弁護士は立上って、来訪者と握手しながら、「今度来て下さる時には吉報をもたらして下さい。私ほど吉報を聞いて喜ぶ者は他にないのです」

トレヴィズンは弁護士の事務所を出た。来る時にも打ちしおれていたが、帰る時にはそれ以上に打ちしおれていた。彼はリンカンズ・インフィールド公園に出て、とある腰掛《ベンチ》に腰を卸して、考え始めた。今まで幾度となく考えてきたことではあるが、それでもまた繰返して考えずにいられぬほどの魅力がこの問題にはあった。無理もない。

五万磅！　あるいはそれ以上。それは遠い処にあるようにも思われれば、近い処にあるようにも思われる。従兄は彼を信用した。総《すべ》ての人が彼を信用した。彼に前金を渡すことを拒んだ弁護士でさえ、心の中では彼を信じているのが、それとなく彼には感ぜられた。数千度《たび》この問題を考えた彼は、公園の腰掛でまた考え始めた。

バーナードを殺したのは誰だ？　トレヴィズンはまたいつもの瞑想に耽りだした。

二

話はこうだ。

ある夕方、彼は別に用はなかったのだけれど、ぶらりとメリルボン街なる友人バーナードの部屋を訪れた。そして話をする間、彼は持ってきた小さい茶色の革の鞄を、床の敷物の上に置いていた。バーナードはその夜、フォークストンから外国へ行くと云って、忙《せわ》しげに荷造りしていたが、外国のどこだか、はっきりしたことは云わなかった。もっとも彼が外国へ旅立つのは珍らしいことではなかった。けれどもその晩にかぎって、妙に興奮して、ほとんどどうかしているほどに見えたので、トレヴィズンが冗談半分に、何か悪いことをして逃げ出すのじゃアないかと云ったのである。するとバーナードは顔色を変えて怒りだした。

バーナードが死体となってその部屋に発見されたのは、それから六時間後のことであった。死体のそばには半ば荷造した鞄が沢山取りちらしてあった。彼は煖炉棚《マントルピース》の上の真鍮の燭台で、強《したた》かに頭を殴られて、煖炉《ストーブ》の前の敷物の上に俯伏せに倒れていた。警官が荷物を調べたら、その中にバーナードの所有物でない小型の茶色の革の鞄が一つあり、中を開けて見たら、H・Tの頭字《かしらじ》のある手帳が出てきて、それが死人の友人のホレス・トレヴィズンの鞄であることが直ぐに解った。警官はただちにその鞄をトレヴィズンに示した。彼はバーナードを最後に訪問した時に、それを忘れて帰ったと云った。

たったそれだけの理由で警官は彼の部屋の捜索を始めた。彼がそれを拒んだことは云うまでもない。ところが捜索の結果以外な物が発見されたのである。それは他でもないが、本棚の一番上の棚の書物の後ろから、トレヴィズンが死人のそばに置き忘れて帰ったと同じ鞄が出てきて、その中に婦人の装身具たる高価な宝石が沢山入っていたのである。警官はトレヴィズンにその鞄の説明を求めた。彼はそれに対して、すらすらと明快な説明をした。トレヴィズンは、今リンカンズ・インフィールド公園の腰掛に凭れながら、その時の説明を追想しているのである。

「バーナードを訪問した時には、床の上に鞄や荷物が、一杯に散らかっていたので、私は持ってきて床の上に置いた鞄の代りに、間違えて彼の鞄を持って帰ったのです。二人の鞄が一対なんですから、私が間違えたのは無理がないです。そしてここまで帰ってきた時、初めて自分の粗忽《そそう》に気付き、中をあらためて、二度目に吃驚《びっくり》しました。一体バーナードは数千磅もする婦人の宝石をどうするつもりだろう？　何故大急ぎで外国へ旅立つのだろう？　私は一番仲の好い親友の身の上を案じて、気を揉みはじめました。けれど私が総てを発見した時には、もう真夜中になっていたので、彼を訪ねて行くことは出来ません。それに私の部屋には金庫がないもんですから、一時の隠場所として、本棚の奥を選んだのです。私はこれから、バーナードを訪ねて行こうと思っていた処なんです。そして貴方がたの口から彼が殺されたことを初めて聞いた時には、その犯罪とこの宝石との間に、何か関係があるに違いないと思いました。ではどんな関係があるか？　それはこの私にも解りません。常からあまり豊かでなかった彼が、どうしてこの宝石を得たか、それは私にも解けない謎です。私の心配を想像して下さい」

ただそれだけだった。

そしてトレヴィズンは、バーナードを殺害したという嫌疑のもとに訊問を開始された。だが一対の鞄を持っているということは認めない訳にはゆかなかった。そこに多少の不明な点があったにしろ、確証がない以上、裁判は彼に有利にならざるを得なかった。そして彼は三日の後に、自由な人として釈放されたのである。

三

公園が次第に暗く淋しくなりかけたので、トレヴィズンは立上って、シャルロット街の下宿の一番上にある自分の部屋へ帰りはじめた。下宿へ着いた時には、すっかり暗くなっていた。彼は幾つもの階段を、絶望で鉛のように重くなった足を曳きずるようにして昇った。彼は先刻《さっき》の弁護士との会見で、どんなに心が重くなっただろう！　どうしたら、彼は莫大の遺産を手に入れることが出来るだろう？

彼は自分の小さい部屋へ入ると扉《ドア》を閉めた。部屋の中は真っ暗で、ただ一つの四角な窓から、下の街の明りが微《かす》かに差し込んで、天井の辺を蒼白く見せるだけだった。彼は部屋の真ん中の卓子《テーブル》に、石油ランプが置いてあるのを知っていたので、手探《てさぐ》りにそれを捜りあてて、円笠《まるがさ》を取った。円笠がほやに触れて、微かな音を立てた。

「ランプを点けないで下さい。燐寸《マッチ》もすらないで」闇の中から声がした。

トレヴィズンは吃驚して、

「やあ、誰です？」と喘いだ。

「私はある女です――しかし泥棒ではありません」

そこに短かい沈黙があった。しばらくしてトレヴィズンが苦笑いした。

「それを聞いて安心しました。この家には――この部屋には大切なものが沢山あるんですから――」

「おや、貴方は燐寸をするつもりなんですね?」

「そうですとも」と云いながら、彼は一本の燐寸を烈しく箱に磨りつけた。が、火が出ないので「糞ッ! さかさだった!」と呟いた。

「お磨《す》りなさい」と、落着いた女の声がした。「けれど燐寸をお磨りになったら、私は自分がここへ来た目的に就いて一口も話しませんよ。もっとも私が話さなくたって、貴方はただ重大な事というだけで、それが何だかちっとも御存知ないのだから、別に残念がりもなさらないでしょうけれど」

奇妙な劇的位置に置かれて胸を轟かせた彼は、熱心のこもった相手の美しい声に感動しつつ、常に頭を悩している重大問題に就いて或る新事実を知り得るという期待に好奇心を唆られながら、身動きもせず突立ったまま、黙って相手のいる闇を見つめた。だが彼の眼には何も映らない。

「私の顔を見てどうするのです?」未知の来訪者は続ける。「見たところで何にもなりません。それどころか貴方は大変な損失をなさるのです」

「どうしてこんな処へ来たのです?」

「貴方が今日外出なさるまで外で待っていて、暗くなってもお帰りにならないので入ってきたのです。貴方に是非お知らせしたいことがあるのですけれど、私の顔をお見せする訳《わけ》に参りません。もし貴方が顔を見ないで、私を帰して下さるなら、何故私がここへ来たのか、その理由をお話ししましょう」

トレヴィズンはためらった。

「決心がつきませんか?」

「よろしい。見ません。燐寸を捨てます」

彼は燐寸を部屋の隅に投げた。

燐寸箱の落ちる音に、長い沈黙が続いた。

たちまち女が口を切った。

「バーナードのことです」

「私もそうだろうと思いました」

「あの人の殺された時には、私はこの国にいませんでした。人の話で実に怖るべき陰険な卑怯な犯罪の顚末を聞いただけです。貴方が訊問された後で釈放されたことも、それからもし貴方が真の犯人を探したら莫大の遺産を相続されるという噂も聞きました」

「ええ、あのことは誰でも知ってます」

「そうです。そしてそれ以外に貴方にお知らせすることがあればこそ、私がここへ来たのです。貴方はバーナードの友達でしょう」

「はあ」

「貴方があの人の友達なら、そしてこの事件のために貴方が困っていらっしゃるのなら、そしてまた貴方の未来の幸福がこの事件にかかわっているなら、貴方は私と行動を共にして下さるでしょうね？」

「勿論です」

「貴方は何が一番知りたいのですか？」

「それはただ一つです。バーナードを殺した真の犯人の名です」

「それはいつでも知らして上げます」

「えッ！」

「私は殺した男を知ってるのです」

「誰です？」

「その男を見せて上げましょうか。名前はまだ云われませんが」

「見せて下さる？」

「おお——私の云う通りになさるなら、一時間の中《うち》に見せて上げます。でも、見たければ、ありたけの勇気を出して、よく気を引き締めていなければなりませんよ。そして今約束した如く、まず犯人の顔を見たら、次にその男が確に犯人であるという証拠を摑むために、私と行動を共にして下さらなければなりません」

「しかしその時になれば、貴女が誰であるということも私に知らせて下さるでしょうね？」

「それはその時になって決めましょう。今からそんな事を考える必要はありません。行動は共にしても、動機は二人別々です。貴方は遺産を得るために働き、私はバーナードを殺した男を滅亡させたいという熱情のために働くのです」

彼女が熱情に燃えていることは、その声が顫えているのをみても知れた。

「法律は彼を発見することに失敗しましたが、私は彼を発見しました。貴方は彼を滅亡させるために、私を助けて下さるでしょうね？　その勇気がありますか？」

「でも、そう何もかも秘密にしてもらっては困りますね。いくら私だって、ただ声だけに向いて約束することは出来ませんからね。一体貴女は誰です」

「私はバーナードに愛され、また彼を愛していた女です。それは多分貴方にも御想像できたと思うのですが。けれども名前はまだ云われません。その他のことは、多少はお知らせしましょう。訊ねて下さい」

「犯罪の因《もと》になった宝石は？」

「あれは皆私のです」

「貴女はバーナードにお贈りになったのですか」

「はあ」

「何故？」

「あの人の生命《いのち》が危なくなったので、出奔の資金に当てるために贈ったのです」

「ああ！」と、トレヴィズンは合点が行ったように頷いて、「どうも彼の慌てかたが尋常ではないと思いましたよ。で、生命が危ないと云うのは？」

「それを訊ねる権利は、あなたにあるかも知れません。さっき云ったように、あの人は私を愛していましたが、それはこの国で起ったことではなく、私の国で起ったことなんです。嫉妬が法律の助けを藉《か》らずに、闇の中で敵の心臓を短刀で刺す習慣のある、私の国で二人は愛し合っていたのです。あの人に私を愛する権利もなければ、私にあの人を愛する権利もなかったのです。でも二人は愛し合いました。それは私たちの秘密の楽園だったのです。長くは続きませんでしたが、続いている間には、それだけの価値はありました」

「価値があった？」

「ええ。後悔なんかするもんですか！　私たちは初めから不意に怖るべき結末が来ることを覚悟していたのです。ところが実際不意に怖るべき結末がやって来ました。何という戦慄すべき結末でしょう！　でも貴方が私を手伝って下さるなら私も安心します。二人であの卑怯な、無情な、不人情な

――」

ここまで云って、女は極度の悲哀と憤怒に息をつまらせて云い淀んだ。

しばらくの沈黙の後トレヴィズンが訊いた。

「バーナードはこの英国へ帰った時に、自分の生命が危いことを知っていたのですか?」

「いいえ、あの人が危険に陥っていることを知ったのは、私なんです。そこで私が巧みにそれをあの人に知らせ、生命を狙われているから、一時身を隠した方がいいと云ってやったのです。けれどもあの人には沢山の金はありません。で、私が自分の宝石を送り、同時にすぐ英国を立って、どこへ行けと、詳しく身を隠す方法を教えたのです。その際にあの人が私の手紙を焼き払ったことは云うまでもありません」

「そして、その後、あなたは沈黙を守っていらしたのですね?」

「ええ。私の名誉に関することですから」

「で、もし私があの時罪人だと判決されたとしたら?」

「成り行きを見ていたのです。そしたら貴方は放免されました。ですから今度は貴方に手伝ってもらうことにきめたのです」

「どうすれば可《い》いのです?」

「まず第一に貴方の友人でもあれば、私の恋人でもあるバーナードを殺した男の顔を見るのです」

「どうして見るのです?」

「教えて上げましょう。よく注意して聞いて私の言葉を一口も忘れないようになさい。まずここからリゼント街に行き、それからビーク街の東の端に行くと、そこにツムベイ街と云う小さい小路《こみち》がありあります。その小路の真ん中どころに材木を置いた空地がありますから、そこを奥へ入ると、一番奥に段が十二ある木造の階段があって露台に登れるようになってますから、そこを登って行くのです。露台には三つの窓がありますが、その真ん中の窓を入ると、その家の二階の入口へ出られます。それから二つの階段を登ると硝子《ガラス》をはめた扉《ドア》があります。ここまでは危険なしに来られます。この家には貴方が入ろうとする部屋以外には誰もいないのですから。硝子の扉の前まで来たら、音を立てぬよう静にそれをお開けなさい。するとごく狭い廊下があります。その廊下を六呎《フィート》ばかり進むと、左手に重い綴織《つづれおり》の赤い窓掛《カーテン》が真鍮の棒から垂れさがっています。少しの音もさせぬよう、そッとその赤い窓掛を上に捲《まく》ってごらんなさい。するとバーナードを殺した男の顔が見えます。よくその男の顔を見たら、来た時と同じように静に階段を下りるのです。どうです。解りましたか?」

「解りました」煙に巻かれたような気持でトレヴィズンが云った。「しかし随分奇抜なやりかたですね。そんなことをしても、危険はないでしょうか?」

「ただ普通の注意さえしていれば危険はないのですけれど、怖かったら行かなくてもいいですよ」

「随分妙なことを仰有るのですね」トレヴィズンが考え深そうに云った。「しばらく考えさせて下さい」

四

彼は暗闇の中の椅子に腰かけて、未知の来訪者の方をじっと眺めながら、その事柄をよく考えてみた。それは確に、常規を逸した普通人の思いも及ばぬ事に違いなかった。しばらくして彼が云った。

「これから直ぐそこへ行くのですか？」

返事はない。おや、女は出て行ったのかしらと思いながら彼はまた一層大きい声で、同じ言葉を繰りかえした。だが、やっぱり返事はなかった。彼は急いで手捜りに燐寸を探してパッと火をつけた。部屋は空だった。

遠方から後姿でもと思って、いそいで階段の処まで出てみたが、何も見えなかった。彼女は来た時と同じように、誰にも知られず帰ったのである。

トレヴィズンはそそくさと部屋へ帰って、ランプに火を点けた。そして熱のこもった奇妙な言葉以外に、何かもっと具体的な、例えば紙に書いたものでも置いてありはしないかと思って、そこらを探してみた。だが、そんな物は見つからなかった。今までそこに来訪者があったような面影は、見すぼらしい部屋のどこを探しても残っていない。

トレヴィズンは巻煙草に火をつけると、当惑したような面持で、部屋の中をあちこち歩き始めた。どうかすると、こんな冒険をするのが無鉄砲なような気がして仕様がなかった。バーナードを殺した男に対する彼女の復讐の念が怖ろしいようにも思われた。「俺は行くまい。あの女が蔭でどんな悪いことをするか解ったもんじゃアない」

こう彼は心に呟いた。

だが、そう決心すると同時に彼は絶望を感ぜずにいられなかった。行かなければ、未知の来訪者の顔も見ることが出来ない。彼は何故ともなくそれが見たかった。彼女は危険な怖るべき女かも知れない。けれども彼は、その女の顔を明らかに見ることが出来るなら、多少の危険は冒しても、いいと思った。

だがとにかく、宝石の由来だけは明らかになった。トレヴィズンはバーナードに恋愛事件《ラヴアフェア》があるかも知れないとは感じていたが、こうした理由で女から彼に贈られた物とは思わなかった。彼は暗くて解らなかった地点へ、眩しいばかりの明るい光が差してきた気がした。

「何人《なんぴと》か――恐らく、彼女の良人《おっと》が、バーナードを殺すべく、人を送ったのであろう。そして、彼女はそれが誰であるか、よく知ってるのであろう」トレヴィズンは考えるのである。「彼女はバーナードを殺したのは、その男であると信じているのだろう。そして彼女は、この俺に、その男の顔を見せようとする。それは何故だろう? 多分、彼女はその男が犯人だという動かすことの出来ぬ確証を摑んでるのであろう。もしそうとすれば、その確証が世間に認められたら、この俺は莫大の遺産にありつける。彼女はなるべく早く確証を摑んで、そして一度摑んだ以上は公然と行動せねばならぬ。でなければ俺の利益にはならぬ。俺は何が目的で彼女を助けるのだろう?」

この疑問には三つの答えが心に浮んだ。強い好奇心、彼女を見たいという慾望、五万磅。この中の一つだけなら彼も心を動かしはしないだろう。だが、この三つが一緒になると、なかなか力強かった。

そして彼は、結局帽子を取って、とにかく外からでも、ツムベイ街の家を見てこようと部屋を出た。陰気なシャルロット街には、湿っぽい霧が立ちこめていた。その霧は、西へ行けば行くほど深くなって、リゼント街では灰色の窓掛の如く四方を遮った。彼はそこからビーク街へ折れた。材木を積んだ空地を探すのには、骨が折れなかった。彼は大小いろんな材木を積み重ねた間や、空の編籃《あみかご》の散在する間を、注意深く用心しながら進んだ。と、眼の前に十二の段のある木造の階段が見えた。彼はちらと後を振返って静にそこを昇った。

露台は古くて、手摺なぞ半ば腐っていた。その露台には三つの窓がある。彼はそのまん中の窓のそばへ行った。扉は締っている。けれど掛金が毀れているので、雑作《わけ》なく開いた。彼はその窓から中へ入った。

はじめの間は何も見えなかったが、段々眼が闇に慣れるに従って、四角な床と、眼の前の階段が、朧《おぼ》ろに見えだした。トレヴィズンはいよいよ危ない位置に我が身があるのを感じて、じっと耳を澄ました。だが、家の中は寂《しん》と鎮まり返って、黴のはえたような湿っぽい匂いがするだけだった。彼は次の行動を考えた。次には二つの階段を昇って、硝子の扉のある処へ出ねばならぬ。彼は細心の注意を払いながら階段を昇りはじめた。敷物のない階段が、時々ぎいと軋った。その度に彼はひやりと立止って息を殺した。が、邪魔をするものは何も現れなかった。

二つの階段を登り切ると、そこに果して硝子戸がある。女が云ったことに間違いはなかった。彼女はここで用心しろと云った。音をさせずに扉を開けて、狭い廊下を六呎ばかり進むと、赤い窓掛があると云った。

トレヴィズンは息を殺して把手《ハンドル》を廻した。すると前に狭い廊下があって、左側に真鍮の棒から赤い窓掛が垂れている。窓掛の後ろには灯《ひ》が点っているらしく、明るく見える。一番大切な時が来た。さて、これからどうすればいいのだろう？

「そっと赤い窓掛を上に捲ってごらんなさい。するとバーナードを殺した男の顔が見えます」

トレヴィズンは二足《ふたあし》ばかり赤い窓掛の方へ進んだ。なるほど勇気を要する仕事だ。気がついたら窓掛の奥にいる男は、定めし怒ることだろう。

「もしこちらを振向いたら、どう弁解しよう？」

彼は躊躇した。だが、ここまで来て、今更ら引返すのは馬鹿らしい。思い切って、息を殺して、そッと窓掛を捲った。明りが次第に強くなる。トレヴィズンは喪心したように、じッと中を見入った。胸が早鐘をつく。

彼がそこに見たのは、年の頃三十ばかりの、背の高い、手斧型の蒼白い顔をした、鷹の嘴《くちばし》のように曲った大きい鼻を持った男であった。

正面《まとも》に強い光線が当っているので、トレヴィズンはその顔を、はっきり見ることが出来た。血の気がなくて、狂暴で、殆ど絶望的なその顔は、一目見たら忘られぬ顔立であった。

トレヴィズンは元の通りに窓掛を卸した。そして狭い廊下を通り、二つの階段を降り、窓を這い出し、露台から十二段の階段を飛ぶように走り降りた。そして空地をツムベイ街の方へ半分ほど歩いた時、唐突《だしぬけ》に物蔭から一人の覆面の女が現れて、彼の心臓をぐさりと突き刺した。トレヴィズンは両手で空中を摑んで、叫声すら立てないで、ぱったり倒れた。

その翌日のお午頃《ひる》、新聞売子が矢釜《やかま》しい声で喚《わめ》きたてた。かつてバーナードを殺した嫌疑で捕えられ後《のち》釈放されたトレヴィズンが、何者かに惨殺されたと云うのである。新聞にトレヴィズンの写真が出ていた――年の頃三十ばかりの、背の高い、手斧型の蒼白い顔をした、鷹の嘴のように曲った大きい鼻を持った男である！

彼女――即ち世間の何人にも知られず疑われずにバーナードを愛していた女が、トレヴィズンに向って、彼女の愛人が熱情のために危険に直面しているので、それを救うために、彼女が宝石を贈ったと云ったのは、真実を語ったに違いなかった。けれども彼女は恰度《ちょうど》バーナードが荷造りしていた時に、偶然にトレヴィズンが彼を訪問し、その宝石を見て咄嗟に悪心を起こして、バーナードが罠に陥る一足前に、トレヴィズンが彼を殺したのだということは、ドレヴィズンに向って話さなかった。彼女は朧ろにこの事実を想像していたのであるが、確かなことは知らなかった。だが彼女の計略が、この想像の当っていたことを知らしてくれたのである。

トレヴィズンが赤い窓掛を揚げたその瞬間、そばの闇の中から二つの目――復讐に燃える彼女の二つの目が、じッと彼を見守っていたのである。彼を裏切る当惑、恐怖、自責の表情がその顔に現れはしないだろうか？　ところがその総ての表情が現れた。無理もない。窓掛の上の明りが向うの長い鏡に一面に当って、トレヴィズンはそこにバーナードを殺した自分の姿を見たのである！

〈ステイシー・オーモニア集〉

犯罪の偶発性

一

ボルドーを寄港地とする船乗《ふなのり》は、誰でもルシアン・フォール街を知っているだろう。この街は世界到る処の港の波止場附近によくある不規則な街で、その傍に、高い、穢ならしい家が、蜂の巣のように錯綜したデュケーヌと言う小さい袋町がある。この袋町は役人たちや附近の人たちから毛虫のように嫌われているが、それは何もその街の家が穢ないからと言うのではなく、ただ、住んでいる人が、殆ど大抵前科者や無頼漢《ごろつき》ばかりだからである。

裁判所に曳かれて行く人殺《ひとごろし》や、喧嘩太郎や、脅喝者や、贋造者は、いつも決り切って、この不名誉な区劃《まち》に住む男なのだが、それにも拘らず、当局者は手を拱《こまぬ》いて、何等の干渉もしない。この区劃を監督している警部トローザンなぞは、現状をそのままに棄て置いた方がいいと言っているが、それはまんざら理由のない言葉ではなく、実際市内到る処に無頼漢を散在さして置くよりは、こうして一つの区劃に纏めておいた方が都合がいいのである。

仲間の者はいつも警部トローザンの説を嗤《わら》っていた。彼の説によれば、犯罪には偶発性がある、即ち人というものは或る時、或る境遇に置かれた場合に、ほんの僅かの動機から、知らず識らず、罪悪に足を踏み入れるものだと言うのだ。

すると仲間の者はいつでも、「じゃあのラサクをどう説明する?」と反駁する。

このラサクと言う前科者は今五十七だ。生涯の二十一年十ケ月を監獄で送った男で、今では長年の苦労や、激しい感情のために、顔が皺だらけになっているが、それでも丈夫そうな、根気強い老人だ。彼は十七の年に初めて一人の支那人を殺した。それは波止場の傍のちょっとした喧嘩が元になったので、多くの人はラサクに罪はないと言っていた。

けれども当時の裁判官は、その頃これに似た事件が沢山起るので、見せしめのためにでも処罰せねばならぬと言って、ラサクに二年の懲役を申渡した。監獄を出た時の彼は、仕様のない悪者になっていた。それからと言うものは始終泥棒をしたり、贋造した金を使ったり、喧嘩をしたり、酔払ったりして幾度も拘引されるようになった。

けれどもそれはただ表面に表れた犯罪に過ぎない。表面に表れた犯罪が、彼が蔭で犯す罪悪の一小部分に過ぎないということは、彼を知る者は誰でも知っている。彼は悪賢い老人だった。仲間の男を斬って不具《かたわ》にしても、不具になった男は後のためを思って、口を噤んでいた。彼はまた二人の女を、実に惨酷に取扱った。自己を犠牲にした親切らしい行《おこない》は少しもやらない。その上彼には義理などの観念が毛頭ない。いつも仲間を裏切った。悪い事を考えるのを楽しみにしていた。若い者に悪い事を教え込んでいた。他人が盗んできた賍品《しょうひん》の、売買の世話をしていた。一口に言えば、彼は犯罪の中心人物だったのだ。

だから警部トローザンも、仲間の者にラサクの話を持出されると、口を噤むより他なかった。こんな悪人のどこに、「犯罪の偶発性」が見出されよう?

二

ある日、ラサクは「サンショ」と名付けて可愛がっている犬を相手に遊びながら、

「ほら！　しっかりしろ！　元気を出すんだ！」と言っていた。

サンショは尨犬《むくいぬ》とも見えなければ、普通の犬とも見えない、変な、淋しそうな、奇妙な犬で、大きな、感傷的な眼をして、非常によく主人に馴付いていた。主人が例の不思議な夜の冒険に出かけて、留守の時分なぞにはいつも扉《と》の傍の巣にうずくまって、両足の間に鼻を突込みながら、扉を見張っているが、主人が帰って来ようものなら、直ぐそれと覚って嬉しそうにううと一声唸りながら、全身の皮膚をぶるぶる顫わして興奮する。今日サンショが不安を感じているのは、煙突が少しばかり毀れて煉瓦が少々抜けたために、孔から近くの屋根が見えだしたからである。けれども時は夏だ。この位のことは辛抱できる。

「なあに」彼が云った。「明日は直している、今夜は美味しいオムレツがある。明日はお前にはハムと骨と、俺には三鞭酒《シャンペン》が一本だ。なあ、どうだい？　さあ、今日はおとなしく寝ろ寝ろ！　なあに、ありゃグロニアールだから心配すな」

犬は巣に帰った。

と、淋しそうな顔付の、グロニアールと云う老人がつかつか這入って来た。顔は馬のように細長く

て眼のみが飛出して、頭には白髪が薄く生えている。顔が小さい割合に体が莫迦に大きく逞しくて、その態度を見ると誰でも彼の左手と左の胴が麻痺していることに気が付く。彼の見すぼらしい緑色の服の左の胸には、小さいメダルが光っているが、これは彼が二十六の時に、ガロンヌ河に飛込んで二人の子供を救助した時に貰ったものである。彼はどっかと椅子に腰を卸すと、ポケットから一枚の穢ならしい紙を出し、卓子《テーブル》の上に拡げながら、

「もうすっかり出来た」と打沈んだ声で云った。

「有難い、じゃあ図面を拝見しよう」とラサクが云った。

「これがお前が這入る部屋と、自動車の車庫だ。運転手は奥さんと小間使を連れて、今朝ポーに行って、三週間たたぬと帰って来ない。主人のドラネルは二階のこの部屋にいつも寝るんだが、お前も知っての通り、先生薬ばかり飲んでいるんだから、夜の十一時から朝の四時までは、死んだように熟睡する。リゼットともう一人の女中は一番上の三階に寝るのだが、リゼットが寝る前にはサイダーの中に睡り薬を入れて相手の女中に飲ませると云ったから心配はない。家の中には、もう他に誰もいない！　犬一匹いない！」

「じゃ頗る都合が好いなあ？」

「好いとも、まるで油の這入った罎《びん》の詰《つめ》を抜くようなものだ。自動車の車庫の上の部屋の扉は締っているが、鍵が昔風の鍵ときているから、象牙の爪楊枝が一つあったら開くよ」

「ふん。しかし何だね、リゼットは何か報酬を欲しがるだろうね？」

来訪者はにやにや笑いながら赤いハンケチを出して鼻をかんだ。

「なあに、惚れてるんだよ」

「誰に――あのレオンにかい？」

「そうさ。だからお前が行くか、それともあの若いレオンを一人で行かせるか考えておかなくちゃならない。彼奴《あいつ》はなかなか気が利いてるから、よくお前の云うことを聞くぜ」

「盗めるような物は、どんな物があるんだ？」

「客間の箪笥の左の上から二番目の抽斗《ひきだし》には家賃を集めた金が這入っている。彼奴は小さい家を沢山持っているから、きっと一万法《フラン》はあるはずだ。宝石類の目ぼしい奴は大抵奥さんが持って出たらしいが、まだ寝室の宝石箱の中には、ちょいちょいした物が残っている。その他には箪笥の中に、まだ古銭が這入っているが、その中には金貨も混っている。その箪笥は図書室にあるんだ。ほら、ここだよ、ね？　それからまだ家の中を探せば、銀の皿やナイフが沢山出てくるから、そんな物を拾い集めたら、一人じゃ、とても持って帰れないほどあるよ」

「よし、じゃあのレオンの奴を伴れて行ってやろう。彼奴に今夜十二時半、あの河の向うの橋の傍で待っているように、云っといてくれ給え。もし時間通りに来なかったら、頭を打《ぶ》ん撲ってやるから、そう云っといてくれ給え。よし、それだけだ」

「じゃまあ旨くやりたまえ。親分、さようなら」

三

若いレオンは自分ではいかにも強そうにしているが、実は気の弱い男で、今度の仕事だって内心ではびくびくしている。彼は約束の時間を待ちながら、自分がその夜経験すべき危険な冒険よりも、ラサクと会わねばならぬ事を恐ろしく思った。彼はラサクと一緒に働くより、自分一人で働く方が好いと思った。綺麗な手を持った彼は、店前《みせさき》でちょっとした品物などをごまかすことは朝飯前だが、まだ夜中に他人の家に忍込む危険を経験したことがない。

その上、彼は報酬が少ないのが不平だった。元来この仕事の大体の策略を立てたのは彼である。男に媚を売ることの上手な中年の女中リゼットに、気があるように見せかけて、旨く取入って策略を立てたのは彼である。無論盗むべき品物は沢山あるだろう。けれども彼等の仲間の親分たるラサクに雇われた身の悲しさは、盗んだ品物のごく僅かの一部分を金にしたものしか貰えないのだ。贓品は総《すべ》てラサクの手に入るのだから、彼は幾ら予想外に沢山盗めても多いとは云わないだろう。その上グロニアールだって幾らかの分前には預かるだろう。万事の遣方《やりかた》が頗る不公平だ。彼は今にして、リゼットとの仲を秘密にしなかったことを後悔した。彼の目の前には汚らわしい仕事の光景が躍動した。

とは云え今になっては詮すべもない。出来るだけ仕事に精だすより他ないのだ。約束の時刻に橋の傍でラサクに会った彼は、頗る丁寧な、謙遜な若者であった。その反対にラサクの機嫌はあまり宜しくなかった。そして二人は打伴《うちつ》れながら、あまり物も云わずに、北の郊外なるドラネル氏の別荘に急いだ。夜は暗くて、よく晴れていた。目的地に近づくに従って、次第にラサクが無口になるにつれ、若者の心は段々焦立ってきた。そしてこんな場合に人が誰でも経験することだが、不平が嵩じるに従ってますます顔にはその反対の色を表して、飛びたつばかりに嬉しそうな風を見せた。彼はいかにも気軽そうに振舞い、こんな仕事ぐらい何でもないという風をした。殆ど浮れ調子にさえなった。けれどもそれが相手の心を喜ばしたかと云うに、そうではなかった。ラサクは一度ならず静かにしろと若者を叱り付けた。

「家の中に這入ってみろ、貴様だってそんなに嬉しそうにしちゃいられない」と彼が云うと、

「だって危なくはないよ。心配する事なんかちっともありゃしない」と若者が何気なく笑った。

「危なくない事があるかい!」ラサクが呶鳴った。「貴様が考えているほど易しい仕事じゃない。幾ら用意していても、唐突《だしぬけ》に闇の中から、思い掛けない弾丸《たま》が飛んでくるかも知れない。どんな処に巡査が隠れていないとも限らぬ。ドラネルの野郎が今夜に限って催眠剤《ねむりぐすり》を飲んでいないかも知れぬ。そして拳銃《ピストル》を握ったまま、腰掛けて待っているかも知れぬ。リゼットが主人に密告しているかも知れない。他の女中が物音に眼を覚して、何も盗まずに逃出さなきゃならないようになるかも知れない。自動車が途中で毀れて、奥さんと運転手が、いつ帰って来ないとも限らん。また仮令《たとい》旨く盗み出せたにしても、街の角で捕まえられることもあれば、明日になって捕まえられることもある。あるいは一週間後に捕まえられるかも知れない。どんな処からしくじるかも知れないのだ。警部トローザンが腕節の強い巡査を五六人も連れて庭の中に隠れて待っているかも知れないんだ。だからそんなに呑気に構えているもんじゃない。青二歳の癖に!」

こんな説教を聞かされたって、レオンの心が元気になりはしなかった。自動車の車庫に近い塀の傍まで来ると、彼は木の葉のように胴顫《どうぶるい》を始めて、歯の根をがたがた顫わせだした。

「ブランディーが一杯飲みたいなあ！」若者が急に声を変えて云った。

年寄の前科者は、軽蔑の色を浮べて、じっと若者を見詰めていたが、やがてどこのポケットからともなく壜を取りだして、まず自分でぐっと一杯飲んだ後、相手に渡した。そして若者が少しばかり飲むと、直ぐ引ったくるように壜を取ってしまった。

「さあ、登れ！」彼が云った。

レオンはもう逃げられないと観念した。ラサクが若者の足を支えるように両手を出すと、若者はその上に上って塀の上によじ登り、後からラサクも這い上った。二人はそれから庭の角《すみ》に積重ねた何やら入った袋の上に降りた。車庫と屋敷は闇に包まれている。あたりはひっそり静まり返って、僅かの物音も怖ろしく拡大されて響く夜だった。

四

　ラサクは物馴れた目付で、闇に朦朧《もうろう》と浮び出す車庫の構造を見た。レオンはじっと耳を澄した。彼は扉の隙間から、家の者が覗いていはしないかと思った。一つ二つの拳銃《ピストル》が、自分を狙っていはしないかと思った。胸の鼓動は次第に激しくなる。彼は人の家に忍び込むことが、こんなに怖ろしいものだとは思わなかった。彼は老人を恨んだ。何故ブランデーを充分に飲ましてくれなかったのだ？　彼は急に或る誘惑を感じた。恰度《ちょうど》、老人は向うに向いて様子を伺っている。今不意に後から老人の頭を撲って逃出してはどうだろう？　そうだ、それがいい。彼は自分はとても怖ろしくて、他処《よそ》の家に忍び込んで、危険な仕事をするだけの勇気がないと思った。その危険を冒すよりも庭で死んでしまった方ましだと思った。

「ついて来い！」車庫の方に忍足で歩きながらラサクが云った。

　レオンは老人の後ろに小さくなって、機会が到来するのを待った。彼は武器と云っては何も持っていない。ただ空拳《くうけん》があるばかりだ。頑強なラサクと格闘しては、とても勝てないことは彼自身もよく知っていた。庭はコンクリートで固めてあるので、武器になるべき石ころ一つ落ちていない。彼は思った。

「不意に力一杯、後頭部を撲ってやろう。倒れるまで撲ってやろう。転んだら足で力まかせに蹴ってやろう」

ラサクは車庫の傍に立って、どこから這上ろうかと、上の窓を見上げている。その隙にレオンは素早く周囲を見廻した。すると壁のそばに短かい黒い物があるのが眼に付いた。小さな鉄管だ。彼はそっと横なりに歩いてそれを拾い上げた。すると恰度その時ラサクが不意に振向いて、

「何してるんだい？」と小声で云った。

もう愚図々々しちゃいられない。彼はラサクの方に近よりながら、

「これでも持っていた方がいいからね」と曖昧な声で云った。

左利きのレオンはその鉄管を左手に握った。何も持っていないラサクは若者の方に近づいた。若者がまた云った。

「どこから入ろう、親方？」

彼はこう云えばラサクがまた家の方に向くものと思っていた。劣等の人間には自己保存の動物的本能が強いものだが、ラサクもこの本能を働かした。ラサクは何も云わず咄嗟に若者めがけて飛び掛った。若者は怖ろしさに声を立てて叫びたかったが、黙ったまま鉄管を打振った。鉄管は何物かに触れたが、あまり手応えはなかった。ラサクは若者の顔をしたたか撲りつけた。撲られた若者はよろめいた。ラサクは隙《すか》さず若者の手から鉄管をもぎ取った。レオンは声を立てていいものなら声を立てて近くの人を呼起して、この怖ろしい老人から逃れたいと思った。ああ、声を立てたい！　怖ろしいラサク！　どこにいる？　助けてくれ！　助けてくれ！　いや、いや！……ああ、神よ！

ラサクは庭の隅の塵箱《ごみばこ》の蔭に、喪心している若者の体を隠した。格闘は妙に静かに素早く行われた。物音と云っては、ただ裏切る若者の頭を撲りつける鉄管の音と、二三の低い唸り声だけだった。喪心

してしまった若者は叫声を立てることすら出来なかったのだ。

ラサクは壁際の闇に立って耳を傾けた。誰かが物音を聞付けはしなかっただろうか？　今夜はこれで逃げ出した方がいいだろうか。彼は静かに考えた。一羽の梟《ふくろ》が、一声静かに鳴いて飛び上り、闇の中を近くのお寺の方に逃げた。

莫迦なことをしたものだ！　もし捕えられたらどうする！　捕えられたらそれきりではないか？　皆んなが自分が捕えられたことを惜しんでくれるだろう。それに自分はまだ長い余命と人生の楽しみがある。彼は一人苦笑した。そうだ、このまま逃げるに如《し》くはない。彼はまた塀の方へ後戻りしかけた。

すると急にまた引戻したいような気がしてきた。それは生活の苦労からかも知れない。賭博者が感ずる誘惑かも知れない。あるいはまた泥棒に相当した虚栄的な空元気《からげんき》かも知れない。彼はわざわざ別荘まで来て、中途で何も盗まずに帰るのは意気地がないと思った。それも困難な仕事ならとにかく、訳のない仕事で、早《はや》万事の手配りが済んでいるのではないか？　彼はもう扉《ドア》の上の寝室に這入るべき方法は考えていた。僅か三十分ばかりで数千法の金持になれるのだ。その頃の彼は金に窮していた。若者にはもう金を分配しなくてもいいのだ。考え直した彼は広い肩を揺すってまた車庫の方に引返した。

それから十分ばかりたつと、彼は車庫の上の部屋に這入っていたばかりでなく、屋敷に通ずる扉の古い錠を毀していた。最早彼はすっかり落着いていた。彼は両手をついて、四這匐《よつんばい》になったまま、グロニアールに貰った図面から想像して部屋の位置を考えた。それからゴリラのように廊下を這って左から二番目の扉の前で、内から響いてくる重い深い鼾声《いびき》に耳を澄ました。ドラネル氏だ——締めた！

その鼾声は、催眠剤で眠っている人の鼾声に違いなかった。

鼾声を聞いた後は彼は一層強い確信を持って、階段を降りて客室へ這入り、少しの間違いもなく、金箱の入った箪笥の抽斗を開けた。金箱は思ったより小さかったので音をさして錠を毀すより、箱のまま取って帰ることにして、持ってきた袋の中に入れた。それから彼は懐中電燈で部屋の中を素早く見廻した。図書室の箪笥の中にあった古銭や、銀製のちょいちょいした装飾品なぞを袋に入れた。袋を背負わせるには若いレオンがいると都合がいいのだが、倒れてしまっては仕方がない。けれども彼のためには、あれが当然の報いと云うものだ。ラサクは大きい銀の食器なぞには手をつけず、ただ手近にある小さい持って帰るに都合のいいものばかりを掻き集めた。ただこの二三ケ月の間、犬に食わせる豚の骨と、自分が飲む古いブランディーが買えるだけ盗めばいいと思った。ラサクも案外、無慾な簡単な男であった。

袋は間もなく一杯になった。彼は食堂の卓子の傍に立ったまま、またブランディーを取出して、一杯呷った。それからぱちくり眼をしばたたいた。もう盗む物は無いだろうか？　あるある、グロニアールが、宝石箱の中に奥さんの宝石が入っていると云ったではないか。けれども宝石箱はドラネルが寝ている寝室の中に置いてあるのだから、ちょっと困る。それかと云って宝石を持たずに帰るのもあまりに不甲斐ない。

主人ドラネルは催眠剤を飲んで死んだように眠っているではないか？　今は二時だ。彼は朝の六時までは目を覚まさないと云う話だ。構うものか？　薬を飲むような奴に心配が要るものか？　薬を飲むような奴は何も為得《しえ》ないに決まっている。もし起きて騒ぎ出したら、あのレオンと同じように一本見舞うだけだ。そうすればまた余分の宝石にありつけると云うものだ。彼はまた階段を昇った。神経がまた針の先のように尖った。ドラネルの寝室の扉にそっと耳を当ててみると、内では相変らず鼾の声が聞える。彼は静かに把手《ハンドル》を廻して、息を殺しながら寝室に這入り、後にそっと扉を締めた。

ここだ！　彼は寝台を避けるようにして、懐中電燈で周囲を照らした。寝台の上の主人は、不規則な聞き苦しい鼾を立てている。彼は壁を電燈で捜《さぐ》って、銀飾りの付いた化粧台の位置を知った。新しい立派な化粧台だ――糞ッ！　一番上の右手の抽斗には鍵が掛っている。宝石箱が入っていると云うのはこの抽斗だ。錠を毀したものだろうか？　毀すだけの価値があるだろうか？　今までは万事が旨く行った。これだけで帰ってもいいではないか？　恐らく目ぼしい宝石は夫人が持って出て、ここには無いだろう。

彼は躊躇しながら寝台の方を振向いた。肥えた金持の豚のような奴が眠っている！　自分が生命《いのち》懸けでこんな冒険を行いながら働かなくてはならぬのに、何故此奴《こいつ》は贅沢に、楽しく寝ているのだろう？　憎らしい奴だ！　彼はまず肩から袋を卸して、胸のポケットから小さい鋼鉄の道具を取出した。抽斗を開けるには、どうせ少しは音がするだろうが、なあに、寝台の上の男は死んだように眠っているのだから構うものか！　ラサクは床の上に両膝を突いて、仕事に取掛った。数分間がたった。困ったことには、丈夫な錠で、なかなか開いてくれぬ。夢中になって錠をつついている彼の頭に、ふと怖ろしい事実が浮んだ。それはいつの間にか周囲《あたり》が静かになっているということだ。寝台の上の主人は最早鼾声をかいていない。何の物音も聞えぬ。

ラサクは今夜、この時初めて背骨がぞッとした。金箱を袋に入れた時に、さっさと出て行けばよかったのだ。あまり深入りをしすぎた。寝台の上の男は目を醒まして、彼がいる事を覚っている！　どうしたらいいだろう？　恐らく寝台の上の男は拳銃を持っているだろう。あるいは格闘の段になるかも知れない。塵箱の傍に倒れているレオンと同じ運命に会ってたまるものか！　何故ドラネルは声を立てないのだろう？　何故黙ってじっとしているのだろう？　ラサクは身を低めて床の上にしゃがんだ。

五

身を低めて床の上にしゃがんだ彼は運が好かった。何故と云うに、彼がしゃがむと同時に、ズドンと一発、怖ろしい音がして弾丸《たま》が恰度彼の頭のあった辺《あたり》の化粧台を貫いたからである。運が好かったのだ。自己保存の原始的本能が旨く働いたのだ。寝台の下に鳥の羽根を詰めた枕が落ちた。彼はまた一種の本能に駆られてその枕を拾い、人間の体のように右手で寝台の足の方に押遣《おしや》った。するとまた第二発の弾丸がそれを貫き、化粧台に当った。途端にラサクは寝台の左側に飛び掛り、ドラネルの頸筋をうんと握り締めた。

格闘はほんの一瞬間に過ぎなかった。拳銃がガタリと床の上に落ちた。薬剤の中毒にかかっているドラネルは、藻掻きながら、何やら喘いでいたが、間もなく寝台の上に正気を失って倒れてしまった。盲目的の狂忿に駆られたラサクは正気を失って倒れている男を、幾度も幾度も撲った。と、急にまた彼は気味悪い恐怖に襲われた。彼は冷汗をかきながら、また闇の中に身を伏せた。

「今度は捕まえられるかも知れない」と彼は考えた。「あの拳銃の音に目を覚ましてリゼットや他の女中や、近所の者や巡査が来て、俺を見付けるかも知れない。盗んだ物は棄てて、このまま逃げだそう」彼は残りのブランディーをまるで一息に飲みほして、危なっかしい足取で扉の方に歩いた。家はしんと静まり返っている。彼は把手を廻して廊下に出た。するとこの時いつも彼の耳に囁き彼を導く声がまた聞えた。

「しっかりしろ！　何故袋を棄てて帰る？　何のためにここに来た？　親羊を盗もうが、小羊を盗もうが、死刑になる段になれば同じではないか！」彼は咄嗟に後戻りして、袋を背負った。けれどもその手は激しく顫えていた。

彼は寝室を出かけると、どうしたはずみか袋が寝台の真鍮に触れて、中に這入っている金属がガチャッと音を立てた。彼はこの音にまた胆《きも》を冷した。今夜は、どうかしている。何でもない事に驚きばかりしている。一体どうしたんだろう？　元気が衰えたのだろうか？　年を取ったのだろうか？　無論彼だとて死ぬる時は来るであろうが！

おや！　何だろう？　彼は死人のようにじっと戸口に立《たち》すくんだ。足音を忍ばせながら誰やら階段を昇る気配がした。確かに階段の板が軋る音がした。彼はこの音を今まで何度たびたび幻に聞いたことだろう！　けれども今夜の音には間違いない！　彼はすっかり元気を失った。「今度敵が現われたら、もう戦う勇気はない。俺の負けだ！」

永劫のように長い時がたった。すると今度は違う階段の板が軋る音がした。誰だか解らないがとにかく、誰かが近づきつつある。彼は一生懸命になって気を引き締めた。も一つの格闘――たといそれが自分の最後の格闘となろうとも、も一つの格闘のために用意しなくちゃならぬと気を引き締めた。

と、階段の方から低い女の声がして、

「レオン！」と囁く。

レオン！　一体何の事だろう？　ああ、そうそう、レオンと云ったらあの若者のことだ！

呼んでいるのはあの莫迦のリゼットだ――密告者のリゼットだ。リゼットが俺を情夫のレオンと間違えていやがるのだ。彼はほッと胸を撫で卸した。女というものは妙な処で役に立つものだ。けれども油断してはならぬ。彼女に声を立てさせてはならぬ。

「レオン！　レオンじゃないの？」また彼女の声がした。

彼は精一杯になって自分の声を制しながら、

「解ってるよ。俺はレオンの友達だ。レオンは今外にいる」

女は吃驚《びっくり》して喘いだ。

「まあ！　わたし、ちっとも知らなかったわ！」

「心配せんでもいいよ姐さん。俺はこれから下に降りて、レオンの処に行かなくちゃならない。万事旨く行ったよ――」

真っ暗闇をいいことにして、ラサクは急いで足音を忍ばせつつ階段を降り、下の戸口の処まで来ると振向いて声を潜めて云った。

「姐さん、もう十分ばかりたって下に降りてみたまえ。レオンが庭の塵箱の傍で待っているから」

云いながらラサクは殆ど気味悪いほどの微笑を浮べたが、その微笑が見えなかったのは、一時的にもせよ、リゼットの心の平和のためには幸福だったと云わねばならぬ。

六

ラサクがこの言葉を云ってから四時間の後に、デュケーヌの貧民窟なる彼の家の窓下の敷石の上に、彼が屍体となっているのを、一人の巡査が見出したが、その四時間の間に彼がどこで何をしていたものやら、それを知っている者は一人もいない。ただ警部トローザンに彼の得意の推理の糸を手繰らせるより他ないのである。ラサク老人は人目忍んで歩くことに掛けては殆ど名人であった。盗んだ二つの柱時計を両脇に抱えながら白昼ボルドーの街を、誰にも見付けられずに歩く位は彼にとって訳のない仕事で、それが夜ででもあろうものなら尚更であった。彼の死体が発見されてから五日目に訊問が行われたが証人の中に誰一人立上って、その夜、及びその前の日の午後、彼を見たと云い得る者がなかった。

名誉ある裁判長、マキシム・コルベール氏は、五月蠅《うるさ》そうに頻りに何やら考えながら、寒い死体安置所から蒸暑い法廷に帰った。度々屍体を見慣れている彼は、屍体を見たからといって別に胸を悪くしもせねば、興味を唆られもしない——その上今日の屍体は前科者の老人だ！　彼にはただ無用な時間を潰す、面倒な仕事と思われるだけだった。

彼の頭には他にもっと興味ある大切な問題があった。彼の息子の嫁が、今、赤ん坊を生みかけているのだ。さて、今日の裁判は何？　そうそう、ドラネル氏の別荘における不思議な犯罪に関連した、テオドル・ラサクと云う五十七歳の老人の件だった。このラサクの屍体は、九日の朝、四時十五分に、アドルフ・ローゼルと云う男によりて、デュケーヌの敷石の上で発見された。発見した男は直ぐ警察にとどけた。

警部補フロケットは右の事実に過《あやま》りなきことを証言した。そして屍体が発見された場処は、ラサクの住家たる五階の屋根裏の窓の真下だから、多分、自分で飛び下りて自殺したものらしいと云った。そうだろう！　前後の事状は頗る明白だ。犯罪者の末路はいつも自殺だ。全体この男はどんな男だ。犯人の経歴を読み上げさしてみなければならぬ。

法廷に集まる群集の中から、背の高い、頤髯《あごひげ》を四角に刈った警部が立上って、厳粛な声で犯人テオドル・ラサクの経歴を朗読した。読み方はあまり上手ではなかった。経歴は十七歳の時、一人の支那人を殺したことから始まって、それから数限りなき悪事を重ねている。その犯罪と刑罰の数は一々数えるのも五月蠅いほどだ。裁判長マキシム・コルベールは、いつの間にやら自分の息子と今度生れるべき初孫の事を考えていた。生れたら電報を寄越すだろうか？　それとも使の者を寄越すだろうか？

弁護士は一体何を述べているのだろう？　突然、警部トローザンが立上って発言を求めた。宜しい、トローザンは立派な警部だ。彼はトローザンと随分昔から知っていた。いろいろな事件で面《かお》を合わしたことがある。少々理窟っぽい処はあるが、根気強い、感心な、面白い男だ。裁判長マキシム・コルベールは、自らトローザンと訊問を始めた。

証人席から裁判長に向って挨拶した警部トローザンは、下唇の下の小さい白髪混りの髯《インペリアル》をつつきながら、考え深そうな灰色の眼で一同を見廻した。

「トローザンさん、この不幸な事件は、貴方の管内で起ったのですか？」

「そうです」

「貴方は今、犯人の屍体が発見された有様について、ローゼル君とフロケット君が述べられたことをお聞きになったでしょうね?」

「はあ、聞きました」

「貴方が後で現場の調査に行かれたというのは本当ですか」

「本当です」

「それは何時頃《いつ》のことです?」

「六時十五分です」

「調査の結果、ラサクの死因が解りましたか?」

「解りました」

「何故死んだと思います?」

「私はこのテオドル・ラサクと言う犯人は、自分の飼犬の生命を救おうとして死んだものと思います」

「えッ? 自分の飼犬の生命を救おうとして死んだ?」

「そうです」

裁判長は一同を見廻した。一同は裁判長を見た。そして彼等は書類をつつきながら、時々怪訝らしい眼をトローザンの方に注いだ。裁判長は軽く咳払して、

「なるほど、貴方は犯人が犬の生命を救おうとして死んだと仰しゃるのですね。で貴方は何故そんな決論に到達しました」

「裁判長、このラサクと言う男は自分の犬を非常に可愛がっていました」

「ちょっと待って下さい。貴方は何故、ラサクが自分の犬を可愛がっていたという事実を知りました？」

「見たからです。私は長年の間彼を監視していましたが、彼はいつも犬を飼って、その犬を可愛がっていました。あの男は女や子供に対して、随分苛酷でしたが、犬に対しては非常に親切で、犬を殴ったことなんか一度もありません。これは私でなくとも彼の友達が知っていることで、必要ならその友達を今呼んで来ることも出来る位です。彼は泥棒の際に暴力を用いねばならぬような場合には、決して犬のいる家に這入りませんでした」

「それから」

「その日はラサクの部屋の煙突が毀れて、煉瓦を抜けて犬が通れる位の孔が開いていたので、その孔から隣の斜《はす》の座敷が見えました。隣に住んでいるフォルパンと言う後家は、あの晩、自分方の屋根の上で頻りに犬が鳴くので、三時間も眠られなかったとこぼしています。犬は午前三時三十分頃まで鳴き続けていましたが、この午前三時三十分という時刻が、恰度ラサクの死んだ時だと思います。ラサクの部屋から隣の屋根に上るには、一つの道しかありません。それはラサクの窓の下から四十五度の角度を保って斜に隣の屋根に上っている雨覧《あまどい》の円い鉄管です。彼はこの鉄管の上に上ることは出来ても、屋根にとどくまでは、手掛りになる物が、ほんの僅かの煉瓦の凹凸《おうとつ》より外に何もないのです。で、彼は屋根にとどかないうちに降ちてしまったのです」

「そりゃ皆、貴方の想像でしょうね、トローザンさん？」

「いいえ、想像ばかりではありません。あの夜ラサクが留守になると、動物によくあることですが、その犬が主人の身の上に、不思議な危険が迫っていることを本能で知って、非常に不安を感じたのです。それで何とかして部屋を出ようと探していると、恰度、煖炉の煙突の処に、犬が抜けられる位の穴が開いていました。犬が無理にこの穴を抜けようとすると、二つ三つの煉瓦がまた崩れ落ちました。これは私が調べた処で確《たしか》です。斜になっている急な屋根に出た犬は怖くなりました。屋根に出ることは出ても、屋根から逃げ出すことは出来ません。屋根は急な上に、夜のことですから冷えています。その上、犬は主人が留守なので一層淋しかったのです。後家のフォルパンも淋しそうな泣声だったと言っています。

ラサクが帰って来たのは、多分三時過位でしたでしょう。自分の部屋に帰って、まず気が付いたのは犬がいないことです。彼は窓を覗いて屋根の上の犬の泣声を聞きました。そしてどうして助けたらいいか暫く思案しただろうと思います。犬の方でも屋根から覗いて彼を見ました。ラサクが危いから静かにしていろと言っても、犬は急な屋根の縁に立って、今にも飛降りそうな身構えをしました。裁判長！　ラサクは罪と言う罪は大抵犯した男ですが、肉体的の勇気だけは人並より多分に持った男です。そればかりでなく、彼は建物をよじ登ることは得意でした。で、彼は窓から這い出して雨覚の鉄管を伝いかけたのです」

「どうしてそれが解ります？」

「私はその鉄管を詳細に調べてみました。その夜は良く晴れて湿気がない上に、三日間雨が降らずにいました。ラサクは鉄管の上は靴下だけで伝った方がいいと思ったので、靴を脱ぎ棄てました。私が調べた処によりますと、その鉄管の上に約《およ》そ二米突《メートル》ばかり、鮮かな靴下の足跡が付いていました。発見された死体も跣足《はだし》のままです。靴は彼の部屋に発見されました。鉄管の上を二米突ばかり伝ったことは伝いましたが、何分年を取っている上に、夜の仕事で疲労しています。それでとうとう屋根にとどかずにしまったのです」

「鉄管の上の足跡は今でも残っていますか？」

「いいえ、しかし後々の証拠のために、部下の三人の巡査に見せておきました。あの次の日に雨が降ったから消えたのです。犬は主人の屍体の傍で死んでいました」

「犬も屋根から飛下りて――つまり自殺をしたと言うのですね？」

トローザンはちょっと頭を下げて、肩を揺すった。彼にも犬の心理までは解らなかったのだ。裁判長マキシム・コルベールは大変悦んだ。そして言葉を極めて彼の証言を感謝した。裁判長は不安げにちょっと柱時計に眼をくれて、それから快活な調子で言った。

「ラサクは生前、随分罪深い生活をしましたが、その死は不名誉な死方とは言えません」

七

法廷は閉じられた。裁判長は蒼白い日光が木の葉を漏れて輝く裏の中庭に出た。裁判官や、弁護士や、小使や、書記や、巡査などが、あっちに一塊、こっちに一塊、ぞろぞろ歩いている。裁判長は一人立止って警部トローザンの痩せた姿を認めつかつかと歩み寄って、にっこり彼の腕に手を触れた。

「やあ、あのラサクと言う奴はどうです？　犬を可愛がるなんて――もっとも犯人によくあることで、大して褒むべきことでもないですがね」

「だって犬のために自分の生命を棄てるものは少ないですよ。こんな事をなし得る者は、善人に成れたのです。それが成れなかったのはちょっとした偶然の事からです」

「と言いますと？」

トローザンは一頻り近くの礼拝堂のゴシック式の窓飾を夢見るように眺めていたが、やがて裁判長の方に向直って、熱心な口吻で言った。

「貴方も御存知でしょうが、このラサクと言う男は十七になるまでは何の悪い事もしなかったのです。ごく性質の好い子だったのです。父親は車大工でした。十七の時に船乗になって、『ラ・テュランヌ』と言う帆船に乗ったのです。ところが、港務局の方の都合で、出帆を二十四時間延期されました。それで一時間の暇を得た少年のラサクは船渠《ドック》のあたりをぶらついたのです。遊びに行くには金を持っていませんでした。私は多分その日は、恰度今日のように、空気が気持よく透明に澄んで、静かな、好く晴れた日だったと思うのです。少年は海岸通を通ってみたり店の飾窓を覗いて見たりしてぶらぶら歩きました。すると、ふとベヤール街に来かかった時、とある露路で、血管の血が一時に逆流するような光景を見たのです」

「どんな光景です？」

「支那人が犬を虐《いじ》めている処です」

「ああ！　そうですか！」

「少年は真っ赤に怒ってその支那人と喧嘩をし、つい勢《いきおい》にまかせて打殺《うちころ》してしまったのです。ラサクは生れて始めて監獄に投ぜられました。監獄と言うものがこうした少年をして、どんなに社会を恨ましめる結果になるものかは、貴方も御存知だろうと思います。それからというものは、彼にとって犬というものが苦役の象徴のように思われたのです。暴虐に対する人道のように思われたのです。彼はいつも世間から棄てられた浮浪人として戦いました。生一本で、未熟な上に無教育な彼は感じ易い若い盛りに、正義の念を迫害され踏みにじられてしまったのです。つまり監獄が彼を立派な罪人にしてしまったのですね」

「じゃ貴方は――」

「ですから私はあの帆船『ラ・テュランヌ』が規定の時間に出帆するか、または彼が一時間の暇を貰わなかったら、今頃は彼が立派な船乗になっている、少なくも、世間というものを正面《まとも》に見る人間になっていると思うのです。ここですよ、私がいつも犯罪に偶発性があると言うのは」

オピンコットが自分を発見した話

一

人間の才能と云うものは、なかなか発見しがたいものだ。才能がないからと云って、決して失望してはならぬ。或る者は若い時に探して探して探し抜いても何の才能をも発見し得なかったのに、ふとした動機から中年を過ぎて自分の才能を認め、たとい他人《ひと》以上でないにせよ、とにかく人並に何事かを為《な》し得ることを発見しないものでもない。

この話の主人公たるオピンコット君は二十六になるまで、何の才能も見せなかった。学校でも家庭でもどこでも、嘲笑の的だった。七つの仕事に手を出して、七つとも失敗し、その仕事を捨ててしまった。いや、彼が仕事を捨てたのでなく、事実は仕事が彼を捨てたのだった。けれども、生れつき楽天家の彼はいつも呑気に構えていた。彼はお父さんと、それからよく彼を叱るジョンと云う兄さんと、それから彼を愛しながらいつも叱言《こごと》を言うジェーンとエンマの二人の妹と一緒に暮していた。幸《さいわい》にしてお父さんはかなり有福な石炭商だったが、オピンコットの将来に望みを抱いたことはない。まア金持の嫁でも自分で見附けてくれればいいがと思う位が関の山だった。何の取柄もないオピンコット君も、男前だけはよくて、いつもよく饒舌《しゃべ》った。饒舌ることにかけては、彼も才能を持っていたとも云えるが、しかし巧みに饒舌ることとなるとまた別問題で、これは彼にとっても、身に余る仕事だった。

さて、この話が始まる頃の彼は、失業して二ケ月ばかり遊んでいた。その遊んでいた彼が、唐突《だしぬけ》に探偵になると云い出して、一家の者の度胆を抜いた。

お父さんはただ笑った。妹のジェーンとエンマは、

「はッははは兄さんが探偵になるなんて、冗談はお止しなさい」と笑った。

けれどもこの時にはもうオピンコット君は片足を探偵に突込んでいたのだから、今更他から文句を云ったって追付《おっつ》かない。彼は早やユーリデイス街に一室を借り、堂々たる看板をかかげて、新聞にも次のような広告を出していたのだ。

「あなた方の御主人は本当に夜半まで会社にいるのでしょうか？　あなた方の細君が旅行に出掛けた時の伴《つれ》は本当にお母様だったでしょうか？　友人がいつもよく巴里《パリ》に行くのは何のためでしょうか？　それらの疑問に悩む人は、ブルームスベリー・ユーリデイス街九番、オピンコット探偵局に御相談あれ。満足な解答を与えることを受け合います」

彼は一家の者の嘲笑は平気で受け流して、失業の二ケ月の間、探偵小説ばかり耽読していた。そして自分が耳隠《みみかくし》の付いた鳥打を冠って、殺人犯人を追跡したり、公爵夫人の宝冠を発見して犯人を逮捕する光景なぞを胸に描いては、一人悦に入っていた。

「心配しないで下さい。僕だってそんなに馬鹿じゃアありませんから」

彼がこう云うと、兄のジョンが笑いながら、

「しかしまだ足らない処があるよ」

妹のエンマもそばから口を出して、

「兄さんは探偵に必要な性質は一つも持っていない癖に、持っていていてならぬ性質ばかり持ってるんだ

わ。兄さんには論理的な推理の力もなければ、物事を考える頭もない。その上お饒舌《しゃべり》と来てるんだから、他人《ひと》の前で云わんでもいい事まで云っておしまいになるわ。探偵なんかお止しなさいよ」

ジェーンも口を添えて、「探偵になるより、探偵小説でもお書きなさいよ。その方が易《たやす》くもあれば、危なげもないわ」

お父さんは椅子から立ち上りながら、

「どら、俺は用事があるから出掛けるとしようか。おい、エンマ、お父さんの靴を持ってきてくれ。それからお前は探偵になるんなら、そんなにポカポカ煙草ばかり喫っていちゃア駄目だぜ」

そしてオピンコット君一人を残しながら、他の者は皆んなてんでの仕事に解散した。

それから十日間のオピンコット君が、どんなに家族の者から嘲笑されたか、それは一々ここに書いていられないが、とにかく彼は惨酷なほどの嘲笑を受けた。真に心から愛し合っている者の間にのみ取交される処の、惨酷なほどの嘲笑の言葉を浴びせられた。

オピンコット君は街に出て耳隠の付いた鳥打を買ってきた。それから卓子《テーブル》の上にペンや紙やインキを置き、彼として面白い思い付きだが、三つ四つの書類挿《ファイル》を買ってきて、それに「マントジョン夫人事件」「魚梁《やな》事件」「ハリジ卿事件」なぞと大書して、お客に見えるように壁にかけた。

巻煙草をどっさり買い込んで、五六種の新聞に毎日順々に現われる自分の広告に対する依頼人を待ちながら朝から晩まで卓子《テーブル》の前に坐っていた。そしてプカプカ煙草を喫いながら探偵小説ばかり読んだ。けれども依頼人が来た時に直ぐ小説を隠せるように、いつも抽斗《ひきだし》を開けておくことだけは忘れなかった。本当の探偵は探偵小説なんか読まぬと思ったからだ。

大事件が起ったのは、彼が探偵の商売を始めてから十日目のことだった。彼はその日、探偵になったことをいささか後悔しながら、昼食を食べに近くの料理屋《レストラン》へ行って、帰ってみると自分の事務所の前に一人の外国人らしい皮膚の黒い紳士が突立って、オピンコットが紙片《かみきれ》に「昼食に出ましたが二十分の後に帰ってきます」と書いて扉《ドア》に貼った文字を読んでいた。

その紳士はオピンコットが帰って来るのを見ると、

「貴方がオピンコットさんですか?」

「はあ、僕です」

「是非お願いしたいことがあるんですが」

「どうぞお入り下さい」

彼は外国紳士を案内して部屋に入ると、素速く読みさしの探偵小説を抽斗に隠し、相手に椅子をすすめて自分も椅子に腰かけると、

「御用事と云うのは?」

外国紳士はきょときょとあたりを見廻しながら小さい声で、

「貴方はティーザ伯爵が証券を盗まれた時に犯人を探されたことがあるそうですね?」

「いいえ」

「おや、だって今日私の妹に伯爵から電話が掛りましてね、その話では何でも貴方が――」

オピンコット君は急に自分の頓馬に気が付いた。

「そうそう、そんな事件を取扱ったかも知れません。何しろ沢山の事件を取扱ってるもんですからね。ついその、忘れちゃうんですよ」

そう云いながら壁にかけた沢山の書類挿に仔細らしい眼をくれた。

外国紳士も彼の視線を追って書類挿を見ると満足したらしく、前かがみになってオピンコット君の膝を軽く叩きながら、

「いや、別にその事件と関係があるわけではありません。ただそのティーザ伯爵が貴方を紹介して下さったと云うまでですが、実は今度私の妹、即ちスフォルザ伯爵夫人が頸飾をなくしたんですよ。まア、よく聞いて下さい」

オピンコットはこいつは締めたと思いながら耳を澄した。

「私の妹の名はお聞きになったことがおありでしょう？　スフォルザ伯爵夫人ですよ。とにかくその妹が、今度サセクスの別荘で七人のお客を招待したんです。お客が別荘に集ったのは、先週の土曜日でした。ところがその次の日、即ち日曜日ですね、日曜日の夕方、妹が食堂に出ようと思って服を着替えようとすると、どうです、今まであった数千磅《ポンド》の価《あたい》のする真珠の頸飾が宝石箱から無くなっているのです。そこでお客様には何も告げずに一週間逗留してもらうことにし、早速召使の手荷物や所有物を残らず探してみました。月曜日には警視庁から、バテズリーと云う刑事が来てくれました。けれども今日は水曜日だのにまだその頸飾が出て来ないんです。刑事のバテズリーさんは来客の一人という名目で、他の客と一緒に今でも別荘に逗留しています」

「じゃア夜半《よなか》に外から泥棒でも入ったんでしょう？」とオピンコット君が快活に云った。

「ところで泥棒が入った形跡が少しもないんですよ。外から入った形跡もなければ、内から出た形跡もありません。お客様は皆んなまだ別荘にいます。妹は随分心配して、昔友達のティーザ伯爵に電話で相談したのです。するとティーザ伯爵はそれじゃア好い探偵を紹介しよう。オピンコットさんに捜索をお願いしてごらん。あの人ならしっかりしてると云う返事でしたから、妹は直ぐ私にオピンコッ

トさん方に行って相談してくれと云うので、それで私が今日お伺いしたのです。今夜五時十分の汽車で倫敦《ロンドン》を立てば、恰度《ちょうど》夕飯の時刻に向うに着くのですが、いかがです。一緒にその汽車で別荘まで行って下さいませんか？」

「承知しました――ええと――貴方のお名前は？」

「私はスジチルムスキー男爵です」

「そうですか。承知しました。しかし別荘に行く前に僕アちょっと家に帰ってこなくちゃアなりませんよ」

「家に！」

「ええ、ハイゲートの家に帰って、お父さんや皆んなに話して、それから荷物を拵えるのです。貴方は今夜別荘の食堂に出る時に、イヴニングドレスをお着になりますか？」

男爵もこの意外な質問には面喰った。多分自分の英語の知識が貧弱なためにこの有名な探偵の言葉が解らなかったのだろうと思った。

そこで男爵は話を外らして、

「じゃア、オピンコットさん、五時十分に停車場で待ち合わすことに致しましょう。それからちょっと断っておきますが、妹は貴方に、探偵としてでなく、普通の来客の一人として来てもらってくれと云っていました。つまり貴方が探偵だということを誰にも知らさないのです。知ってるのは妹と私と二人だけ、そういうことにすれば、他のお客が皆んな遊びに出たあとで、貴方一人残ってお客の所有《もち》物《もの》なぞ探すのに都合がいいというわけです。探偵としてでなく、普通の来客、即ち教授でも、科学者でも、あるいは探検家だと云っても宜しい。いかがです、オピンコットさん、何か専門に研究なさったことでもありますか？　旅行は随分なさったでしょう？　他の来客に対してどう紹介したらいいでしょうね？　貴方のお得意は？」

オピンコット君は暫く頭を捻って考えていたが、

「そうですね、まア、スヌーカープール（玉突の一種）が、得意でしょうね」と云った。

「スヌーカープール！」男爵はこの言葉を解しかねた。何だか難かしそうな名前だと思った。しかし無遠慮に問い返すのも気がひけたので「宜しい！　じゃア、スヌーカープールの大家と云って一同に紹介しましょう、でお名前は？」

「名前は本名でいいでしょう、オピンコットで？」

「スヌーカープーリストのオピンコットさん！　宜しい！」

二

オピンコット君がハイゲートなる自分の宅へ帰った時には、幸いまだ父も兄も帰っていなかった。二人の妹がいるきりだった。彼は落着き払った鷹揚な口振りで、二人にこれからスフォルザ伯夫人の頸飾りを捜索しに行く旨を告げた。二人は初めには冗談かと思った。しかし彼が兄のイヴニングドレスや、靴や、襟《カラー》や、ネクタイや、はては刷毛《はけ》まで徴発して鞄に詰め込むのを見るに及んでは本当にせざるを得なかった。

彼は発車間際になってやっと停車場に駈けつけた。もし男爵が先に一等の切符を二枚買って待っていなかったなら乗り遅れる処であった。二人は急いで汽車に駈けこんだ。

汽車の旅は頗る平穏だった。初めから終りまでオピンコットが一人で饒舌ったが、男爵がどのくらい彼の言葉に感心したかは疑問である。男爵は今度の事件について話したいと思ったが、口を開く機会がなかった。ただ云い得たのは、刑事バテズリー氏にはなるべく彼が探偵だということを知らせずにおいてくれということだけだった。バテズリー氏が何の手掛りを得なかったのには伯爵夫人も失望した。だから伯爵夫人は、バテズリー氏に相談せず、オピンコット君にはオピンコット君一流の勝手の方法で捜索してもらいたいと云うのだ。

彼等が別荘に着くと、恰度疲れたらしい二人の大佐が広間でコクテイルを飲んでいた。他の来客は夕食のために服を着替えていた。男爵はオピンコットを二人の大佐に紹介する時に、スヌーカープールと云う英語を忘れたものだから、「スノッドルポールの大家オピンコット氏です」とやった。けれども男爵がこの英語を忘れたのは本人にとっては却って幸だった。もし玉突の大家だなぞと紹介しようものなら、この道にかけての猛者《もさ》たる大佐に直ぐやられる処だった。疲れたる大佐は面倒でもあり、また礼も欠くと思って、スノッドルポールが何の事か、そこまでは訊ねもしなかった。

伯爵夫人が待ち受けているので、彼はすぐ夫人の部屋に案内された。彼は夫人の部屋に行く前に、着てきた耳隠付きの鳥打を脱ぐべきかどうかとちょっと迷った。いかなる名探偵でもこいつを脱げば平凡な男になる。けれども二人の大佐が訝しげな、と云うより、反感を持った目差《まなざし》で見ていたので、帽子だけは脱いで行くことにした。

伯爵夫人は小さい、色の黒い、いらいらした人だった。恐らく真珠の頸飾を盗まれたので石のように固くなっているのであろう。彼女は盗まれた頸飾の代りに他の頸飾を付けていた。これもまた盗まれたとしたならどんな結果になるだろう。夫人の英語は兄の男爵の英語よりもまた拙劣だった。

「私英語が下手です。私が頸飾を盗まれたことは、兄から早やお聞きになったでしょう。刑事のバテズリーさんは駄目です。そこで貴方に頼みました。お客は土曜日にこの別荘から解散します。今日は水曜日です。この家は御自由に、どこでも捜して下さい。それから念のために云っておきますが、盗まれたことを知っているのは、兄と私の二人きり、私の娘でさえ知らずにいるのです」

「解りました」とオピンコット君が云った。夫人は彼の前に進み寄って、熱心な口調で云った。

「ねえ、もう直ぐ夕食の鐘《ベル》が鳴ります。貴方も皆さんと一緒に食堂へお行きになりますか、それとも貴方だけ残って、留守の間に部屋を捜して、後で一人食堂に行って食事をして下さいますか、どうなさいます？」

彼は先に階段の下で好い匂いを嗅いでいた。それは雉か鶉《うずら》を焼く匂いだった。その上彼のお腹はペコペコだった。

「いや、僕は食事を済ましてから証言に取りかかります。何しろこんな仕事は腹が空《へ》っていては出来ないことですからね」

彼はこの証言と云う言葉の本当の意味は知らなかった。ただ探偵小説の中によく出てくるから云ったのだ。しかし男爵には通じたと見えて、「証言をするのです」と繰返して、それを彼等の国語に訳して夫人に通弁した。夫人が納得すると、彼は定められた自分の部屋に退いて、兄のイヴニングドレスに着替えはじめた。

彼は食堂に行って、そこに集まる来客一同に、スノッドルポールの大家オピンコット氏だと紹介されて座席についた時、やっぱり早く食堂に来てよかったと思った。第一御馳走が素晴らしいものだった。こんな食物やお酒が存在していようとは夢にも思わなかった。第二に彼はこの家の令嬢と並んで坐っていた。彼女はお転婆らしい黒い眼をした馬鹿に美しい娘で、まるで英国人のように英語が上手だ。そして彼の饒舌る言葉に面白そうに耳を傾けた。約二三十人ばかりの人が卓子を囲んでいたので、耳に口を当てるようにしないと、彼女に聞えない。暫くすると急に彼女が食う手を止めて訊いた。

「トデインポットさん、貴方スノッドルポールの大家だそうですってね？」

「僕ア、トデインポットじゃアありません。オピンコットですよ」と彼が訂正した。

「あら、失礼！　で、何ですの、スノッドルポールにも近頃のアインスタインの学説が影響していますか？」

これは案外危険な女だと思った。無闇に喜んだのは早まり過ぎたと気が付いた。この攻撃を防ぐ方法は、こっちから質問を浴せるより他ない。

彼はそこで、「いいえ」と答えると直ぐ言葉を続《つ》いで、「貴方は牛津《オックスフォード》ですか剣橋《ケンブリッジ》ですか？」と出た。

「剣橋よ」

「これは面白い！　僕もそうなんですよ。短艇《ボート》は行けますか？」

「え？　競争用の短艇なのホッテントットさん？」

この女には面白い処がある。彼女が庭球《テニス》や、演奏会や、煙草の話ばかりしてくれるなら、いつまで相手になっていても面白いのだが。

彼は雉を食い出した時初めて自分が探偵としてここに来たのだという事を思い出した。この中の誰が真珠の頸飾を盗んだか、それを捜索しなくてはならぬ。彼はじろじろ一同を見渡した。

見渡したところ、よくも揃いも揃った泥棒らしくない奴ばかり集まったものだと不思議に思われる位、皆んな懐が温かくて金持らしくて、それでいてどこかこう足らぬような、つまり為《な》すべき事と為《な》すべからざる事との差別以外には何も知らぬような処が見えた。彼等が真珠の頸飾を盗もうとは思われぬ。ところが毒々しい面相の人間が一人見つかった。卓子の一番向うの端に坐っている男だ。

「あすこに坐っている人は誰です？」とオピンコットが令嬢に訊いた。

「バテズリーさんよ」

ほう、刑事さんか！　じゃアまさか犯人でもあるまい。しかし物は見かけによらぬものだ。綺麗な顔の奥に、怖ろしい悪魔の手が控えているかも知れない。いや、そんな事はない。酒のお蔭でどうやら頭が混乱しはじめた。これでは駄目だ。次に控える大きい仕事のために、頭を清くしておかねばならぬ。証言が控えているではないか？

夕食が済んで、婦人たちが姿を隠すと、オピンコット君は仕事を始める時が来たと思った。彼はそっと食堂を抜け出した。そして階段の下まで来たと思う時、唐突《だしぬけ》に後ろから落着いた声が叫んだ。

「オピンコットさん！」

振向いて見ると刑事バテズリー氏だ。彼は急に不愉快になった。刑事と言葉を交してはならぬと、かねてから夫人に云われている。けれども目の前に立つこの刑事には拒み難い威厳があった。

「ちょっとお話したい事があるんですが、そこの玉突場に入って下さいませんか？」と刑事が云った。

「玉突のお相手になってもいいですが、しかし、僕ア用事がありますから」

「はア、なあに、いいですよ」と云いながらバテズリーは彼を玉突場に誘い込んで扉《と》を締めた。

「貴方は伯爵夫人に頼まれておいでになった私立探偵局の方だそうですね。これが僕の名刺です。僕の職務は刑事です。伯爵夫人はあまり生《き》一本な人ですが、僕はお互に捜索の結果を知らせ合って共同して働いた方が好いと思うのです」

「さア、どうですかね」と気が乗らないらしくオピンコットが云った。刑事はそれには頓着なしに言葉を続けた。

「僕は貴方の御便宜のために、自分で調査しただけの事は、いつでも知らせます。夫人は十二日の晩には、あの頸飾を頸に掛けていました。そして寝る前に宝石函に仕舞って、鍵を掛けたのです。ところがその翌日の夕方函を開けて見ると、初めて無くなっていたのです」

「はあ、そうですか」

「宝石函の鍵は鎖の先につけて、一日夫人が持ち廻ったのです。それからまた夜は扉《ドア》が締めてありますから、誰も夫人の部屋に入る者はない。だからもし昼の中《うち》に函を開けた者があるとすれば鎖から外して、また元の通りに鎖に付けたのです。けれども夫人は一日その鎖を身から離さなかったと云っています。むろん、ピアノの上や、食卓《テーブル》の上にその鎖を手放して置いた事はあるでしょうが、誰もそれに手を触れなかった事が事実です。ですからもし鍵を使った奴があるとすれば、よほど敏捷なかつまた、よほど夫人と親しい間柄の者でなければなりません」

「なるほど！」

「僕は召使は素《もと》より来客一同の性質や経歴をよく調べてみました。ところが一人園丁に経歴のよくない奴がいましたが、この男は家に入っていません。そこで嫌疑をかけるべき人が一人もないのです。しかし僕はその上に念のために彼等の部屋から持物まで皆んな秘密に調べて見たんです。やっぱりありません。もし来客の一人が盗んだとすれば、その人はこの別荘を出たがるに違いないはずなんですが、皆んな次の日曜まで逗留する気でいて、誰一人反対する者がないのです」

「そりゃ不思議ですね。どこかに落したんじゃアないでしょうか、貴方寝台の下を探してみましたか！」

「貴方はまだ若いんですね」刑事が続けた。「それに見た処、貴方はこの家の令嬢オルガさんに満更でもないらしいが、僕はあの令嬢を怪しいと思ってるんです」

「えッ、令嬢！　あの令嬢が盗んだと仰有るんですか？」

「御覧の通り、伯爵夫人とあの令嬢とは、口も利かないほど仲が悪いのです。始終喧嘩をしています。令嬢はスチニーと言う放蕩者と結婚したがっていますがね、夫人はそれを許さないんです。頸飾がなていらるしいです」

くなった話さえ令嬢には言わずにいるのです。それのみかスチニーと云うその若者は、ここへ出入することを禁じられているのですが、ちょいちょいこの近所をうろついていて、時々令嬢と媾曳《あいびき》をやっているらしいです」

「こりゃ驚いた！　僕アあのお嬢さんはそんな人だとは思いませんでした」とオピンコットが云った。

「云うまでもなく、これは僕の想像ですがね。若者は金を持っていない上に放蕩者なんですが、友人だけは好いのを持っている。だから真珠の頸飾でも手に入れれば、それを友人に処置してもらうだけの事は出来るのです。ですからあるいはこの若者が令嬢を口説いて、令嬢に頸飾を盗み出さしたかも解らないのです。ただ令嬢が自身で盗み出してその若者に渡したかどうかが疑問なんですが、しかし目下の処、伯爵夫人の動静や習慣をよく知っていて、部屋に近づく事の出来るのはその令嬢より他にないのですから、疑えば令嬢を疑わねばならないのです。そこで僕がこの令嬢に近づこうとしているのですが、向うが逃げて仕方がありません。ところが、令嬢は貴方には馴々しくしている様子だから、恰度宜い、貴方は令嬢を誘って散歩したり船に乗ったり、気が向いたら令嬢を恋《ラヴ》をするんですね」

ああ、兄のジョンがこの言葉を聞いたらどう云うだろう？　いつも嘲笑されたオピンコットが真の刑事の相談を受け、伯爵夫人の令嬢に恋する事を勧められているのだ。彼はも少しの処で、「そうです。我々同業者は共同しなくちゃアなりません。僕は自己を犠牲にして令嬢に恋をしましょう」と云う処であった。けれども彼はこのバテズリーと言う男を好かなかった。どこかこの男には冷酷な近づき難い処がある。秘密を嗅ぎ出すために女に恋するのも卑しいが、それがために他人を頼んで恋させるのは一層卑しい。そこで彼は、

「一応よく考えてみる事にしましょう」と答えて鷹揚に挨拶してから玉突場を出た。

三

翌朝になって考えてみたら、刑事が昨日あんな事を云ったのは、邪魔者の自分を除けるためではないかと思われだした。自分がオルガ嬢と一緒に河に行って短艇にでも乗っていれば留守の間に刑事が一人腕を振り得るわけだ。そうだ。彼の言葉に易々《やすやす》と乗ってはならぬ。オピンコット君は自分で捜索の歩を進める事に決心して朝食を食べに行った。しかし自分で捜索するといってどうしたらいいだろう？　どこから手を出していいかとんと見当がつかぬ。しかしとにかく、刑事のバテズリーが来客の部屋や鞄を一人で捜索してくれたのは有難い。一番嫌な仕事が助かったわけだ。

朝食が済むと伯爵夫人がオピンコットを自分の部屋に招いた。

「いかがです、犯人の見当がつきましたか？」

「まだです。今二三人の行動を観察している最中です」

「手掛りがございましたか？」

「ありません」

「家の中はどこでもお構いなく探して下さい。そして是非犯人を探し出して頂きたいのです」

「御安心下さい。犯人は必ず探して御覧に入れますよ」いかにも確信ある口吻で彼が答えた。

夫人の部屋を出て庭に降りるとオルガ嬢の姿が見えた。フロックスやカンピインの花の間に佇む彼女は怖ろしく美しく見えた。

「お早う、オディンロットさん、貴方これから一緒に短艇にお乗りにならない?」

彼がしてはならぬと決心した事を、彼女の方から勧めてきた。刑事バテズリーは彼を邪魔にしてそう云ったのだ。自分の務めは家の中を捜し廻って無くなった頸飾を発見することで、船遊びすることではない。大きな蜂がフロックスの間を飛び廻っている。空気はその蜂の唸りで充たされた。

それから小鳥の歌や、遥か遠方の牛の泣声なぞが静かに聞える。「お伴しましょう」と彼が答えた。

それから三十分後には、二人が一つ艇《ふね》で、静かな小河の上を滑っていた。彼は上手と云えないまでも、とにかく、艇を動かすことが出来た。彼は蘆の繁みに入ると速度を寛《ゆる》めて手を休めた。

「スノッドルポールの話を詳しく聞かして頂戴な」と彼女が云った。

オピンコット君は巻煙草に火を点けて暫く考えたのち、

「僕ア、スノッドルポールの話なんか、なるべくしたくないと思ってるんです。休暇《やすみ》にはそんな事を考えたくないんです」

「貴方は休暇をとって遊びにいらっしたんですか?」

こうオルガ嬢が訊いた。世間には知っている事を平気で訊ねる女があるものだが、彼女がその種の女だった。だから彼女の方に知らない事があっても、どこまで知らないのか、こっちから見当がつかない。彼女の黒い眸《ひとみ》は彼を嬲《なぶ》っているように思われた。

「ええ、お蔭で面白く休暇を過ごしています」と彼が平気で答えた。

「ホホホホホホ、貴方は面白い方ねえ。貴方の身の上話でも聞かして下さいな」

これはオピンコット君の方から話したいと思っていたことであった。彼は前置きを抜きにして、父のこと、兄ジョンのこと、妹のエンマやジェーンのこと、それから自分の身の上話を、恰度探偵になる少し前の所まで話して聞かした。

「今何をしていらっしゃるの？」

「今ですか、船の竿を持って休んでいます」

何という賢い答えだろう！　彼はすっかり愉快で得意だった。

「まア、随分面白い事をなすったのねえ。しかしそんな事をしていらして、いつの間にスノッドルポールの大家におなんなすったんでしょう」

「あのねえ、オルガさん、あれは嘘なんですよ。出鱈目なんですよ。僕ア、スノッドルポールがどんな物やら、それさえ知らないんですよ」

忽ち彼女の哄笑で船が揺れだした。

「まア貴方はどうして私方においでになったの。お母さんも貴方の事を知らないし、伯父さんも知らないんだし、お客さんも知らないんだわ。ただ伯父さんが倫敦から貴方を連れて帰ったと云うだけで、その貴方がスノッドルポールを知らないなんて魂消《たまげ》ちまいましたわ、はははは！」

彼はこの娘が自分の手に余る女だと知った。恐らく彼女は自分の恋人、即ち頸飾を盗んだ男をかばっているのだろう。

「貴方は僕に帰ってほしいとでも仰有るんですか」多少むッとした調子で彼が訊いた。

「そんな事があるもんですか。貴方はわたしの好きな方ですわ。一人ぐらい何も知らない若い人がいらっしゃった方が面白くて好いと思いますわ」

この悪魔め！

「もっと向うに行きましょう」と彼が云った。

悪戯気の多い、おせっかいの好きな令嬢と、当惑しておどおどした探偵とは、昼食の頃になるまで河で遊んでいた。二人が別荘に帰った時、オルガ嬢が、

「午後は庭球《テニス》をやりましょう」と云った。

オピンコット君は心の中では、「この女は僕を見張っているのじゃアないかしら」と思ったが、口では「やりましょう」と答えた。

四

別荘に帰ると直ぐに夫人に呼ばれて、オピンコット君は夫人の部屋へ行った。

「まだ手掛りがありませんか？」

「まだです。しかし今に解りますよ」

「胡散な人でもありますか？」

「今では言われません」

「そうですか」

彼が食堂に入るとバテズリーが意味ありげに頷いて見せた。紳士たちは大抵猟に出て晩方でなければ帰らないという事だった。オピンコットは食事しながら、要するにバテズリーの云った事は事実だと思った。頸飾を盗んだ奴は令嬢の恋人に違いない。令嬢の様子を見ていると、それに違いないことが解る。令嬢は自分が探偵だことを暗に覚って、自分の番をしているのだ。自分が令嬢を捜《さぐ》ろうとしているのに、却って自分が令嬢に捜られているのだ。令嬢と庭球をしてはならないぞ！　庭球は断ろう。庭球は断って、自分は自分で勝手に捜索を続けることにしよう。しかし自分で勝手に捜索するといってどうしたらいいだろう。探偵という仕事は自分でやってみると、探偵小説で想像していたよりは難かしいものだ。刑事バテズリーの奴はとにかく旨く捜索をしている。食事が済んだら部屋に帰って、一人でよく考えてみよう。

彼は食卓を立上るとオルガ嬢の視線を避けるようにそっと食堂を出て二階に上って自分の部屋に帰ってピンと鍵を掛けた。彼は約束の葉書をまだ宅《うち》に出していないことに気が付いた。そこで早速ペンをとって、無事に着いた。伯爵夫人の頸飾はまだ出てこない。しかし土曜日に帰る時までにはきっと犯人をあげてみせると書いた。

彼が葉書を書き終ると、折から外にコツコツと扉を叩く音がする。開けて見たらオルガ嬢だった。

「あら、オピンコットさん、お邪魔をしてすみません。あのね、今若い夫婦の方が庭球をしようっておいでになったの。三人じゃア駄目ですから、貴方来て下さらない？　外に誰もいないんですから」

仕方がなかった。彼はお茶の時刻まで庭球をした。若い夫婦が帰ってしまうと、

「また河へ行きましょうよ」とオルガ嬢が誘った。

いや、行くものか、決して行ってはならない！

彼女が軟い手でぎゅッと彼の腕を握って、「スエッターを着ていらっしゃいよ。晩方になると、急に寒くなるかも知れませんわ」

一羽の椋鳥《むくどり》が林檎の木の上で鳴いた。

「ええ、行きましょう。ええ、有難う、スエッターを着てきましょう」

彼は再び例の蘆の繁った淀んだ河に浮んで、オルガ嬢が白い指先でボチャボチャ水を弄《もてあそ》んでいるのを見た時、自分が彼女を避けるように努めたのは、実はもし彼女の恋人が頸飾を盗んでいたのなら、自分がそれを発見する人間になりたくないからだということを知った。彼は実際、オルガ嬢に苦痛を与えることは何でも避けたいと思っていた。彼女に悦びと幸福のみを与えたいと思っていた。そして

出来ることなら彼女を両手に抱きしめて、「貴女を愛しています。貴女を愛しています。貴女を愛しています」またはこれに似た言葉を云いたいと思った。

水面に反射する日光が、彼女の顔に映っている。彼女は薄い綺麗な絹靴下をはいている。

「俺は探偵に向かない男だ」と彼が心に呟いた。

彼が五分間ばかり、ぼんやり彼女を見詰めながら考えていると、

「何を考えていらっしゃるの？」と彼女が訊いた。

「人生は可笑しなものですね」と彼が沈んだ声で云った。

「本当ですとも、貴方の賢いのには感心してしまいましたわ」

彼はこの言葉に挑まれたように急に前に進み出て、彼女の直ぐ前の席に向い合って腰をかけた。女は訝しげな眼付で彼を見守った。彼は全身の勇気を振い起して女の両手を握り締め、

「オルガさん、僕ア土曜日が来ても帰りたくなくなりました」

女は握られた両手を引こうともせず、可笑しな目付で相手を見つめながら、

「だって貴方の役目は済んだじゃアございませんか？」

「役目？」

「おお、そうそう、貴方は休暇で来ていらしたんだわ」

「五分間の間でいいですから真面目になって下さい。貴方が婚約している男は——」

彼がここまで云うと、オルガ嬢が吃驚《びっくり》したように両手を引いて、

「えッ？」と叫んだ。

「チャンと知ってますよ。貴女はスチニーと云う男と近い中《うち》結婚なさるんでしょう?」

「誰がそんな事を云いました?」

「それは云われません」

彼女は急に顔の表情を変え、やや激昂した口振りで、

「そんな事を仰有るのなら、本当のことを申しますが、婚約なんかしてはいませんの。もう済んだ話なんです。よく調べてみましたら——まアこんな話は止しましょう。とにかく済んだことなんですから」

オピンコット君は二つの衝撃を受けた。第一はスチニーの奴が破れたのなら、自分が乗り出してはどうだろうという嬉しい衝撃。第二は探偵としての自負心を傷つけられたことだ。彼女とスチニーの間に関係がないのなら、彼は捜る必要のない処を捜っていたのだ。ただ刑事バテズリーの云うままを信じて二日の間無駄骨を折っていたのだ。彼は刑事に復讐することを心に誓い、オルガ嬢を捨てて新しい方面を捜索するために別荘に帰ることにした。

別荘に帰るには帰ったが、艇を艇庫に仕舞った時には、周囲《あたり》に夕闇が立ちこめて、芝生がしっとり露にぬれていた。

彼は自分が次第に困難な位置に陥りつつあることを感じた。夕食後、また妙案が頭に浮んだ。彼は内密に男爵と伯爵夫人に会いたいと申出た。むろんこれは探偵として自然な申出なので、直ぐ夫人の部屋に案内された。

「奥さん、宝石函の鍵を見せて下さいませんか」

夫人が鍵を渡すと、彼はそれを灯《ひ》の明りに透かして見入りながら、

「あア！」と叫んだ。

それからまた裏へ返して見入りながら、「あア！」を二度繰返した。夫人が感心した面持で、

「どうしました？」と訊いた。

「今夜は何も申上げられません。しかし明日は驚くべき――」

「えッ、何です？」

「明日は驚くべき事実を知らして下さるとさ」男爵が説明した。

オピンコット君はいかにも深い瞑想に耽っているような顔をして、またもう一遍「あア！」と云って無言のまま部屋を出た。

自分で幾度も云った、「あア！」という声の意味を彼が自分でも知らなかったことは云うまでもない。階段を降りながら、

「これア厄介なことになった」と思った。

階段を降りて客室に入ってみると、オルガ嬢が皆んなと一緒にいた。彼女は頗る浮かれ調子になっていた。彼女だけ脇に連れ出そうとしても駄目だった。嘲るような彼女の笑い声が、彼の心を焦《じ》らした。何としても彼には彼女の心が謎であった。彼女は一瞬間たりとも真面目でいたことがない。彼は今まで、こんな女に出会《でっくわ》したことはなかった。彼は彼女に魅惑され、同時に自分がみじめになっているのを感じた。彼女は他人の前では故意《わざ》と彼にからかい、彼を馬鹿にした。その癖縦の中では――。

彼は早速客室を退いて、早くから寝床に入って、「証言《デポジシャン》」を作る方法を考えた。夫人があんなに失望して手掛りを要求しなければいいのだが！　手掛りと云ったら一体何だろう？　探偵小説でみると普通手掛りは足跡や、髪針《ピン》や、煙草入になっている。とにかく物品だ。明日はどうしてもこの手掛り

を探さなくちゃアならぬ。それより他になすべき方法はない。いつの間にか彼は眠りだした。そして夢の中でオルガ嬢の黒い髪の香と他の高価な神秘な香を嗅いでいた。

翌日は近来にない好天気だった。周囲に立ち罩《こ》めた薄い朝霧が、来るべき昼の暑さを予言していた。朝食が済むと、夫人がいつもの通り彼を招いた。招かれた彼はさながら下稽古をしなかった小学校の生徒が、先生の前に呼び出される時のような心持になった。

「どうでした?」

彼は耳が痛かった。「今日はきっと手掛りを探して御覧に入れますよ」

「今日は手掛りを探して下さるとさ」男爵が繰返した。

夫人は不安らしい顔付で、

「明日は皆さんがお帰りになりますよ」と鋭く云った。

「まア安心して待っていて下さい」

オピンコット君は船に乗ることばかり念頭に浮べながら、こう云って部屋を出た。

けれどもオルガ嬢は船に乗りたがらないで、彼を誘って近辺を散歩した。彼はただ幸福だった。人目のない処では彼女が非常に御しやすかった。友情以上の厚意さえ示した。手を握っても振払おうとはしなかった。彼は二度ばかり接吻した。けれどもそれから奥には高い壁があるように思われた。彼はどんな話をしていいか見当がつかなかった。彼女は真面目な態度を見せずただ面白半分に彼と話しているようだった。けれども、それだけの事を知るのに彼は午前中を要した。そして知ってしまったら失望した。彼の方では狂気になって愛しているのに、女の方は謎のように摑み処がなかった。

彼は昼食の際に食堂に出るのが気がひけた。夫人に事実を告白して直ぐにも倫敦に帰ろうかとも思った。けれども食事は旨くて、食事を済すとまた元気が出た。彼は薔薇の花園に出て腰掛《ベンチ》に坐って日光を浴びながら煙草を喫い始めた。別荘を去るのが残り惜しく思われた。それにしても夫人が手掛り手掛りと催促するのには弱った。何とかして手掛りを探さなくてはならない。

と、そこへ夫人が向うの四阿《あずまや》の方からやって来だした。彼は絶望的になって周囲を見廻した。そこらにある物品らしい物で眼に止ったのは、ただ園丁が使う鏝《こて》が一つしかない。彼はかがんでそれを拾って、夫人が近づくと立上りながらその鏝を渡した。

「奥さん、これが手掛りです」

こう言い捨てて、夫人に質問の余裕を与えず、すぐさますたすたとその場を去った。艇庫のそばにオルガ嬢を見付けた。

「お別れにもう一度船に乗って河を下りましょう。是非乗りましょう」

彼女は勧められるままに艇に乗って、暫く経つと二人は河を下りながら、楽しい午後を過ごした。二人は若くて、天気は好かった。そして柳の木の下で、艇《ふな》べりを舐める静かな音楽的な水の音を聞きながら、たわむれるのは愉快だった。オピンコット君にはたとい一時間の間でも、手を取り合って、自分が恋をしているのかと思うと愉快だった。自分の考えを身振に現すことが出来るのも愉快だった。女にとっては楽しい遊散《ゆさん》で、若者にとっては絶望的な魂の冒険だった。彼はその恋が今日一日のもので、何の効果ももたらさないということは知っていたが、それでも好いと思った。彼は生れて初めて自分というものをはっきりと、全的に見た。この有頂点の最も複雑な瞬間に、彼は自己を改造して、働いて、考えて、勉強しようと心に誓った。帰って新しい生活を踏み出したいと思った。

「僕は貴方を愛してはいますが、もう思い切ろうと思います」

「思い切ると仰有るくらいなら、その前に所有しようとしなくちゃアなりませんわ」

彼には所有という言葉の意味が解らなかった。そこで何故ともなく、恐らくは唇を閉じさせるために、彼女を接吻した。

彼は六時十五分の汽車で倫敦に帰りたかったので、女が拒むのも聞かず、断然と艇を進めて、お茶の時刻に間に合うように艇庫に艇を入れた。別荘に帰ると召使が走り寄って、男爵が会いたいと告げた。

「運命の日が来た！」と思った。けれども早く総ての結末が付けたかったので、躊躇せずに男爵のいる方に行った。庭に立ったまま白髪の老人と話していた男爵は、彼の姿を見ると、

「やア、オピンコットさん、ティーザ伯爵がお見えになりましたよ」と言った。

白髪のティーザ伯爵はオピンコットを見ると吃驚して、

「おや、この人はロビンコットさんじゃない？」と言った。

「ロビンコット？」と男爵は訝しげに、「ロビンコット？　だって貴方は電話でオピンコットと言う探偵に相談しろと仰有ったじゃアありませんか？」

「ロビンコットと言ったのですよ。オピンコットだなんて言った覚えはありません。これア誰です一体？」

ちょっと難かしい状態になった。しかしこの難かしい状態は、驚くべき出来事で救われた。折から向うの方から真鍮の鏝を持って急いでやって来る夫人が、

「オピンコットさん！　オピンコットさん！」と遠方の方から叫んだ。

三人が一時に振返った。夫人は近づくと右手に持った真珠の頸飾を示しながら、

「まア、オピンコットさん、どうお礼を申上げたらいいでしょう？」

「だってティーザさんが紹介して下さったのは、この人ではなくて、ロビンコットと言う探偵だったそうだよ」と男爵が言った。

「ロビンコットって誰です」

「ロビンコットと言う人を頼むべき処を、過ってこのオピンコットさんにお願いしたんだよ」

「まア何だか知りませんが、とにかく私の頸飾を発見して下さったのはこの方です。まア皆さん聞いて下さい。どういう方法をとられたか、それは解りませんが、このオピンコットさんは二日の間というもの、考えて、考えて、考えるばかりされました。刑事のバテズリーさんのように部屋を覗き廻ってなんぞいないで、いつも静かに隠れていらして、唐突に手掛りを発見なさいました」

「どんな手掛りを？」と男爵が訊いた。

「まア聞いて下さい。今日この方がこの腰掛に坐って何やら頻りに考えていらっしゃるので、私が傍に行くと、この――何と云いますか――まア庭師が使う鏝ですね――この鏝を私に渡して、『これが手掛りです』と仰有ったなり、すうと向うに行っておしまいなすったのです。私は暫らく鏝を手に持ったまま考えていましたが、考えている中にふと或る事を思い出しました。どうです！　私は土曜日にこの腰掛に坐っていたのです。そしたら電話が掛ったと云いますから、宝石函の鍵のついた鎖をこの腰掛の上に置いたまま電話をかけに行って、暫くしてここに戻ってみますと、やはり鍵があったのでその時には何とも思わずにいたのです。ところが今日この鏝を見て、あの時腰掛のそばに庭師が働いていて、私が電話をかけに帰ると妙な眼付で私をチラと見たのを思い出しました。それで今庭師の小屋に行ってみたのです。そしたら夫婦とも小屋にいました。『盗んだ頸飾はどうした』と私が訊ねると、亭主は知らないと云いましたが妻の方が急に声を揚げて泣き出しました。そこで何もかも解ったのです。亭主も間もなく罪を告白しました。聞いてみるとあの庭師は前科者なんだそうですよ。悪い男なんです。けれども妻が警察に訴えるなら死んでしまうと云って泣き出しましたから警察に訴えることだけは許してやりました。私も気が弱いものですからね。でもまア、これで安心いたしましたわ。本当にオピンコットさん、何とお礼申上げていいやら！」

「僕アただ自分の役目を果しただけですよ」とオピンコット君が直ぐ答えた。

「いかがです、骨休めにもう二三日逗留して下さいませんか？」

「いや、六時十五分の汽車で帰ります。他の事件の捜索を急ぎますから」

「ああ、左様ですか」と男爵が云った。「しかしよく探して下さいました」それからティーザ伯爵の方に向き直り、「貴方のお電話を聞きちがえて、結局幸いでしたね、あははは」

伯爵もこの言葉にはやや不快を感じたらしかったが、ちょっと肩をゆすって、オピンコット君に叮嚀に会釈した。

オピンコット君はそれきりオルガ嬢には会わずじまいだった。彼は別荘を立去る時に離屋のそばを通ったが、恰度その時籬《いけがき》の向うで彼女が愉快そうに笑いながら「フィフティーン――フォーティーン」と叫んでるのを聞いた。牧師と単仕合をやっているのだ。

「人生は可笑しいものだなア！」倫敦行きの一等客車の片隅に坐った彼が心に呟いた。彼の胸のポケットの中には百磅の小切手が入っている。

総てこれらの事は今から三年前の話だ。不思議なことには彼は探偵の仕事を始めると早々からこんな大成功をしながら、それきり探偵の仕事を止めてしまって二度と探偵としての報酬を稼ごうとしなかった。

　彼は今では小さいながら、外国の古切手の店を出して、旨くやっている。お嫁さんは金物屋の娘だということだが、悧巧でもなければ、美しくない代りに、それを埋め合わせるだけの特質を持っている。その特質の一つは、心からオピンコット君を崇拝しているということだ。彼女は自分の良人《おっと》を男前の好い、忠実な、悧巧な人だと思って、大変自慢にしている。それから良人が伯爵夫人の頸飾を探し出したという逸話も信じている。彼女が信じているのは、恐らく彼が真実を語ったからであろう。彼は兄のジョンや妹のジェーンやエンマにも真実を語ったが、この場合には、嘘の神でも俺のものだと云いたがるほどの、ロマンティクな色をつけて話した。しかしそれでいいではないか。人間は誰しも自分を護らねばならぬのだから。

暗い廊下

レイマンド・カルヴァリーは、耳慣れた鍵の音を聞くと思わず、「これが最後だ！」と心に呟いた。今度監房が開いたら、その時こそ彼は自由の身となるのだ、罪はつぐなわれた、彼は今までこの瞬間が来ようとは思わなかった。日となく、夜となく、年となく、今日の日の来る事を信じようとしても、どうしても信ずることが出来なかった。彼は興奮で胸苦しくなったので、寝台に坐って両手に顔を埋めた。自由！　真の自由！　今から数時間で社会に出られるのだ。そう思うと、なんだか未知の物に対する時のような一種の恐怖を感じないでもなかった。そして、二十年もそれ以上も刑務所で暮した囚人の中に終《つい》には社会より刑務所を好くようになる者がよくあるが、それらの人たちの気持に同情が持てるような気がした。とにかく、彼等にとっては刑務所の方が様子が解っていて親しみがある。だのに社会は全く不案内で、どう手出しをして可《い》いか見当がつかないのだ。

けれども彼はまだ四十六で、この刑務所に僅か五年と三ケ月いたばかりだ。僅か五年と三ケ月！　それが彼には五千年と三百ケ月のように思われた。初めの頃は、狂人《きちがい》になるんじゃアないかと思うことがよくあった。そして短かい三十分が永劫のように長く思われた。

「この三十分の次にまた三十分がある。その三十分が沢山積って一日と一晩になり、それがまた何度も繰り返して一週間となり、また繰り返して一ケ月となり、気候が変り冬になり夏になり、またまた冬に帰り夏になって五度気候が変るのだ。その間には自分も社会も変って行き、総《すべ》ての欲望から切り放されていなければならぬ。どうしてそれが辛抱できよう！　ああ、神よ！」

けれども彼は辛抱した。来るべきものは来た。総ての自然の現れの中で、一番順応性に富んでいるものは人間である。彼は月日が経つにつれて自分で自分の性質を変えて刑務所の生活に順応するように知らず識らず勤めていることに気がついた。時には自分は幸福だと思うことすらあった。それは多分、肉体的に調子がよかったから、自然そう感じられるようになったのであろう。実際刑務所の生活は彼に適していた。彼は海抜千四百呎《フィート》のダートムーアの石切場や農園で一日数時間の戸外労働を余儀なくせられたが、そこでは空気そのものが強壮剤であった。彼は質素ではあるが適当な食物をとって、晩はいつも五時に仕事をしまった。彼の過失の原因の一つなるアルコールは一滴も口にすることが出来ない。最後の二年間は一日二回、三十分ずつ喫煙を許されたが、それもそれ以上の度は過ごせなかった。総てが規則づくめで秩序立っている上に責任と言うものがないから心配がない。従って体の調子もよかった。こんなに体の調子の好かったことは、学校を出て以来のことだった。彼は一定の時間に大工の仕事をしたが、木の匂いが好きな上に、人間の使うものを拵らえるのかと思うとそれが何となく愉快だった。どうかすると刑務所内の総ての雰囲気が親しみのある満足なものに思えることがしばしばあったが、そんな時にはちょっとした他人《ひと》の厚意が親切な行いのように誇張して感じられるのであった。読書の機会もあったが、大部分は思索に費した。そして彼が一番強く感じたことは、「俺はいつまでも自分を犯人だと思わないようにしよう」ということだった。自尊心を養うためには随分骨を折った。それがためには、外観の身だしなみにさえ気をつけた。この頃は刑務所でも考えて囚人に安全剃刀を使わせたり髪の刈方を自由に放任したりしだしたので、レイマンドもその規則を利用して毎日髭を剃り白髪まじりの髪を櫛けずり、時には食事時に渡る少量のバタを髪に付けなぞした。彼の皮膚は太陽と風にさらされて好い色になった。つまり肉体的に言ったら、彼は立派な男となって社会に出るのだ。けれども精神的に言ったらどうだろう？　ここに難問題がある。彼の心は言う。「自分は罪を犯した。ずぼらをした。意志の弱いために馬鹿なことをした。そして自分で汗を流さずに大金を得ようとした。自分は不正直だった。そして捕えられて罰せられて、自分はその罪に服した。その点で罪はつぐなわれたのだ。しかし今度は物事がはっきり見えだした。もう不正直な男になりはしない。また不正直になろうと思っても、アルコールの慾を失ったと同様、不正直に対する慾もなくなってしまった。自分は正しい市民になりたいのだが、社会がそれを許してくれるだろうか？　社会は自分をどう待遇するだろう？」

ここまで考えてくると思わず声を立てて呻いた。第一我が子にどんな顔をして会ったら可いだろう？　それと言うのも、その子は彼の体から分れた唯一の生命《いのち》だったからである。

そもそもこのレイマンドは、フレンチャーチ街に店を持つ化学薬品輸入商で、二十二の時或るお金持の船ブローカーの娘と結婚したのであるが、その結婚は間もなく二人の気質が合わぬため失敗であったことが解った。けれども次の年に子が生れたので、別れる訳にも行かない。と言って二人の間に烈しい争いでもあったかと言うにそうではなく、ただ小さい事が重なって溝を作ったと云うまでである。彼等は長い年月が経つにつれ、お互の仲に共通の点が少いことを覚り、それと同時に両方からそれを埋め合わせるように勤めた。随分骨の折れる仲だったのだ。そういう風に二人は大した争いもしないで来たが、ただ子供の育てかたについては無遠慮に争った。もっともこの争いもごく穏かに行われたことは事実だ。

彼の妻は交際好きだからいつも社交界に入りびたり、馬に乗ったり、猟に行ったり、ゴルフをやったり、外国の避暑地に出かけたり、競馬にこったりした。レイマンドの方は本を読んだり、田舎を歩いたり、倫敦《ロンドン》の酒場や田舎の宿屋なぞで見られる小さい社交団体に加わったりするのが好きであった。妻が倫敦に帰って彼と同じ家に住むような事があっても、二人は合意の上で別々の道を歩いていた。

妻は大抵外国にいるし、息子は学校にいるので、ラッセル・スクエアの広い家に一人住むレイマンドはいつも淋しかった。そこでその淋しさをまぎらすために彼は自然と倶楽部《クラブ》に親しむようになり、いつも五六の倶楽部に出入りして、また皆んなから理想的の倶楽部員と見られていた。それと言うのも、彼が親切で、金離れがよくて、座談に巧みだったからである。彼は昼食と夕食を倶楽部で済ますばかりか、食事と食事の間にも倶楽部を訪れた。そして彼等の仲間の多くのように、別に酔うと言うほどでもないが、ただ社交を名にして始終お酒に親しんだ。商売は順調に行くし、妻は妻で別に財産を持っていたから、彼はお金のことには心配する必要がなかった。ところが或る日、彼はアルゼンチンの商人の殆ど詐欺と言っても可いような手にかかって、硝酸塩の取引で大変な損をした。彼はそのために大打撃を受け、それから起るいろんな心配をまぎらすために前より一層足しげく倶楽部や酒場に出入りしだした。そして或る日のこと、それらの倶楽部の一つで不幸にもマクス・ロールと言う男と近づきになった。世間にはよく一定の国籍も年齢も職業もないかわりに、総ての国民と年齢と職業の悪徳を一人にかねそなえ、それを一種拒みがたい魅力と才能で隠したような男があるものだ。このマクスがそれだった。彼は詐欺師としてこの世に生れたような男で、世間の人は彼に欺かれていると知りつつも、それをどうすることも出来なかった。そして後になっても彼を許さずにいられぬほど、それほど彼は上手で、かつ魅力を持っていた。

そしてマクスの手にかかったレイマンドは一も二もなく壺師の手に握られた粘土のようになり、二人は一緒に昼食や夕食を食べ、玉を突き、夜の倶楽部に出入りした。マクスは外国の珍らしい土地を見、いろんな人と交っている上に、話が頗る上手だった。

彼が災難にあったのは、息子のレーフを剣橋《ケンブリッジ》に入れるべきか牛津《オックスフォード》に入れるべきかについて夫婦意見の衝突を見てから間もなくのことであった。けれども妻はいつも自分の思う通りを実行する質だったので、この時もレーフを剣橋へ入れてしまった。そしてレーフが休暇で帰る日まで、妻もビアリツで暮すことになったので、一人残ったレイマンドはますますだらしなくなったり他人から金を借りたりした。妻から借りれば好かったのだが、それは彼の自負心が許さなかった。そして彼が自棄《やけ》気味になっている或る晩のこと、例のマクスが旨く口説いて彼を誘惑した。口説かれてみるとそれがいかにも易いことのように思われた。どうしてこんな簡単な旨い仕事を、これまで他人がやらなかったのか、それが不思議にさえ思われた。その仕事と言うのは他でもない。適当な時機を見はからって、二つの会社に株を行《や》ったり戻ったりさせて株が暴騰したように見せかけるのであった。マクスの話を聞いたところでは、それが不正直な行為とはどうしても思われなかった。そして彼等は二人で利益を二分することを約した。ところがマクスは自分の利益だけ取るとそれから数日たってふいと姿を隠し、それきり帰って来なくなった。後に取り残されたレイマンドは、自分の位置を説明することが出来なかった。そして長い間商法に照らされ、複雑な調査をされた後、詐欺取罪の名目で七年の刑に処せられ、それが善行で軽減されて五年三ケ月になったのである。

しかし、どうして我が子に会ったらよかろう？　妻は案外旨く留守中のことを処理してくれた。そして三ケ月に一度は形式的ではあるが短い手紙をよこして、家のこと、子供のことを何くれとなく知らして来た。そしてそれほど金に困っていて何故自分に打明けてくれなかった。今度帰ったら必ず自分の金で貴方を元の商売に返してみせるなぞと書いた。父の犯罪なぞは少しも知らぬ子供は、いかにも学生らしいことばかり書いてよこした。彼は父の留守中は外国にいる母の元に行ったり、遠いサッフォークの村の家庭教師の家で暮らしたりした。我が子？　レイマンドは夜分なぞ監房の寝床に横になって、よく我が子レーフのことを思って苦しさに呻いた。彼はレーフのいろんな年頃の姿を胸に描いた。やっと歩き出して自分の腕に抱かれていた頃のこと、廻らぬ舌で饒舌《しゃべ》りだした頃のこと、父の姿を見つけると走って来て縋りついた頃のこと、その頃のレーフが「お父さん！　お父さん！」と呼ぶ子供らしい声は今も彼の耳に残っている。それから彼がレーフにいろんな事を教えてやると、間もなく小学校に通うようになった。レーフが学校から帰って父に質問なぞした時、どんなに我が子を誇らしく思っただろう！　彼は赤いジャケツに鞄を肩にかけた小学時代のレーフが、体を少し振るようにして歩きながら街を帰って来る姿を思い出した。レーフは父を見つけると熱心な可愛らしい顔を、嬉しそうに輝かした。そして二人は手を取り合って散歩に行き、小鳥や、木や、遊戯の話をした。レーフは父を尊敬し、かつ愛した。同時にレーフは母をも尊敬し、かつ愛した。子供の心には父と母の区別はなかった。レイマンドと妻は子供を中間に置いて妥協し合い、同時に嫉妬も感じていた。レイマンドは子供の心が次第に生長して行くのを眺めるのが楽しみであった。

彼は自分が破滅に陥って法廷に立ち、裁判官が優しい声で七年の刑を申し渡すのを聞いた時、何よりもまず我が子レーフのことを思い出した。そしてレーフが熱心な顔をして、

「お父さん、一体どうしたの？」と訊く声を心の内で聞いた。

レーフは父が犯人だとは、どうしても信じなかった。そんな事は初めから解らなかったのだ。また子供に解るような簡単な事件でもなかった。レイマンドは弁解は出来ても、弁護は出来なかった。その点は彼自身にも解らなかったのだ。彼はただ前後をわきまえず、間違った書類に署名したまでだ。

それだけの弁解で子供は満足してくれた。しかし法律は子供より厳格だ。法律は彼に弁解の余地は与えたが、法文に触れる処では少しも容赦しなかった。

とは言え悲劇の日からもう五年も経った今日では、レーフも物事をわきまえたに違いない。レーフはもう子供ではない。恐らく彼は世間の人たちから父の過失を、出来るだけ不快にして話して聞かされただろう。またレーフの方でもそれを聞きたがったであろう――おお、熱心に！　だからレーフも今度は昔のように、

「お父さん、一体どうしたの？」と訊きはすまい。

多分その声さえ今は変っているだろう。ああ、神よ！

彼は朝の光が窓から差し込むまで、うつらうつらと半睡状態で過ごしたが、明方からぐっすり寝込んで、例の耳慣れた鍵音がして扉《ドア》が開くまで目が醒めなかった。

彼は静かに服を着て顔を洗って朝食を済ました。次に或る部屋につれ行かれ、そこでいろんな手続きをした。久しぶりに昔の自分の服を見た時には、咽喉《のど》もとに塊が上って来るような気がした。いえばこれが社会との最初の対面だ。しかしまだ鎖や鍵がガチャガチャ鳴っている看守につれられて、中庭を通ったら、蹄鉄工場に行く一群の囚人に出会《でくわ》した。それらの囚人は皆んな彼と親しい仲だった。彼等はまだ十年以上もいなければならぬのに、彼はもう二分間で外に出るのだ！　そう思うと彼は他の囚人たちも同様に持つ権利のあるものを、自分一人で独占したような、何だかすまぬような気がしてならなかった。外側の門の処まで来ると、送ってきた太っちょの老看守が、

「じゃア、御機嫌よう！」と言った。

この意外な親切な言葉に面喰らった彼は、返事さえ出来なかった。忽ち彼の胸の底から憐みの心

――総ての人類に対する憐みの心が、大波のように込み上げてきた。

鉄の門が明いた。彼は日の照る処に踏み出した。後に門が締まる音がした。彼は自由の身となった。あるいは門の処まで誰か迎いに来てくれるかも知れないと思っていたが、出て見たら誰も来ていなかった。妻は出獄の日を知って、お金は送ってよこしたが、自分や子供の居処は少しも知らして来なかった。だから彼は新生涯に踏み出したように見当がつかなかった。

彼はプリンスタウン停車場の方へ急いだ。倫敦までのパスは持っていたから、停車場に着くと直ぐ待合室に入って隅の方に腰かけた。発車には小一時間を余していた。皆んなが彼の方をじろじろ偸《ぬす》み見した。この町では皆んなが総てを飲込んでいる。駅夫まで彼が出獄者だことを知っている。しかしそれも暫くの辛抱だ。倫敦！　倫敦が楽園のように思われた。倫敦行きの汽車で、彼はいろんなことを夢想した。夢と、希望と、恐怖と、不安な期待。倫敦に着いたらどこに行こう？　妻の家は倫敦にないばかりか、どこにあるかさえ解らない。息子の居処も解らない。ああ、旨くレーフに会えればいいが！

彼は日の暮れ方に、倫敦パディントン停車場に着いた。汽車を降りると停車場近くの街を当てどもなくぶらぶら歩き廻った。荷物の鞄がないから、立派なホテルには行かれない。周囲が馬鹿に騒々しく雑沓しているように思われた。新聞売子が「フランス内閣瓦解」と貼出して広告している。何という無意味な些細なことだ！　やがて彼はとある裏街の見すぼらしい旅館《ホテル》を見つけて部屋に通された。お茶を飲むとまた街に出て、もしやレーフに出会いはせぬかと歩き廻った。するとジャーミング街の角で、昔商売上のことや倶楽部で交際していた友人にばったり出会した。彼は旧友の腕に手を触れて、

「やア、フランク君！」

呼ばれた男は振返って彼を見ると、まるで珍らしい危険な野獣に出会ったように吃驚《びっくり》して両眼を見開き、

「よう――何だ――君ア、カルヴァリー君じゃアないか――」

「そうだよ。機嫌はどうだ？」

「相変らずさ。で君は？　君は――あのお――」

「とうとう出てきたよ」

こう言いながらレイマンドは笑おうとしたが、相手が固くなっているので、どうしても笑えなかった。相手は「どうしてこの場を逃げようか？」と思案しているらしかった。

彼等はそれからちょっと言葉を交すと、昔のことや将来のことは何も話さず別れてしまった。レイマンドは力を落して、

「こうしたものかなア？」と心に呟きながらまた歩きだした。彼は料理店に入ろうと思えば入れた。彼は自由の身だから、いつでも皆んなと一緒に贅沢な食物や旨いお酒を註文することが出来るのだ。けれども料理店に入りたいとは思わなかった。もう時刻が遅い。彼には五時以後に食物を取らぬ習慣がついている。お腹も空《す》いていないし、またお酒も飲めば酔ってしまう。その上彼は先刻《さっき》旧友に会って不快を感じてから、急に会うのが嫌になってきた。料理店でまた旧友に出会ってあんな不快な待遇を受けるのは堪らない。彼が自分はもう悪人でない、意志の弱いために罪を犯すような人間ではないと言ったところで、誰がそれを信用してくれよう？

九時ごろまで街を歩いていたら気が沈んで体が疲労したから、ひとまず旅館に帰って寝ることにした。彼の部屋は二階の薄暗い燈《ひ》の点った廊下の一番端にあった。彼は夜明けまでぐっすり寝込んだが、

眼が醒めた時には夢を見ていた。それは自分では楽しい夢を見ていながら、断えず他人の悪い夢のために邪魔される夢であった。顔を洗うと服を着て、それから旅館の朝食には時刻が早いので近所の珈琲店《カフェー》に行った。そしてやや酒気を帯びた夜会服《イヴニングドレス》の紳士が、二人の馭者を相手に盛に神を論じているのを聞きながら、熱い珈琲とゆで卵を食べた。馭者も笑えば、店の亭主も時々調子に乗って口を出している。朝の空気は希望と奮闘に溢れているように思われた。レイマンドも笑いながら時々そばから口を出した。皆んなと一緒に議論している間は気易《きやす》で幸福だった。誰も彼を知らず、誰も彼に注意しない。彼は昔の景気の好い時によく珈琲店に出入りした。珈琲店にいる時だけは昔と同じ気分になれた。けれどもやがてほろ酔い紳士と馭者が立ち去ると、彼はその日のことを考えなくてはならなかった。

途方に暮れた彼は頼りに思うただ一人の人を想い出した――妻の法律顧問だ。彼なら妻の居処を知っているだろう。あるいはレーフの居処も知っているかも知れぬ。彼はまた息子に出会いはしないかと十時頃まで街を歩き、十時が打つと妻の法律顧問ダイドウォース弁護士を訪ねた。客間で小一時間も待たされたのち、五十恰好の赤ら顔の弁護士が白い胴衣《チョッキ》を着て坐っている事務室に通された。

「御用事は？」と彼が無愛想に訊く。

「私はレイマンド・カルヴァリーですが、妻の居処を聞きに参りました」

するとと弁護士が顔を起して、病的と言っても可いほどの貪慾な興味を浮かべた眸《ひとみ》で相手を見入った。昨夜《ゆうべ》の倶楽部の友人もそれと同じ表情を見せたが、弁護士の方が一層露骨だ。それと言うのも、彼には逃げ出す必要がないからである。そればかりか、彼には一種の権力があるので却って相手を苛め、皮肉な痛快味を味わうことが出来るのだ。彼は咳一咳して、

「ああ、貴方がレイマンド・カルヴァリーさんですか。では失礼ですが放免証をちょっと拝見さして下さい。それから奥さんからの金も送らなくてはなりませんから、次手《ついで》に貴方のお住居《すまい》もお伺いしておきましょうか」

レイマンドは辛抱してそれらの手続を済ましたのちまた最初の質問を繰返した。弁護士は暫く黙って考えていたが、

「お気の毒ですが、私は依頼人から何の許可も受けていません。ですからそんな事をお知らせする権利はないのです」

何のことだ！　何故彼女のことを「貴方の奥さん」と呼ばずに、「私の依頼人」と言うのだ？　一度刑務所の門をくぐったら、生涯の路伴《みちづれ》たる妻でさえ失わなければならぬのか？　妻の居処を知ることさえ出来ないのか？　忽ち彼の頭に、ナイチンゲール鳴く夜のデヴォンシアの花園の幻、それから二人が誓い合った愛の言葉が甦ってきた。あれほどの愛が、こうまで果敢なく亡びるものだろうか？あれほどの熱情が、風に吹かれる落葉のように消えるものだろうか？

「貴方の依頼人！　貴方の依頼人！　そうですか」と彼は力なく呟き、それから一段と語気を強めて、

「しかし子供の居処ぐらいは教えて下さるでしょう？」

相手が途方に暮れているのを面白そうに眺めていた弁護士はちょっと肩をすぼめて、

「お気の毒ですが、それも申し上げることが出来ません」

レイマンドはかッとなって、

「えッ、申し上げられないとは何です！　あれは私の子ですよ。妻の子であると同様に私の子です――いや、私の方が余計に可愛がっているのです。その可愛い子の居処を私に隠すとは何事です？」

「貴方は少し気が変になっていますね」

「気が変に！　貴方だって五年三ケ月の間刑務所に入っていて、その間自分の一人息子のことばかり考えていて、それからやっと出獄した時に、他人からその子の居処を隠されたとしてごらんなさい。少しは気が変にもなりますよ」

弁護士は死人のような冷静な声で、

「私は知らないのです——知らないから御子息の居処を申し上げられないのです」

「ほんとに知らないのですか？」

「ええ、知りません」

レイマンドは打《ぶ》たれた犬のような悲鳴を漏らして卓子《テーブル》の上の帽子を取った。その時彼は卓子の上に沢山重ねた手紙の中の少し横にはみだした一つの「ポー・マルグエリータ旅館」と印刷してあって、書き出しのDという字だけ現れているのをちらと見た。彼はこれが妻ケスリーンの手紙だということを直ぐ覚ったが、素知らぬ顔をして、急いで部屋を飛び出した。

もう妻に電報打とうと思えば打てる。しかし彼女はまだそのマルグエリータ旅館にいるだろうか？彼の心に世間というものが非常に辛いものに思われ、ともすればダートムーア刑務所の幻がちらついた。しかも不思議なことにはそれが、却って懐かしいものとして思われた。そこには殺人犯で十二年の刑に処せられた、ドリングと言う男がいるが、レイマンドはこの男と木工場でよくいろんな話をした——あのドリングもさだめし今頃は伴《つれ》を失って淋しがっているだろう。それからグロットと、パーヴィスの二人の若い看守はいろんな面倒を見てくれた。ダートムーアもこのせち辛い世間よりは気持が好い。しみじみ寂寞《せきばく》を感じた彼は、刑務所を懐かしく思った。

彼は郵便局に行ってポーにいる妻に次のような電報を打った。

「私はパディントンのポンズ旅館にいる。レーフはどこだ？」

それから彼は訪問して可い友人はないかと思って、昔の友人のことを一人々々考えてみた。昔のことを考えてまず心に浮ぶのは倶楽部と酒であった。けれども倶楽部には恥かしくて顔出しが出来ないし、酒の方にはこっちから興味を失ってしまった。それにまたそうした場所で知り合った友人はいかにも表面的だということが解った。彼は一層外国に行ってしまおうかとも思った。アメリカへでも。それにしてもレーフにだけは会わねばならぬ！

彼は三日待った。妻ケスリーンからは何の返事も来ぬ。或る日、当てどもなく街を歩いていたら図書館があったので、そこに入って時勢に適応した知識を得るために新聞や雑誌を読んでみたが、それらのものを通して見た世間は、ただ無意味な混乱したものに思われるだけだった。彼は世間のことをあるがままに見ただけで、別に深く考えはしなかった。けれどもその間もただ一つ頭に響いたことがある――どうしても仕事を見つけねばならぬということだ。侮辱を忍んでまで妻の金を受けたくない。

三日目に彼はサッフォークのアシュトリー村に行ってみることにした。そこには家庭教師の家があるから、もしやレーフが来ていはせぬかと思ったからだ。彼は何故息子のほうから父を訪ねて来ないか、それを不思議に思った。

彼は日の暮れ方にアシュトリー村に着くと、宿屋に鞄を預けて、家庭教師フランダースの家を探した。散々訊ねあぐんでやっと探し当てたその家は、村から一哩《マイル》も離れた処にあった。玄関の呼鈴《ベル》を押した時、彼の胸が怪しく波打った。

間もなく一人の女中が姿を現した。

「フランダースさんはお内ですか？」

「はあ、いらっしゃいます。貴方のお名前は？」

「カルヴァリーです」

女中は訝しげに彼を見つめていたが、それでも直ぐ部屋に彼を案内した。待つ間もなく中老の痩せ細ったフランダースが部屋に入って来たが、彼は来訪者を一目見ると吃驚して、

「おや、レーフさんじゃアなかったのですか？」

こう言いかけて口を噤んで、じろじろレイマンドを見た。

「伜に会おうと思って参りました」

家庭教師は意外の面持ちで、口籠りがちに小声で言った。

「伜？　伜？　ええ、それア、やはり貴方の御子息には違いありませんがね。しかしレーフさんは倫敦に行きましたよ。なんでも貴方に会いに行くと言って出られましたが」

「私に！　だって来ませんでしたよ。来るだろうと思っていましたのに」

「ははあ、それア可笑しいですなア。しかしそれかと言って、私にどうすることも出来ませんですね」

この尊敬すべき家庭教師は、ただ貧故に仕方なく囚人の息子の世話をしてきたのだ。彼がなるべくならレーフの世話もしたくないと思っているのは無理もない。二人はそれから二言三言、形式的のお世辞を交したのち別れた。レイマンドが村の宿に帰った時には最早や倫敦に帰る汽車がなくなっていた。で、その夜はそこに泊ることにした。

彼はよく眠られなかった。レーフは一体どうしただろう？　それが心配で堪らなかった。レーフは

どんな災難に会っているかも知れぬ。親が出獄すると直ぐその子が災難に会うとは何という惨酷な皮肉だろう？　親が刑務所にいる長い年月無事でいながら、やっと放免されたその日に息子が自動車に轢かれたり、汽車に刎ね飛ばされたり、高い処から墜落するとは何ということだ！　あるいは今頃はレーフがどこかの病院にかつがれて呻吟しながら父の名を呼んでいはしまいか？　レイマンドの真っ黒い心に、ただ一つ光明のように輝くのは、レーフが父に会うために倫敦に行ったと言う家庭教師の言葉であった。自由は元より尊いが、愛は自由以上に尊い。愛のない自由は、到底忍べない。彼は夜明頃まで考え抜いて、やっと或る方法を思いついた。それは病院と警察を訊ねると同時に、「タイムス」に広告を出すということであった。

それで彼は翌日倫敦に帰ると直ぐ次のような広告を出した。

「レーフ・カルヴァリーよ、父はパディントンのポンズ旅館にあり」

それから彼は警察署や病院に電話を掛けて問い合してみたが、息子の人相に相当した者はどこにもいなかった。

彼は不満足な心を抱いて街を歩いた。倫敦というものが、急に威嚇と絶望の都会のように思われだした。人々が冷酷な難かしい顔をしていて、他人の感情や気持には少しも構わず、鷲のように爪を磨いているように思われた。自動車や電車の音が、人間の血と骨を、無色のパルプに挽き砕く怖ろしい機械の音のように聞えた。ダートムーアの監房にいた時には、こんな寂しさを感じたことはなかった。

彼は数日の間、毎日警察署に通った。「タイムス」に出した広告に対しては、何の返事も来なかった。

或る日の午後のことだった。彼がエジウーア街近くのある見すぼらしい街を歩いていたら、穢《よご》れた服を着た一人の女が、も一人の女の胸に凭れて、しくしく泣きながら、こう言っているのが聞えた。

「良人《たく》は職を離れていたもんだから、私たちを養って行けないので、それで困って、つい泥棒したんだよ。それで警察に曳っぱられたのだよ。それだけなら可いのだが、今度は——今度は、私たちまで追出されるんだとさ——この私と五人の子供たちが。ああ、これからどうして暮して行ったら可いかしら、ああ！」

も一人の女は汚なくはあるが、ややましな服を身につけた、胡散な目付で街をうろつく種類の女らしかったが、その女は相手を宥めるような調子で、

「いいよ、いいよ、アンニー、そんなに心配しなくったっていいじゃアないか。お前の景気のよくなるまで、暫く私が稼いでやるよ。私が稼いで、お前たちの世話をしてやるよ」

これを聞いていたレイマンドは、即座にポケットに手を突込み、自分がその時持ち合していた全部の金高たる二磅《ポンド》ばかりの金を取り出して、女の手に握らせ、

「これを取って下さい」と皺涸声《しわがれごえ》で言った。

女は目を円くして彼を見入ったが、言葉は出なかった。宥めていた方の女が、

「まア、貴方は誰方《どなた》でございますか？」と訊いた。

そして、胡散な目付で街をうろつく女と前科者が、じっと目と目を見合した。

「私も貴方と同じ境遇の者です。世間に棄てられた男です」と彼が言った。

そして彼は急いでその場を立去った。旅館に帰って自分の部屋に入ると、恰度ダートムーアの監房にいた時と同じように、寝台の端に腰かけて、瞑想に耽った……周囲《あたり》は暗い。囚人たちが石切場から帰る頃だ。彼等はひそひそ囁き合っている。向うの典獄の官舎の窓から明りが漏れる。礼拝堂からは

オルガンの音が聞えて、誰やら明日の集りの歌の稽古をしている。

「我れを囲む小暗き闇に、

光あたえて導きたまえ」

おお、何という懶《ものう》さだろう！　何という不幸だろう！　歌の音律《メロディー》を思い出すと彼の胸が怪しく轟いた。その寛《ゆるや》かな讃美歌の調子に合して、灰色の夕暮の中を二列に並んだ長い長い列が静かに歩いて行く――世間に棄てられた、頼り処のない、弱い人たちが。

彼は今にも泣き出しそうになった。そして布団を摑んで我が子の名を呼んだ。「レーフ！　レーフ！　可愛いレーフ！」

部屋の内《なか》が次第に暗くなった。外にはまだ引っ切りなしに車の音が聞えている。彼が寝台の上に横になろうとすると折から静かに部屋の扉《ドア》が開いて、誰やら中に入って、扉を背にして突立《つった》った。レイマンドは顔を起して見た。扉のそばに立った蒼白い顔の窪んだ目がこっちを見ている。レイマンドは立上りかけてまた力なく寝台の上に倒れかかった。

「お父さんですか？」と人影が言った。

レイマンドが呻きながら両手を拡げると、人影がその方に歩みよりかけたが、また扉の方に退いた。レイマンドは立上って、さながら我が子に近よろうとする彼を邪魔する物でもあるかのように、両手で空を叩いた。

「レーフ！　レーフ！　おお、レーフ！」

彼が近づけば、人影は一層しりごみした。レイマンドは興奮に声を涸らした。

「レーフ！　レーフ！　お前はお父さんがこんなになったのが恥しいのか？」

けれども人影は相変らず扉のそばに密着《くっつ》いたまま動かない。レイマンドは傍に近づいて、我が子の顔を覗き込みながら、

「おい、レーフ、どうしたんだ？　どうして黙ってるんだ？　お父さんよりもお前の方が却って悪いことをしたように悄気込《しょげこ》んでいるじゃアないか？」

人影は扉のそばに密着いたまま微《かすか》な声で、

「そうなんです、お父さん……そうなんです」

張り詰めた緊張が忽ち寛《ゆる》んだ。レーフが急に啜り上げて泣き出した。レイマンドは両手で彼を抱きながら、

「どうしたんだ、おいレーフ、どうしたんだ？　お父さんに話してごらん。他の人と違ってお父さんには心配せずに、何でも話して可いのだ？」

「腰かけさしてもらいましょう。草臥《くたび》れました。歩きつめましたから。お父さんの広告は今朝見たのですが、直ぐにここに来る気には、どうしても成れなかったのです。恥かしくて」

「恥かしくて！　だってお父さんだって潔白ではないではないか？　またお父さんはこれまで、どんな場合でもお前を理解し、お前を許してやったではないか？」

レーフは両手を顔に当てて、指の下から言った。

「お父さん、私は随分前から馬鹿げた生活をしていたのです。お母さんが私を甘やかして、幾らでも金を下さいましたから悪い友人と交ったり、賭事をしたり、酒を飲んだり、女の処に行ったりしたのです。そして借金が出来る度ごとに、お母さんから払ってもらっていました。この火曜日にはお父さんを迎いに刑務所の門口まで行こうと思ってアシュトリー村を出たのですが、その日の午後、レッジ

ーと云う友人に会ったのでつい一緒にその男が泊っているグランドエクリプス旅館に行ってお酒を飲んだのです。そして二人で連れ立ってナイツブリヂ近くの家に行って沢山の人達と一緒にバカラー（骨牌《カルタ》遊びの一つ）をやりました。ところが僅か二十分の間に百磅も勝ったものですからますます調子に乗って酒を飲んでは深入りしたのです。私は昔から勝負事が好きな上に、そばから美しい女たちや沢山の人が見物していたので、意地になってきたのです。初めには負けはしないだろうと思っていたのですが段々運が悪くなってきて、朝の一時頃までには百磅ばかり損をしました。けれども百磅の金は持っていませんでしたから、レッジーに百五十磅かりたのです。お母さんに言って送ってもらえばよかったのですが、お母さんの居処が解らなかった上に、それまでに度々お母さんに心配かけていますから言えなかったのです。お母さんはそれまでポーにいたのですが、この頃はこっちに帰ろうと思って、ポーを立ったのでしょう。私は骨牌に負けたので、旅館の宿料を払う金もダートムーアに行く金もなくしてしまったのです。翌朝目が醒めると、気持が悪くて堪りませんでした。そして街を歩きながら、これからどうしようかと思案しました。それから私は――私は――」

父が烈しく息使いしながら、

「うん、それからお前はどうした？」

「その日は一日考えても勇気が出ませんでした。私が実行したのはその次の日、お父さんが刑務所を出られた日です。だから会えなかったのです。レッジーは随分思いやりがなくて、金を借せと言っても貸しません。あるいは始めからちゃんと私を陥入れるように計画が出来ていたのかも知れないのです。レッジーの伴はまだ他にもあったようでした。とにかく、私はグランドエクリプス旅館のレッジーの部屋に忍び込むことに決心したのです。私に金を貸した時に見ていましたら、彼は鍵をしたトランクから函を出してその函の中から金を出しました。そこで晩方になるととうとう実行しました。恰度その時、レッジーが夕飯を食べに出ましたから、その隙に旅館の帳場に行って、『百四十一番室の鍵を出してくれたまえ』と言ったのです。御承知の通り大きい旅館では帳場に人が沢山いるので、誰が誰やらお客の顔なんかちっとも知らないので、直ぐ鍵を出してくれました。その鍵を受け取るとレッジーの部屋に入って、トランクは火掻を突込んで開けましたが、函はどうしても開きませんでしたから紙に包んだまま函を自分の旅館まで持って帰ったのです。そして螺旋《ねじ》廻しや釘抜で開けて見ましたら、意外にも中には証書や証文や三百磅ばかりの現金や、その他大切なものが一杯に詰っていました。私はそんな物を盗む気はちっともなかったのです。ただ当座の金さえあればいいと思っていたのです」

「その函をどうした?」父が喘いだ。

「少しばかりの金は使いましたが、他の物は皆私が持っています。そしてその旅館を出て、河の南の他の旅館に変りました」

「金はどんなのが入っていた?」

「五磅札と、十磅札と、二十磅札です」

「どこかで大きい金を使ったか?」

「ええ、十磅札を一枚使いました」

「馬鹿!」

「何故です?」

「紙幣番号から手がつくじゃアないか。どこで使ったのだ?」

「クック社で使いました。今夜巴里《パリー》までの切符を買ったのです」

「旅館の人がお前の顔を覚えていやアしないか？」

「それア、どうか解りません。何しろ毎日千人以上の人が出入りしているんですから」

「レッジーはお前だことを覚るだろうね？」

「後できっと覚っただろうと思っています。ああ、お父さん、どうしたら可いでしょうか？　心配で堪らないのです。もしかしたら――」

「俺が悪いのだ、レーフ、俺が罪を犯したから、こうした結果になったのだ。俺がいて監督していたら、こんな事になるはずはなかったのだ」

「いいえ、私が悪いのです。もう駄目です。ああ、それにお父さんがお帰りになるのを随分待っていました」

青年は言い淀んで泣き出した。レイマンドは気をひきしめて五分間ばかり黙ったまま、部屋の内を歩き廻った。それからきっぱりした声で、

「レーフ、その函をここに持って来い」

「えッ！　何故です？」

「まア考えてみろ。これは俺が出獄した日の晩の出来事だよ。だから函を持って来い。お前が函を盗まなかった事にすれば可いのだ」

「何のことです？」

「前科者は皆同じことだ！　もう血が罪を犯すように出来ていたのだ。幾ら他から文句を言ったってしようがない。刑務所を出ると直ぐまた悪い事を始める――ことによると、出たその日に悪い事をや

る奴がある。まア、お前も新聞を見ていれば、二三日の中に解るよ」

こう言いながら彼はカラカラ苦笑した。青年は吃驚して父の顔を仰ぎながら、

「お父さんが私の犠牲になろうと仰有るんですか？　そんな事をなさっちゃアいけません。お父さん」

「可いじゃないか？　旅館に行って鍵を借りたのはこの前科者の俺だと言えば、誰だって信用するじゃアないか。それに俺は体も丈夫だから刑務所に入ったたって辛抱して行ける。俺は行く末の望みもない身だが、お前はまだこれからだ。しかしね、レーフ、ただ一つお父さんに誓っておいてもらいたいことは――」

「いいえ、それア駄目です。お父さん、そんな事をしたら、私が後で良心の苛責に堪えられません。そんな事が出来るもんですか！――おや！」

彼が「おや！」と言ったのは、唐突《とうとつ》に扉を叩く音がしたからである。やがてその扉が開いた時には、父は不動の姿勢をとって軍人のように真っ直ぐに立ち、子は一層壁際に縮まっていた。入口に立ったのはケスリーンであった。

三人が目と目を見合した。誰も一言も言わなかった。暫くして彼女が向き直って扉を締め、またこっちに向いて立ったが、その顔は蒼白く引きつっている。それを見た瞬間、レイマンドはこの三人の中で一番人間らしく落着いているのは自分だと思った。この三人の上に降りかかった危機を救うものは自分――前科者たる自分だと思った。この時、意外にもレイマンドより先にケスリーンの方から顔を向けて優しい声で言った。

「じゃア、レイマンドさん、もう自由におなんなさったのですね。広告を見たものですからどうなさ

ったのだろうと思って帰って来ました。たった一時間前に英国に着いたばかりです」

彼は頷きながら、

「自由になった。しかし長くは自由でいられないのだ」

「どうして？」

「はや過ちをやったのだ」

青年が前に進み出て、

「いいえ、お母さん、それは嘘です。お父さんは私をかばおうとしていらっしゃるんです。お父さんが出獄された日に、私が他人の物を盗んだら、お父さんが身替りになろうとしていらっしゃるのです」

ケスリーンは涙で両眼を輝かせながら、

「レーフ！　レーフ！　それは本当じゃアあるまい！」

青年は走りよって両手を母の肩にかけ、

「お母さん、どうしたら可いでしょう？　もう直ぐ捕えられそうなんです。巴里までの切符を買ったんですが、警察の方じゃアもう先廻りをしているでしょう。きっと巡査がどこからか現れて、不意に私の肩を叩くでしょう。この二三日そればかり心配しているのです」

「まア、どうしてお前、そんな事をしてくれたのだ。これまでだって金がないと言えばいつでも送ってやったじゃアないか？　も少し倹約するようにいつも注意していたのに。こんな事になるのなら、お母さんだって幾らでも金を送ってやったのだが――」こう言いながら彼女は両手に顔を埋めて泣きだした。「ああ、良人《おっと》も子供も、揃いも揃って――」

レイマンドはつかつかと妻のそばに歩みより肩に手をかけて、

「ケスリーン、人間というものは苦労をして初めて物事がはっきり見えだすものだ。俺は刑務所に入ったお蔭で、よく眼が見えだした。人が余計な事を考えたり誘惑に負けたりするのは安逸な生活を送っているからだ。これからはこの子にも良い方に伸びる機会をうんと与えてやるのだ。お前は今までこの子に遣《や》らんで可いものばかり遣っていた。巴里なんかには行かせないで、強いものだけが伸びられる広い国に行かせるんだ。それから今度の事件は俺が身代りになりさえすれば何でもないことだ。もう刑務所にも慣れているから、そこで余生を送っていさえすれば、終いには社会より刑務所の方が安気《あんき》で好いと思うようになれるだろう」

ケスリーンは良人を見入っていた顔に奇妙な表情を浮かべて、

「レイマンドさん、随分お変りになったのねえ」とただこれだけ言った。

彼等は五年間に相手がどのくらい変ったかお互いに総勘定をしているのだ。彼の頭髪《あたま》こそ白くなっているが、彼の体格は一層立派になり、眼は澄み、皮膚は好い色になっている。

彼女の方はやや弱くなったように思われた。顔色も蒼白いが、美しさには変りがない。

彼女は急にレーフの方に向き直って、

「誰の金を盗んだの？」

「レッジー・ド・ターンヴィルです」

ケスリーンは吃驚したように体を揺るがせながら、

「えッ！　レッジー・ド・ターンヴィル！」

それから胸に手を当てて、

「待っておくれ――待っておくれ――レッジー・ド・ターンヴィル！」

彼女は椅子に腰かけて暫く考えていたが、

「レーフ、お前はお母さんを愛しておいでだろうね？」

「それア解ったことですよ」

「じゃア、私を接吻しておくれ」

レーフは両手を母の肩にかけて接吻した。彼女は満足げに溜息をして、

「レーフも貴方もここで暫く待っていて下さい。私はレッジー・ド・ターンヴィルを知っているからいい事がある」

「駄目ですよ、お母さん、相手は下劣な男なんですから、行ったたって馬鹿にされて笑われるだけですよ」

「お金で得心させるから、待っておいで、長くかかるかも知れないが、この部屋を出ないようにして待っておいで」

そして彼女は二人が止める間もなく直ぐ出て行った。

夜は寒かった。そして雨を混えた風が、小さい部屋の硝子《ガラス》窓を打った。父は寝台の上に坐り、子は椅子に坐って、暫く耳を澄ましながら待った。この運命を決すべき大切な瞬間に二人が黙っていたのは、言うべき何事も持っていなかったとも思えれば、また言うべき事が余りに多いので、緊張した不自然な声で言うのを怖れたとも思えた。巴里行きの船に聯絡する汽車の時刻も過ぎれば、夕食の時刻も過ぎた。九時になるとレーフが、

「随分長くかかりますねえ」と言った。

「うん、長いね」

レイマンドも時々焦《じ》れったそうに飛上って、部屋の中を歩き廻った。レーフは巻煙草に火を点け、父にも一本勧めたが、父は取らなかった。部屋は次第に寒くなってきた。十時十五分。部屋の外に跫《あし》音《おと》が聞えた。やがて扉が開いて、またそこにケスリーンが立った。彼女がぐったり椅子に凭れかかると、レーフが咽喉に詰ったような低い声で、

「どうでした、どうでした?」と訊いた。

ケスリーンは強いてゆっくり落着いた声で、

「明日の朝ね、レーフ、証書が入った函をレッジー・ド・ターンヴィルに返しておしまい。金の方のことは私が話をきめておいたから。やはりお父さんの言われる通りだよ。お前は暫くカナダかどこかへ行った方がいいと思うね」

「カナダへ!」

「いま帰りに自動車《くるま》の中でよく考えたのだがね、お父さんの留守の間に——留守の間にお前に余り我《わが》儘《まま》をさせすぎた。私も我儘だったのだよ」

母が微かに啜泣くと、レーフは両手を彼女の肩にのせて、

「お母さん! お母さんの仰有ることなら、どんな事でもしますよ」と低い声で言った。

彼女はレーフの頭を撫でながら小さい声で、

「よし、よし、もうこのことは忘れて、これからの事を考えよう。お前はもうお帰り。お父さんだけに話したい事があるんだから」

レーフは二人に接吻すると、帽子を取って、そそくさと部屋を出た。

後に残ったレイマンドは妻が口を開くのを待っていたが、彼女は自分の膝の上の両手を見入ったまま、なかなか口を開こうとしなかった。

「ケスリーン、話と言うのは？」暫くして彼がこう訊ねた。

「レイマンドさん、私はもうすっかり疲れてしまいました」

彼は妻の傍へ行って、軽くその顳顬《こめかみ》に接吻した。

「お前の話と言うのはそれだけか？」

「いいえ、この言葉にもっと深い意味があるのがお解りになりませんか？」

彼は両手をしっかり彼女の肩にあてて、

「ケスリーン、じゃア、お前は――元のように俺を迎えてくれると言うのか？」

彼女は聞えるか聞えないかの声で、

「もし貴方が愛して下さるなら」

前科者は苦笑しながら、

「誰だって口惜しく思うことはあるよ、ケスリーン。レーフだって、俺だって、あるいはお前だって口惜しいと思うことはあるだろう。けれどもね、誰でも可い、とにかくその人のために、自分が苦痛を忍んで同情を寄せ得る相手がいるほど嬉しいことはない。俺はこの数日の間賑やかな街の中で、堪らないほどの寂しさを味った。けれどもちょっとでも大地へ耳を当てて聞いてみろ、心から心へ通う憐れみの、轟くような音がいつも響いているから。現に俺は今日も街で或る一人の女が、他の女のために自分を犠牲にしようとしているのを見た。これは刑務所の中でも見たことだ。人生はこれあるがために生き甲斐があるのだと思う」

「まア、レイマンドさん、私は貴方がいかにも囚人らしい悪い人になってお帰りになるだろうと思っていましたのに、却って前よりか立派な人になってお帰りになりましたわ。さ、私は疲れていますから、貴方の丈夫な腕で抱いて下さい」

彼は犇《ひし》と妻を抱きしめて、

「明日お前の処へ帰るよ」と呟いた。

二人は数分間縋り合っていた。暫くして彼は妻を扉の方に導いて開けてやった。彼女は怖わごわ外を覗いて、

「暗い廊下」と呟いた。

彼は妻の手を握って、

「そうだ、暗い。けれども向うには明りがついている。だから二人でしっかり手を取り合っていさえすれば、無事に歩いて行けるだろう」と呟いた。

ブレースガードル嬢

「奥様、このお部屋でございますよ」

「はあ、どうも有難う――どうも有難う」

「このお部屋で宜しゅうございますね?」

「結構ですとも。どうも有難う」

「何か他に御用はございませんですか?」

「そうねえ――まだ遅くないようでしたら、わたしお湯にちょっと入りたいのですが、どうでしょう?」

「承知いたしました。お湯はこの廊下を突き当りますと、直ぐ右ッ側にございますよ。わたしこれから行って用意をしときますわ」

「それからねえ、わたし随分遠方から来て、疲れていますから、明日の朝は呼鈴《ベル》を押すまで起さないで下さいよ」

「はい、承知いたしました」

ミリセント・ブレースガードル嬢が、疲れていると言ったのは真実《ほんとう》であった。いつも真実を話すのが、彼女の故郷、眠れるように静かな本山町《ほんざんまち》イージンストークの人たちの習慣であった。それから、単純な、奉仕的な生活をして、世間のためになる仕事をしたり、高尚なことを考えたりするのも、その町の人の習慣だった。彼女はイージンストーク町《まち》の人たちの理想や、美点を一人で具体化したような女であった。彼女がこの夏の夜、ボルドーのルエスト旅館に来たのも、実は彼女の義務を果すためだったのである。彼女はイージンストーク町から倫敦《ロンドン》に行き、それから直ぐドーヴァーに出て怖ろしい海を渡り、カレーから巴里《パリ》に入ってそこで仕方なく四時間を待ち合せ——随分気の揉める四時間だった——それから夜更けにこのボルドーに着いたのである。彼女がボルドーに来た目的は、明日南米からこの港に着くべき義妹《いもうと》を迎えるためで、その義妹というのは、パラガイにいる牧師に嫁いでいるのだが、気候が体に合わぬので、彼女だけ今度英国に帰ることになった。本当は彼女の兄で主任牧師を勤めている人が来るのだったが、何分教会の仕事が手がひけず、彼が出て来ると檀家の人が困るので、それでブレースガードル嬢に役目が廻ったのである。

彼女は生れて以来一度も英国から外に出たことがない上に、旅行が怖くて、外国人が嫌いだった。仏蘭西《フランス》語は少し話せて、旅行したり、ちょっとした用を便ずるには差支えなかったが、少し込入《こみい》った会話になると駄目だった。けれども彼女は、仏蘭西人は表面愛想が好いようでも話相手として愉快な国民ではない、言い換えれば好人物ではないと思っていたので、会話が出来ないのを別に残念には思わなかった。

彼女は鞄を解いていろんな品物を部屋に並べながら、ともすれば故郷の部屋の幻が目先にちらつき軽い懐郷病《ホームシック》に襲われるのを強いて払い退けようとした。それにしても外国の寝室はどうしてこんなに奇妙なんだろう！　更紗やラヴェンダーもなければ懐しい家族の写真——兄の主任牧師や、甥や姪や、秋祭の時の本山の内部の写真もない。マーカス・ストーンの色のついた版画や、刺繍や、雛型のような装飾もない。おお、彼女は何という馬鹿だったろう！　ここの寝室をどんなものと想像していたのだろう！

彼女は服を脱いで寝着《ドレシンガウン》に着替えると、海綿入《かいめんいれ》と手拭《タオル》を持って、電燈を消し扉《と》を締め、おどおどした足つきで廊下を浴室の方へ急いだ。気持の好い浴室は彼女の心を明るくした。彼女はぴったり温かい湯にひたり静かな満足を感じながら、じっとしなやかな自分の足を見た。そして家を出て以来初めて愉快な冒険を楽しむ気分になった。謂わばここまで来たのは冒険だった。彼女の今までの生活には、妙にこの冒険という奴が欠けていた。世間にはよく旅行していろんな経験に会う人がよくあるものだ。彼女は幾つだろう？　四十二？　四十三？　その点については彼女がいつも黙っている。彼女は年齢《とし》のことなぞ全然問題にしていないのだ。他の人に比べると、年齢の割合に若く見える。それと云うのが、何事も控え目な単純な生活をし、健全な散歩、新鮮な空気に触れているので、慌しい贅沢な都会生活をする人ほど老けないのだ。

恋《ラブ》？　左様、まだ若かったとき恋をしたことはある。相手は尊敬すべき親切な学校教師だった。二人は婚約こそしなかったが、それに似た黙々の理解は双方にあった。この楽しい理解と友情は三年続いた。彼は優しい怜悧《りこう》な考深い男であったから、いつまでもそうした仲で続いたら彼女も幸福だったろう。けれどもこのスティーフンと云う紳士は或るものを欠いていた――つまり妙に焦々《いらいら》した癖を持っていた。そこで彼女は肉体の健康ということを問題として結婚を躊躇した――左様、彼女は優しさと親切の化身のようなスティーフンとさえ結婚を躊躇した。そうこうしている中《うち》に、或る日彼が町を去って永久に帰らなくなった。世間の噂によれば、彼はその後、フィーブス夫人の搾乳場《ちちば》に働いていた或る田舎娘と結婚したとやら、恐らくあまり好い女ではあるまい。世間によくある饒舌《しゃべ》りの小綺麗な馬鹿な女だろう。おやおや！　彼女もその当時は非道《ひど》い痛手を受けたが、今ではすっかり忘れてしまった。人間というものは、時さえ経てば何でも忘れるものだ。ただあるものは仕事、他人のための奉仕、信仰、義務ばかりだ。同時に彼女は異常な経験に会う人たちの心持が解った。明日は主任牧師に手紙を書き送ることが沢山ある。まず食堂列車でもちっとのことで眼鏡を忘れかけたこと、巴里行の汽車の中でアメリカの子供が云った面白い言葉、到る処の珍らしい食物、単純で地味な料理は少しもないということ、それから巴里の旅館《ホテル》で会った二人の英国婦人が自分の伯父が死んだ話をしたこと——可哀そうに彼は金曜日に病気になって日曜日の午後のお茶の時刻前に早や死んでしまったそうな——それから面倒見てくれた旅館の主人の親切なこと、旅館の女中の綺麗なこと。左様、皆んな親切な人ばかりだった。要するに仏蘭西人は想像に反して好い人たちばかりだ。彼女は気持の好い礼儀正しい方面以外には、何物も見なかったのだ。明日は兄の主任牧師に書き送ることが沢山ある。

やがて彼女の体が手拭の摩擦で赤くなった。彼女は下着と厚い毛の寝着を着ると、いつも自分で仕つけている通り、浴室を綺麗に片づけた。それからまた海綿入と手拭を持ち、灯《ひ》を消して、自分の部屋に帰った。彼女は部屋に入ると直ぐ電燈をつけて扉を締めた。ところが外国の旅館なぞでよく起ることだが、扉を締めると把手《ハンドル》の玉だけ軸から抜けて手に残った。彼女は低い声で「あら!」と云いながら、片手には手拭と海綿入を持っているので、片手でそれを差し込もうとした。ところがついうっかり差し込んだので、玉がまわらないばかりか、軸が一層向うの方に引っ込んでしまった。彼女はまた小声で「あら!」と云った。そして海綿入と手拭を床の上に置いて、左の手で軸を引き出そうとしたが、ますます向うに行くばかりだった。

「どうしようかしら!」と彼女が呟いた。「女中を呼ばなくちゃアならない——女中を呼んでも、もう寝てるだろう!」

彼女は振向いて部屋の内《なか》を見た。すると忽ち彼女はひどい恐怖に襲われた。

彼女の寝床に見知らぬ男が寝ている！

枕の上のどす黒い顔、乱れた黒い頭髪、太い口髭、彼女は生れてから、この時ほど烈しい恐怖を覚えたことはない。心臓の鼓動が一時は止まるような気がした。暫らくは考えることも、声を出すことも出来なかったが、まず第一に頭に浮んだことは、

「声を出してはならぬ！」

ということであった。彼女はその男の顔と毛布の中に円くなった体とを見つめながら、暫らく麻痺したようにじっとそこに立っていた。けれどもやがて我に帰ると彼女の頭脳が一時に敏活に働きだした。まず気がついたことは彼が悪いのでなくて自分が悪いということだった。彼女は部屋を間違えたのだ。この部屋は彼の部屋だった。部屋の構造は同じだが置いてあるものは、彼の物ばかり、椅子の上には服が粗雑《ぞんざい》に投げかけてある。洋箪笥の上からはカラーネクタイが覗き、床には重そうな編上靴や、妙な恰好の黄色いトランクがある。何とかして逃げ出さなくてはならぬ。彼女はまた扉の方に振向き、軸が向うに行った孔の中に指を突込んでみた。しかし駄目だ。彼女は見知らぬ旅館の寝室に、外国人——仏蘭西人と一緒にとじこめられ、どうすることも出来なくなったのだ！

考えなくちゃアならん——考えなくちゃアならん！　彼女はスイッチを捻って燈を消した。燈を消しておけば男が眼を醒まさぬかも知れぬ。その間に何とか好い方法を考えよう。それにしても彼はどうして今までに眼を醒まさなかったのだろう？　眼を醒ましたら彼がどうするだろう？　自分はどう弁解したら可《よ》いだろう？　弁解しても彼は信じないに決っている。誰でも信じないだろう。英国の旅館でも面倒だのに、ましてここは知らぬ人ばかりの外国——従って敵意を持っている処の旅館ではないか——困ったことだ！

何とかして出なくちゃアならぬ。彼を呼び起そうか？　いや、そんな事が出来るものか。起きたら自分を殺すかも知れぬ。あるいはまた――ああ、考えるのも怖ろしい！　喚《わめ》こうか？　呼鈴を押して女中を呼ぼうか？　いや、それも同じことだ。呼鈴を押せば旅館の人が皆んな寄り集《たか》って来るだろう。そして夜の夜半《よなか》に自分が見知らぬ男の寝室にいるのを見付けるだろう――

自分、イージンストーク町の主任牧師の妹、ミリセント・ブレースガードルが！　イージンストーク町！　忽ち彼女の取乱した心にイージンストーク町の幻が現れた。自分の噂が伝わって、女たちがお茶の卓子《テーブル》を囲みながらその良人《おっと》に向い、「貴方お聞きになって？　まア、私吃驚《びっくり》しましたわ。お気の毒なのはあの方の兄さんですわ。兄さんもこれじゃア牧師を止めなくちゃアならないでしょう。貴方、クリームを少しお入れなさいよ」

刑務所に入れられるだろうか？　他人《ひと》は自分が窃盗の目的でこの部屋に入ったのだと思うかも知れない。あるいは耶蘇《ヤソ》の十戒の総《すべ》てを破るために入ったと思うかも知れない。それを弁解する方法はないのだ。この扉が開かない限り、自分は永久に日蔭者となるのだ。煙突？　煙突から這い出てはどうだろう？　しかしそこからどこに抜けられるのだ？　彼女は男が煖炉にのぞいた自分の足を捕えて、煤だらけになった自分を曳きずり卸すさまを想像した。彼はいつ眼を醒ますかも知れない。ふと彼女は女中が廊下を通る跫音《あしおと》を聞いたように思った。けれども女中は彼女が数分間前に浴室を出たことを知っているのだから、声を出して呼ぶのならもっと早く呼ばなくてはならなかった。女中は自分の部屋に行きはしないだろうか？

ふと彼女の頭にある考えが浮んだ。もうかれこれ一時だ。寝台の上の男は多分悪いことをしない旅の商人か会社員で、朝の七時か八時になるとさっさと服を着て出かけるだろう。だからその時まで自分は彼の寝台の下に隠れていよう。僅か数時間の辛抱ではないか。自分はいつも寝台の下を覗く習慣があるが、男は滅多に覗かないものだ。彼が部屋を出る時には、何とかして扉を開けるに決ってい る。夜半に把手が床の上に落ちたようにしておけば、彼が呼鈴を押して女中を呼ぶか、ナイフで開けるかするだろう。男というものは、こんな事が上手なものだ。そして男が出て行ったら、寝台の下から這い出して自分の部屋に帰れば可い。そしたら誰に弁解する必要もない。しかしそれにしても、まア、何という経験だろう！　あの寝台の白い縁飾の下に入っていれば、明日の朝まで安全だ。朝となれば、何も怖くはない。彼女は四つ這《ばい》になって猫のように警戒しながら縁飾を捲った。それにしてもこの白い大きい縁飾が垂れているのは何という仕合せだろう！　それを捲って寝台の下に這い込んでみると恰度《ちょうど》小さい体を横たえるだけの隙間がある。幸い床には一面絨氈《じゅうたん》が敷きつめてあるが、穢《よご》れてきたない。もし咳払いをするか嚏《くしゃみ》でもしたらどうだろう！　どんな事になるかも解らぬ。扉のそばで弁解するよりも、寝台の下で弁解するのは一層難かしい。彼女は息を殺した。寝台の上からは何の物音も聞えない。縁飾の下からは物音を聞き難いのだ。聞き難いのに始終物の気配に耳を澄しているのは、却って苦しいものだ。けれどもとにかく、この仮の避難所に隠れていれば、落着いて今後のことを考えることが出来る。今までは充分心を集中して自分の行いの意味を考えることが出来なかった。彼女は実際前後の考えも失っていた。そしてただ逃げ出したいと思うばかりに野獣のように、――よく猫や鼠がやるように――隠れ場を見付けて寝台の下に這い込んだのである。ただこれが外国でなかったら好いのだが！

彼女は仏蘭西語で弁解の言葉を考えてみたが、その仏蘭西語がなかなか出て来ない。仏蘭西人は一体に早口で下手な言葉に一々耳を傾けてはくれぬ。だから彼女は随分困難な位置に在るのだ。これで一夜が過ごせるだろうか？　今でこそ、ただ窮屈で、烈しい恐怖を感じているというまでだが、これで八時間、あるいは七時間も体が続くだろうか？　その上、終いの果てに発見されるかも知れないのだ。彼女が繰り返し繰り返しこんな事を考えている中に、数分間が経った。幾ら思案しても纏まりはつかぬ。始めに声を立てて人を呼んだ方があるいは好かったかも知れぬ。けれども女中が廊下を通ったのは、浴室を出てから十分も十五分も過ぎた後だったから仕方がなかった。旅館の人は必ずその間に他人の寝室で何をしていたか訊ねるであろう。どうして彼女はそれより前に叫ばなかっただろう？

彼女は縁飾を一二吋《インチ》捲くって耳を澄ました。寝息が聞えるような気もしたが、確かなことは解らぬ。とにかく、縁飾を捲くっていれば息だけはよく出来る。段々大胆になった彼女は、そっと顔を少し出して外の息を吸った。そして我が身がもう安全だということを考えて、元気を付けようとした。実際、もう安全だ。もう用心さえしていれば可いのだ。多分、無事に帰れるだろう。

「無論、一睡もしてはならぬ」と彼女は考え続けた。「また眠ようとしても眠られるものか。とにかく、眠てるより起きている方が安全だ。用心しなくちゃアならん」

彼女は口を噤み心をひきしめた。こうして一夜を過ごす決心をしてしまうと、幾らか心が落着いた。明日の朝、兄に書き送ることがまた一つふえたと考えて、思わずニッコリした。兄はどう思うだろう？　無論、兄は信じてくれるに違いない――兄は生れてから一度も自分を疑ったことがない人だ――けれども今度の話はあまりに奇妙だ。イージンストーク町にいては想像もつかない話だ。ミリセント・ブレースガードルが、外国の旅館の見知らぬ男の寝室で一夜を過ごすなんて！　女の人たちはどう思うだろう？　ファンニー・シールズさんや、お饒舌《しゃべ》りのラスブリッジャー夫人はどう思うだろう？　兄さんにはこの話は他の人には誰にも云わぬようにしてもらわねばならぬ。ラスブリッジャー夫人はきっと出鱈目の尾鰭をつけて話すに定《きま》っている。ああ、今頃は皆んなどうしているだろう？　イージンストーク町の人たちは無論皆んな寝ているだろう。兄さんはいつも十時十五分に寝床に入るから、さだめし今頃は静かな平和な眠り——正しい人の眠りに就いて、綺麗な気持の好いサセックスの空気を吸っているだろう——ああ、ここの空気は息が塞《つま》るようだ！　彼女は咳払いがしたくなった。けれども咳払いしてはならぬ。

そうだ、九時三十分には召使たちが皆んな図書室に集まる。そこで簡単な祈禱があるが、それはいつも十五分以上かかったことはない。兄さんはどちらかと云えば儀式ばったことが嫌いな質だ。それから十時には皆んなにココアが渡る。そして十時十五分には皆んなが寝床に入る。懐しい気持の好い寝室、そこに自分のささやかな白い寝台《ベッド》がある。自分は物心付いてから一度もその寝台の傍に跪《ひざまづ》かなかったことがない。懐しいお母さんが生きていられた時分から跪いていた——そして神様にお祈りをした。

お祈り！　そうだ、お祈りと言えば物心がついてから寝る前にお祈りをしなかったのは今夜が初めてだ。今夜は実際特別の場合——謂わば例外の場合だから仕方もない。神様もそれは察して許して下さるだろう。けれどもどうして今夜お祈りが出来ないだろう——何がお祈りの邪魔になるのだろう？　それは無論いつもの通り跪くことが出来ないからだ。けれども、心から祈りさえすれば、多分いつもと同じように神様にとどくに違いなかろう。

そこでブレースガードル嬢は体を少しまげて、両手を顔に当てて、見知らぬ男の寝台の下で、口の内でお祈りをした。

そしてお祈りの終いに、

「どうぞ神様、今夜の危険から私をお救い下さい」と付け加えた。

お祈りが済むと妙に気が安らかになって、軽い疲れを覚えながら黙って横になった。

そのうち次第に息苦しくなって、刻一刻と床が堅くなるように思われた。そこで彼女は、咳払いしないように用心しながら、こっそり体の位置をかえた。心臓が烈しく波打つ。彼女は浴室を出てから今までの間の出来事を繰り返し繰り返し考えてみた。この部屋はきっと自分の部屋の直ぐ隣に違いない。一つの廊下の同じ側に二十も寝室があるのだから随分紛らわしい――自分の部屋の番号が百十五だったか百十六だったか、どうしてそんな事が覚えられるものか？　ふと彼女は学校時代のことを思い出した。学校時代には自分は数字を並べる数学が下手だった。角や三角を比べる幾何が嫌いで、あんな事が何になるのかと思っていた。好きなのは歴史と植物、それから自分で実際に行くのは怖かったが、不思議な外国の地理を読むのは好きだった。一番面白いのは偉い人の伝記を読むこと――オリヴァー・クロムウェル、ビーコンスフィールド卿、リンカーン、グレース・ダーリング――これは理想の女だ――それから少し俗悪な処はあるが偉い人で好い人のブース大将。彼女はセント・ブライド准牧師の園遊会の時に大好きのお婆さんトリミングス嬢がブース大将の話をしたのを思い出した。あのお婆さんは面白い人だ。あのお婆さんは――おや！

つい、うっかり、ブレースガードル嬢が烈しい嚔をしてしまった！

もうお終いだ！　彼女は今夜二度目に胸の鼓動が止るのを感じた。二度目に胆《きも》がヒヤリとして心が恐怖に麻痺するのを感じた。どうやら寝台の上の男が起き上る気配がする。次の瞬間には、彼が扉《ドア》の傍に行ってスイッチを捻って、縁飾を捲って見るかも知れない。彼女は早や髭のある荒々しい顔が自分を睨みながら、仏蘭西語で何やら言っているような気がした。それから彼は片腕を伸ばして自分を曳きずり出すだろう。それから？　おお、神よそれから？

彼が見付ける前に、こっちから大声で喚いてやろう。今喚いた方が好くはないだろうか。彼は私を曳きずり出したら、手で口をふさぐに違いない。あるいはクロロホルムを――

けれども何故か彼女は喚けなかった。喚くことが出来ないほどおびえていたのだ。彼女はそっと縁飾を捲って耳を澄ました。彼が跫音忍ばせつつ絨氈の上を歩いていはしないだろうか？　いや確かな事は解らぬが、どうもそんな気配はない。けれども何事が起らんとも限らない。あるいは上から殴るかも知れぬ――さっき見た重い靴で。何事も起る気配はないが、待つのが不安で堪え難い、とても明日まで辛抱が出来ないような気がしてきた。侮辱、投獄、死でさえ、これより増しのように思われだした。彼女は這い出て男を起して、出来るだけ弁解してみようかとも思った。

電燈を点して、咳払いして「貴方」と呼んでみよう。

そうすると、彼がむっくり起き上って私を睨むに違いない。

そこで私が――ええと――どう言えば可いだろう？

Pardon《パルドン》, monsieur《ムッシュー》, mais je《メイジュ》 ――間違えたということを仏蘭西語でどう言うのかしら？

J'ai tort《ジュイトル》. C'est《セ》 la chambre《ラシャンブル》 ――違う。Voulez-vous《ヴーレヴー》 ――ええと――

「把手」ということ、それから「帰らして下さい」ということを仏蘭西語でどう言うのだろう？なに、構うものか。スイッチを捻って、咳払いして、後は運命に任せよう。もし彼が起き上って自分の方にやって来たとしたら、その時は旅館が割れるような声で喚くまでだ。

こう決心がつくと、彼女は寝台の下から這い出して、急いで扉の方に手探りで近づいた――危ない歩きかた。次の瞬間に部屋がパッと明るくなった。彼女は寝台の方に向き、エヘンと咳払いして大胆に呼んだ。

「貴方！」

するとこれで三回目に、ブレースガードル嬢の胸の鼓動がピッタリ止んだ。今度のは恐怖が頂点《クライマックス》に達するまでにかなりの時刻を要したが、その代り、一度頂点に達すると、今までの二度の経験が何でもないものに思われるほど、それほど今度の恐怖はひどいものだった。

寝台の上の男は死んでいる！

彼女はまだ死人を見たことはなかった。が、誰でも死人を見誤るものではない。

彼女は当惑げに彼を見入りながら、殆ど呟くように、

「貴方！　貴方！」と続けて呼んだ。

それから彼女は抜足差足寝台に近よった。蠟のような灰色の皮膚の上の頭髪や口髭が、馬鹿に黒く見える。口がやや開いていて、生きている時に毒々しく肉感的であったらしい顔は、信じられないほど穏かで、遠方にあるように見える。さながら彼女は遠い遠い月日を隔てて人の顔を見るような気がした。世間の出来事に全く関係のない人の顔を見るような気がした。

ブレースガードル嬢はやっと、総てを会得すると、両手を顔に当てて、

「可哀そうに——まア可哀そうに！」と呟いた。

これに比べると、自分の災難は何でもないように思われた。或る偉大な、総てを超越したものにぶつかったような気がした。彼女は思わずそこに跪いてお祈りをした。

それから暫くの間、異常な平和と心の落着きを感じた。彼女の旅館における災難の重荷は、これに比べると実に詰らぬことで馬鹿げた、些細な、殆ど滑稽じみた挿話で、何とでも説明できるような気

がしだした。

この男は、どんな生活かそれは解らぬが、とにかく、自分の生活を終って、今や造物主の前に出ているのだ。一体この人はどんな人だろう？

折から唐突《だしぬけ》に物音がしたので、彼女の冥想が破れた。扉の外に重い靴を置いた音だ。彼女は始めには、その音を、誰かが扉を叩くか、押開けようとしている音と聞き違えて吃驚した。けれども次の瞬間に給仕の跫音が次第に廊下を向うに行くのが聞えたので、給仕が磨いた靴を置いて去ったのだと気が付いた。同時に自分の位置に気が付いた。こうしてはいられない。逃げ出したいという希望は一層烈しくなった。

真夜中に、見知らぬ男の寝室で発見されるも悪いが、死人の寝室で発見されるのはなお悪い。きっと自分は殺人犯人の罪名を冠《き》せられるだろう。そうだ、きっとそうだ。どうして外国人に自分の立場を説明出来よう？　彼等は自分を縊り殺すだろう。いや、縊り殺さずに断頭台にのぼせるのだ——それが仏蘭西の死刑だ。そして大きな鋼鉄のナイフで首を切り落すのだ。あア怖い！　彼女は赤い帽子を着た施行官や僧侶の前で、自分が目隠しされて立っている様を胸に描いた——恰度《ちょうど》ディケンズの小説の中の男のように。あの男の名は何だったかしら？　そうそう、シドニー・カルトンだ。彼は絞首台に登る前にこう云った。

「私がする事は、今までした事より、遥かに遥かに好いのだ——」

しかし彼女はそうは云えない。彼女がする事は、彼女が今までした事より、遥かに遥かに悪いのだ。主任牧師の兄さんはどうなるだろう？　それから明日パラガイから着く義妹、イージンストーク町の親しい人たちや友達や、可愛い大きい灰色の猫トニーはどうなるだろう？　首を切られないように出来るだけ避けるのは彼女の義務と云うものだ。彼女はこの部屋にいても、何の良い事も出来ない。死人を甦らせることも出来ない。だから彼女の唯一の役目は、逃げ出すということだ。いつ人が入って来るかも知れない。女中、靴磨きの給仕、支配人、巡査、剣と手帳を持った巡査の幻は、彼女の疲れた心を引き立たせた。彼女は死物狂いになった。幸いなことには、もう明りを怖れる必要がない。彼女はまた扉のそばに走り寄って、扉を指先でつついてみた。が、駄目だ。逃げ出すとすれば、考えなくてはならん。じっと考えなくてはならん。慌てて馬鹿げた事をやってはならぬ。静かに落着いて方法を考えなくてはならない。

彼女は細心に戸締りを調べた。そこには鍵孔がないから、外から戸締りをすることができぬ代りに内側から掛金を卸すようになっている。ああ、この憐れな死人は、何故昨夜掛金を卸してくれなかったのだろう? 掛金を卸してくれたら、こうした災難に会わずに済んだろうに。把手の孔を覗いて見ると、軸が半吋《インチ》ばかり引込んでいる。だからもし廊下を通る者があれば、把手が覗いているのに気がつくはずだ! 彼女は頭からピンを抜いて、それを孔に突込んで、軸をほじくり出そうとした。しかし軸は次第に向うに遠退くばかりだった。彼女は顔が真っ蒼になって、目が舞うような気がした。

彼女は一所懸命になった。落胆してはならぬ。彼女は罠にかかった野獣のように部屋の内を歩き廻って、少しでも隙があったらそこから逃がれようとした。窓には露台《バルコニー》がない上に、下まで五階もある。ほのぼの東が白みかけた。間もなく街や旅館が騒がしくなるだろう。逃げるなら、それより前だ。

彼女はまた扉のそばに帰って、把手の孔を覗き込んだ。それから死人の所有物、彼の剃刀や、刷毛や、文房具を振返った。彼は文房具を沢山持っている。ペン、鉛筆、護謨《ゴム》、封蠟――ああ、封蠟! 必要は発明の母とは好く云った。生れてからまだ一度も発明をした事のないブレースガードル嬢がこの時ちょっとした器用な発見をしたのは、全く彼女が絶望的になっていたからである。彼女はふと妙案を思いついて、燐寸《マッチ》、蠟燭、頭のピン、それから封蠟の塊を一処《ひとところ》に持ってきた。そして封蠟を溶かして、ピンの先につけ、それを孔の中に差し込んで、軸に密着《くっつ》けさした。そして七遍目にやっと軸を動かすことに成功した。

軸を曳き出してしまうまでには、恰度一時間と十分かかったが、初めて指先で摑まえることが出来た時には、張り詰めた心が一時にゆるんで嬉し涙が出た。彼女は用心深くそれをつまみ出して、しっかと左手で摑み、右手で把手の玉を差し込んで静かに廻した。

扉が開いた！

扉が開くと、やれやれと安心して、直ぐにも廊下に走り出て、大きな声を出して溜息を吐《つ》きたかったが、彼女はじっとそれを押さえて、耳を澄ました。それからそっと廊下を覗いて見た。誰もいない。彼女は轟く胸を押さえながら、音のしないように扉を締めて、鼠のように素速く隣りの部屋に走り込み、自分の寝台の上にぐったり倒れかかった。するといいいいいいいいいいい死人の部屋に海綿入と手拭を忘れてきたことに気が付いいいいた！

彼女は今までの経験で、第二回目の冒険はいつも第一回のそれより危険だということを、よく知っていた。だから海綿入や手拭は棄てても可いと思った。ただ悲しいかな手拭の隅っこに――彼女は旅館の手拭は使わなかった――自分の名前の首字《かしらじ》のＭ・Ｂという字を綺麗に書き込んでいた。

そこで、彼女はこっそり廊下に出てまた死人の部屋に入り、忘れ物を取り戻すとまた自分の部屋に帰った。自分の部屋に帰った時の彼女は、もう綿のように疲労していたので、寝台の上に横になると微かな唸り声さえ漏らした。そして間もなく深い眠りに落ちた。

誰も彼女の眠りを邪魔する者がなかったので、翌朝、彼女が目を醒した時には十一時になっていた。外には太陽が輝いている。そして昨夜の経験がまるで朦朧《もうろう》とした一つの悪夢のように思われた。本当に夢だったのかしら？

彼女はまだ恐怖の名残を胸に感じながら、呼鈴を押した。暫くすると女中がやって来たが、その眸《ひとみ》には覆うべくもない興奮が現れている。いいえ、昨夜の出来事は夢じゃアない。この女中も何か変った事を聞いているのだ。

「紅茶を持ってきて下さい」

「はい、承知いたしました」

女中は窓掛《カーテン》を捲くると、忙《せわ》しげにこそこそ部屋の内を歩き廻っていたが、その物腰のどこかには、或ることを口止めされていながら、それを黙っているのが、辛抱し切れないといった風のところが見える。はたして彼女は唐突に寝台のそばに近づいて、興奮した声で囁いた。「まア、奥さん、誰にも言うなと口止めされているのですが――それア大変なことがありましたのよ！　百十七番のお客さんがね、今朝死んでいたのですよ！　私が話したなんて、誰にも言わないで下さいましよ。でもねえ、巡査やお医者様や、警部が、それア沢山来ましたのよ。まア怖い――まア怖い！」

寝台の上のブレースガードル嬢は何も言わなかった。実は言うべき事がなかったのだ。けれども女中は黙っていられないほど興奮していた。

「それだけなら可いですけれどね――奥さん、そのお客というのが誰だったとお思いになります？何でもウィンサンヌの倉の中でジャン・カルトンと言う女を殺したボルデューと言う男で、警察で探していた犯人だったそうですよ。そしてね、この男はね、その女を絞め殺すと屍体を微塵に斬りくだいて二つの樽に詰めて河の中に投げ込んだそうでございますよ。まア、そんな怖ろしい悪い男が、この隣の部屋で死んだのでございますよ。自殺らしいが、事によったら心臓麻痺かも知れないということでした。多分、後悔してか、体の調子が悪かったのでございましょう。奥さん、珈琲と仰有いましたね？」

「いいえ、紅茶ですよ――強い紅茶を一杯持って来て下さい」

「承知いたしました」

女中が立去った。それから暫くすると、給仕が盆に紅茶をのせて持ってきたが、これには彼女も吃驚せずにはいられなかった。仮令《たとい》、給仕であろうが、男が婦人の寝室に入るのはあまりに――そうだ、あまりに不躾と言うものだ。兄さんが言われたことは本当だった。実際、仏蘭西人は妙な習慣や考えを持っている。イージンストーク町には、こんな風習はない。彼女は毛布の中に一層深く潜り込んだが給仕はそんな事には一向平気らしかった。彼は盆を置くと立去った。

給仕が立去ると、彼女は体を起して、紅茶を啜りはじめた。紅茶を啜ると次第に体が温まるように思われた。彼女は日が照っているのが嬉しかった。紅茶が済んだら起きることにしよう。義妹の船は一時に波止場に着くそうだ。だからゆっくり服を着たり、兄さんに手紙を書いたりしても、波止場に行くには間に合う。

それにしても可哀そうなはあの男だ！　あれが人間の体を微塵に斬りくだいた殺人犯人だったのか――それとも知らず、自分は彼の寝室に一夜を過ごしたのだ！　殺された者にはいろんな人があったろう？　しかし彼女は、とにかくその男の最後の場合に、自分が、その寝台のそばに跪いてお祈りをしてやったのかと思うと、なんとなく嬉しかった。恐らく自分が祈ってやらなかったら、他に誰も祈ってやる者がなかったであろう。他人《ひと》を審判《さば》くのは難かしいものだ。人間は誰でも、ふとした場合にふとした事がもとでつい悪い事をするものだ。あるいはあの男でも、本当は殺人の罪を犯していないかも知れない。人というものは、ともすればありもせぬ濡衣を被せられ易い。早い話が、自分だってそうではないか。もし今朝の三時頃巡査があの部屋に入ったとしたらどうだろう。本当はただその人の心に起ることによって判断すべきものだ。人はいろんな事を学ぶ。自分は寝台の下に寝ていても跪いている時と同様に祈り得るという事を学んだではないか？　可哀そうな男！

彼女は顔を洗って、服を着て、それから静かに歩いて手紙を書く部屋に行った。見たところ、旅館の他の客は何事も知らぬらしい顔をしている。恐らく昨夜の悲劇を知った客は自分一人なんだろう。彼女は机の前に坐って暫く考えたのち、次のように書いた。

兄上様――

私は愉快な旅をして昨夜遅く着きました。皆んな親切で気が利いていて、支配人もいろいろ世話を焼いてくれました。食堂列車で眼鏡を忘れたことがありますが、親切な老紳士が探して返してくれました。それから汽車の中に面白いアメリカの女の子供が乗っていましたが、その子供の事は帰ってからお話しましょう。仏蘭西人は愉快な国民ですが、ただ食物が妙なものばかりで、質素で滋養になるものが少しもありません。アンニーさんの船は一時に着きます。兄さん、いかがです？　気管支加答児《カタル》はすっかり直ったでしょうね？　ハント夫人が拵えた糖果《マーマレード》を入れた大きい石の壺は、馬車小屋の隣の一番上の戸棚のブリキ罐の中に入れといたことを、汽車に乗って初めて思い出しました。どうかリジーにそうお伝え下さい。ブラー夫人はとても晩の音楽の集まりにおいでになるようには繰合せがつかないでしょうね？　この旅館は好い旅館ですが、寝室が騒がしいですから、今夜はアンニーさんと一緒にグランド旅館に変えます。あとは帰ってからお話いたしましょう。ではお体を大切になさい。

ミリセントより。

そうだ、彼女は手紙でも帰ってからも、昨夜の出来事を兄に話すことは出来なかった。話さないのが彼女の義務である。話せばきっと兄に無駄の心配をさせるばかりだ。この奇妙な外国にいてこそ、別に不思議にも思われないが、イージンストーク町では、こんな事は話しをするだけでも不謹慎なことだ。見知らぬ男の寝室で一夜を過ごしたという、この大体の事実は逃れられない。その男が犯人であろうが紳士であろうが、またその男が生きていようが死んでいようが、その区別が彼女の心の不安を軟らげることは出来ない。即ち彼女と彼女の兄の親しい間柄に或る不安を与えずにはおかない。浴室から帰りに彼女が扉の把手を毀した。けれども寝ている人を醒ましたくないので声を立てずに寝台の下に入った――これは本当のことだ。だから兄も必ず彼女の言葉を信ずるだろう。けれども――イージンストーク町の牧師の家庭ではとてもそんな場合を想像することは出来ない。話せば彼等の間に、妙な小さい壁を築くようなもの。彼女一人を遠ざける不思議な溶液の中にひたるようなものだ。黙っているのが彼女の義務だ。

彼女は帽子を着けると手紙を入れに出た。彼女は旅館の郵便函を信用しなかった。旅館では誰が郵便物を取り扱うか解らぬ。本当の逓信省が取り扱うのでないのだ。彼女はボルドーの中央郵便局に歩いて行った。

太陽が輝いていた。いかにも外国らしい、見慣れぬ、不思議な、興奮し易い人たちの間を歩くのは非常に愉快だった――珈琲店《カフェー》は早お饒舌りの男や女たちの客で満たされていた。それから花屋。それから不思議な匂い――何の匂いだろう? 塩? 海水? 木炭? 広場では軍楽隊が演奏している――活気に溢れた軽快な音楽! 総てが生命《いのち》と、活力と、雑沓――と言うより、貫くような鋭いものに満ちている。

「私は見知らぬ男の寝室で一夜を過ごした」

こう心に呟いて、ブレースガードル嬢は肩を張り、口の中で歌を歌いつつ足を速めた。彼女は郵便局に着くと、差入口の上に、R・F(フランス共和国の略字)と書いた金属製の大きい板を張った郵便函を見つけて、その方に歩いて行った。とうとう安心出来る郵便函まで来た! 手紙を差入れる時の彼女の顔にぽッと微《かすか》な赤味が差した――それは日が熱いからだろうか、それとも歩いたからだろうか? 彼女は手紙を落し込むと、その差入口に手を突込んで、もしや引懸っていはせぬかと念のために探ってみた。いいえ、手紙は確に下に落ちている。彼女はほッと安堵したように溜息をついて、それからパラガイから帰る義妹を迎えるために波止場の方に歩きだした。

撓《た》ゆまぬ母

ビンドロス家の人たちが上品なということは、近所界隈の誰でもが知っている。ビンドロス氏はもと印刷業をやっていたが、今ではそれは人に任して隠退している。誰でも知っている通り、最も尊敬すべき職業は印刷業で、かつまた総《すべ》ての職業の中《うち》で最も上品なのは隠退しているということだ。世間の人は隠退と聞いただけで、店のことは他の者に任せきり、朝は寝坊をし午後は午睡《ひるね》をし、時々店の大体の方針について口出しをする位のものだと想像するだろうが、ビンドロス氏はそんな不精な人ではない。彼は聖《セント》マーク寺院の補助委員で、自ら庭の手入れもやれば、トマトも作り、二人の娘の教育の監督もすれば、テベレスフォード村禁酒同盟と家畜愛護会の委員も兼ね勤めているけれども、上品なことにかけては彼より彼の妻の方が一枚上手であった。実際、彼女は貴族の遠縁に当るという評判で、話をする時でも、いかにも貴族らしいはっきりした小さい声で話す。そしてこの話振《はなしぶり》は彼女の二人の娘にもそのまま伝わっている。姉娘グェンは今年十六でマトレーヴァー女学校の最上級、妹娘ミルドリッドは同じ学校の最下級にいる。ついでに言っておくが、このマトレーヴァー嬢その人からして、自分の学校は上流の令嬢がたばかり世話をしていると言ってそれを自慢にしているような人なのだ。ビンドロスの家族はクオーン路《ロード》のやや人家を離れた小綺麗な別荘に住んでいた。

ところがそのビンドロス氏が近頃になってどうも自分の商売の景気が昔ほどよくない。いや、景気は同じなのかも知れないが、何だかそれでも物足らぬと思うようになった。その上、自分が正直に働いて儲けた財産を、利子で増大した財産と見られて税まで上げられたのを発見した。しかも実のところはその利子という奴も隠退した当時ほど思わしく入らぬのである。

ある春の朝、ビンドロス氏が庭に出て若いキャベツの枯葉をむしっていると、そこに夫人が片手に手紙を持ってやって来て、

「貴方、アグニスから私に手紙が来ました」

と言う。

「そうか」

「ノーザラトン家の人たちが、今度トリンガースト村に引越したのですって」

「なるほど」

「ところがノーザラトン家のアーチーと言う息子が、往《ゆ》く往くは、ウインドラス卿になることは貴方も御承知でしょう」

「ほう、それア好い！」と畑いじりに夢中のビンドロス氏が平気で言った。

「まア、貴方、そんな鏝《こて》なんか置いといて、私の言うことをお聞きなさいよ」

ビンドロス氏は妻が冗談の時と真面目の時の区別が出来ないような人でなかったので、こう言われると妻の言葉に従った。

「そのアーチーは今年十四で、今度引っ越したトリンガースト村はここから汽車で二十分しかかからないのですよ。貴方、解りましたか？」

「何が？」言いながらビンドロス氏が頭の左耳の後の処を掻いた。

「何がじゃアございますまい。あの子は十四ですよ——ですからうちのミルドリッドより二つ大きく、グェンより二つ若いのですよ」

ビンドロス氏が両眼を細くした。妻の言葉の意味が初めて飲み込めたのだ。

「なるほど、賢い細君を持っているのは幸福なもんだね。しかし――なんだ――結婚のことを考えるのは少し早過ぎはしないか」

「今頃からぼつぼつ考え始めといても早過ぎはしません」

「それアそうだ、全くそうだ、で、お前はどうしようと言うのだ？」

「アーチーの母に手紙を出して、あの子を連れてなり、またはあの子一人でなり、私方《わたくしかた》に遊びに来てもらうんですね」

「それは好い考だ。しかしお前はアーチーの母という人を知っているのか？」

「会ったことはありませんが、遠縁に当るんですから向うでも知っているでしょう」

「その子がカットラス卿になるんだね？」

「カットラスじゃアございません、ウインドラス卿ですよ。こうなんです――私の姉の良人《おっと》がノーザラトンの従兄弟《いとこ》になるのです。そしてこのアーチーと言う子の父ヘンリー・ノーザラトンはウインドラス卿の弟なんですが、このウインドラス卿は中年で独身ですから、当然、甥のアーチーに財産と称号をゆずるようになるのです」

「ああ、そうか。じゃア、お前と血が続いていると言う訳ではないんだね。つまり、これから結婚しても血族結婚という心配はないんだね」

「そんな心配があるものですか。それにノーザラトン家はそれア立派な家柄で、財産もうんとあるんですよ」

「そうか、いや、私は何も反対をしはしないよ。それどころか、その子が来たら、大いに歓待につとめるよ」

それからビンドロス氏はまたキャベツをつつき始め、夫人は読書室に入って次のような手紙を書いた。

親愛なるノーザラトン夫人――

まだお目に掛らないのにお手紙を差上げる失礼をお許し下さい。貴方の事は、姉の良人から始終お伺いしていました。承りますればこの度近くにお引越しになったそうですが、何卒お遊びにいらして下さい。良人も私も二人の娘も、それを楽しみにお待ちしています。家はあまり立派ではありませんが、庭だけは良人が道楽にしていますのでかなり綺麗です。坊ちゃまがおありだそうですね。私方では皆んな子供が好きですから、坊ちゃまも御一緒においで下さい。

ビンドロス夫人。

この手紙に対して五日の間何の返事もなかったが、五日経った日の朝次のような返事が来た。

親愛なるビンドロス夫人――

お手紙を有難うございました。貴方のことは従兄弟から聞いています。けれども目下のところ何分いろんな会が幾つも重なっていますのでお伺いすることは出来ません。どうか貴方もトリンガースト村の近くにおいでになるようなことがありましたら、お立ちより下さい。

ノーザラトン夫人。

人によったら、こんな手紙を受け取ると、一種の嘲笑を受けたように不快に感ずるものだが、ビンドロス夫人はそうでなかった。

彼女はそれから十四日たってノーザラトン夫人を訪問した。もっと早く訪問する処だったのだが、新調のフロックの仕立が気に入らなかったので暇がかかったのだ。彼女が十四日目に汽車でトリンガースト駅まで行きそこから静かに歩いて屋敷を訪問したら、意外にもノーザラトン夫人は倫敦《ロンドン》に行って二三日帰らぬということだった。けれどもビンドロス夫人は、他にどんな欠点があろうとも、辛抱が足らぬという欠点だけは持たぬ女だった。だから彼女はその後も二週間の間にトリンガースト村に二度も行った。

三度目にとうとう突き止めた。ノーザラトンは外出しかけた処だったが、それでもビンドロス夫人を十五分の間歓待した。ビンドロス夫人は一生懸命になってノーザラトン夫人の住宅や、眼や、身拵《みごしら》えや、凝って上品な言葉づかいを褒めそやした。褒められて悪い顔をする者はない。夫人は心から慇懃に彼女をもてなした。別れ際にビンドロス夫人が言った。

「坊ちゃまはいかがでございますか？　確かアーチーと仰有いましたねえ？」

「はあ、有難うございます。いま学校に行っていますの、ほら、あのヘディングリーの」

「おや、それは結構でございますね。ヘディングリーは好い学校だそうでございますね、私方には男の子がないので、本当に寂しいのでございますよ。良人《たく》は男の子が大好きなんですから――あのお――休みにでもなりましたら、アーチーさんに是非遊びに来て下さるように仰有って下さいまし」

「はあ、アーチーも喜んで参りますでしょう」とノーザラトン夫人が別に大した熱心も見せずに言った。「あの子はやっと海老茶と黒の線のある帽子を冠りはじめて、大変喜んでいますの」

「御もっともですわねえ！　海老茶と黒、まア好い配合ですこと！　きっと悧発なお坊ちゃまでございましょう」

「ええ、皆んながそう言って下さいますよ。ラテン語と植物があの子の得意なんでございますよ」

「まア、結構でございますこと、じゃ良人の好いお話相手でございますわ。良人はラテン語はあまり知りませんが、植物ときたら、どんな事でも知っていますの。良人が作ったトマトを奥さんにお目に掛けたいくらいでございますわ」

「私これから出掛けなくちゃアなりませんので、本当に済みませんですねえ、わざわざ来て下さったのに」

「おや、長話してとんだ失礼をしましたこと。面白い方とお話をすると、つい釣りこまれていつもこれなんでございますよ」

　ビンドロス夫人はその日の午後、家に帰るとアーチーが本当に遊びに来ることになったと告げた。そして良人と娘たちには、ラテン語と植物を研究するように勧めたところが、これはかなりの難題でビンドロス氏は学校時代に習ったラテン語はすっかり忘れていた。終日庭で働いた後で、静かに坐って勉強するのは悪くはないが、しかし彼の年齢でヴァージルの句を覚えるのはちと困難だ。娘たちは植物は嫌い、本を持っていないと言った。すると夫人が直ぐ倫敦に行って、グリンの『植物の生活』とモルガンの『植物学初歩』を買って来てその不足をおぎなった。

「グェンもミルドリッドも、この本を勉強なさい。でないと来月は花店《はなみせ》にも教会のバザーにも連れて行かないよ」

それからアーチーが来た時の用意に、テニスを準備すればいいのだが、家の者が皆んなテニスに不案内だし、芝生も狭いので、テニスは止してクロッケーを倫敦から取りよせて稽古しはじめた。

七月の初めになって、ビンドロス夫人がまた短い、愛嬌たっぷりの手紙を出し、その手紙の終いに学期末には是非坊ちゃま御同伴で遊びにいらっしゃいと書いた。

ところが七月の末になっても返事がこないので、ちょっと絶望状態になった。もう学校は休みになっているはずだ。他の女だったらここで投げる処だが、ビンドロス夫人はそうでなかった。彼女はまた手紙を書いて、この頃は天気は好いし、良人が作った薔薇も満開だから、次の水曜日には是非御令息御同伴で、昼食時から午後まで自分方で過ごしてくれと申し送った。すると、とうとう彼女の撓《たゆ》まぬ辛抱が酬いられる時が来た。二日たつとヨークシャーのある地点からこんな電報がとどいた。

「有難う。次の水曜日にアーチーを行かせます。汽車は十二時四十五分に着きます。ノーザラトン夫人」

締めた！　ビンドロス夫人は夢中になって喜んだ。それからの騒ぎ！　註文しといた娘たちの琥珀織のフロックを急ぐやら、ビンドロス氏が新しいアルパカの上衣とパナマ帽子を買うやら、客室の一番上等の腕椅子に新しい寛《ゆる》やかなカヴァーを掛けるやら、それから家の内《なか》の方々に非道《ひど》く毀れた個処があるので、大工を一人呼んで手入れさしたりした。

やがて待ちに待ったその日が来た。ビンドロス夫人が朝早く起きて窓から覗いて見たら好い天気だ。彼女は寝床から起きて着物をきると、まず皆の者を呼び起した。皆んなそれぞれなすべき事が沢山ある。通勤女中のアンニーには、とてもこんな場合の御馳走は出来ない。そこで昨日も不注意の故《せい》で夫人からお目玉を頂戴したほどだ。ビンドロス夫人は焦々《いらいら》と身拵えをした。大切な日にいつも決まり切って遅れる女中は、今日もなかなかやって来ない。七時半になっても、八時になってもやって来ない。夫人は娘たちを呼び起すと、急いで朝食を食べさせた。朝っぱらから家の中に焦々した気分が漂った。簡単な朝食がすむと、ミルドリッドは母の命令で自転車を飛ばして女中アンニーを呼びに行った。ところが三十分ばかりで帰ってきた彼女は、女中アンニーは昨日非道《ひど》く叱られたのでもう暇を取ると言ったと報告した。

それから家の中で大混乱が始まった。

ビンドロス氏は新聞から顔を起して、パイプに火を点けながら、

「仕方がないから女中なしで旨くやるんだね。キリスト教的の堅忍をもって事に当るんだ」と云った。

夫人は良人に向い、

「ええ、ですから貴方は石炭屋に行って、石炭を持って来るように云って下さると好いのです」と云いそれからミルドリッドに向って、「ミルドリッド、お前はね、も一度自転車に乗ってアンニーの代りにベットのお内儀《かみ》さんでも、それからあのストレー街の――ほら何と言ったかねえ？――あの口髭を生やした女だよ――あの女でも可《い》いから呼んで来ておくれ」

するとから傍からグェンが口を出して、

「嫌だわ！　あんなお化《ばけ》見たような女をアーチーさんにお目にかけるなんて！」

「お前は黙っておいでよ！　お前は早く家の中を片附ければいいのだよ。それからね、ミルドリッド、帰りにフレミングさん方に寄って、きっちり十二時に馬車をよこしてくれと云っておくれ」また良人に向い、「貴方は石炭の註文がすんだら、ナイフを掃除したり、芝生の手入れをしたり、それからクロッケーの輪を立てたりして下さい」

ビンドロス夫妻が馬車に乗って停車場に駈けつけてみたら、着車にはまだ十五分を余していた。世間にはよくコセコセ良人の身のまわりをつつき廻る女があるものだが、ビンドロス夫人が恰度《ちょうど》それで彼女は良人の胴衣《チョッキ》の端をつまんで引っぱり卸したり、曲ったネクタイを直したり、上衣に密着《くっつ》いた綿片《わたぎれ》をつまみ取ったり、それから汽車を待つ十五分の間良人に向って、ああしろの、こうしろの、いろんな服装上の註文をした。

やがて汽車が着いた。恰度込まない時刻だったので、下車したものは数えるほどしかない。従って未来のウインドラス卿を探すには大した骨が折れなかった。下車した人の多くは市場などの人たちだった。アーチーは上流の子らしい風はしないで、いつやらノーザラトン夫人が云った海老茶と黒の縞の帽子を着てぶらりぶらり歩廊《プラットフォーム》を歩いてやって来る。そして不思議なことには、二本の釣竿の入った荒布《カンヴァス》の袋と茶色の紙包を荷物として持っている。

夫人は良人に「待っていらっしゃい！」と囁いて、少年が真近くなるとごく上品な口振で、

「これは、アーチーさん、よく来て下さいました」と云った。

少年は彼女が出した手をとって含羞《はにかみ》勝《が》ちに握手した。よく見ると未来のウインドラス卿は、外観においてはあまり優れているとは云われない。年齢が十四にしては太り過ぎていて、顔は円くて、ぶよぶよ頬がふくれて、二重頤《あご》になっていて、いつもむっつり黙り込んで殆ど陰険なほど内気な慎み深い処がある。

「汽車にお乗りになってお腹がすいたでしょう。恰度これからお昼食《ひる》の時刻ですから、都合が宜しゅうございますわ」

夫人は無闇に歓待の言葉が浴びさせたいという風であった。

アーチーは口をもぐもぐさせながら、食えば食えるという意味のことを曖昧に答えた。三人は停車場を出て、馬車に乗った。

馬車が動きだすと、ビンドロス夫人が口を開いて、

「あのねえ、アーチーさん、貴方にお詫びしとかなくちゃアならんことがあるんですよ。貴方のような何不自由なくお暮しのお方は、さだめしお困りだろうと思いますが、飛んだ手違いが出来たために、どんなお料理を拵えていいか、とんと見当がつきませんでしたのですから、ただ有合せのお料理をいたしましたの。あのね、料理人《コック》が病気で寝込んでしまったので、大騒ぎをしたんですよ」

少年は何やら答えたらしかったが、それは車輪の響きと、街の雑沓にかき消されて聞えなかった。夫人が言葉を続けた。

「お母様の御機嫌はいかがでございます?」

「宜《よろ》しゅうございます」

「まア、本当にあの方は御聡明な、立派な好い方でございますわね!」

馬車の中では夫人が一人饒舌《しゃべ》りつづけた。ビンドロス氏はちょいちょい口を開いて仕方なしのお世辞を言い、少年はごく稀に聞えないほどの低い声で短い返事をするだけだった。

夫人は馬車を降りる時、良人に向って、「随分な含羞家《はにかみや》ね!」と囁いた。そして芝生の上にグェンを見付けると、

「ただ今!」と言い、それから少年を振返って、「これが長女のグェンでございます。どうか仲好くしてやって下さい。ミルドリッドはどこかしら? 多分本でも読んでいるんでしょうね。私方の子は二人とも本が大好きなんでございますよ。貴方は読書はお好きですか、アーチーさん?」

好きとか、嫌いとか、とにかく彼は返事をした。

するとと今度はビンドロス氏が自分も何か言わねばならぬと思って、

「貴方は釣竿を持っていらっしゃいましたが、ここには魚はいませんよ」

「いませんか?」はっきりした声でアーチーが言った。

一同が廊下に入ると、少年が釣竿と茶色の紙包を下に置き、それからポケットからジンジャービーアの壜を取り出してその傍《わき》に置いた。

「その包みは何ですか?」

「サンドウイッチですよ」

折からミルドリッドが姿を現わしたが今まで皿に野菜を盛っていた彼女は、前垂をはずすのを忘れて前垂で手を拭き拭きやって来た。

「これが妹のミルドリッドでございます。あらミルドリッド、お前は何故前垂をつけているんだ? 温室で植物でもつついていたのかえ?」

「いいえ、お母さん、――あのお――」言いかけて彼女は恥しそうに、アーチーに手を差しのべて、「御機嫌はいかがでございますか」と言った。

「どうも、さっぱりしません」

「えッ!」ビンドロス夫人が叫んだ。「さっぱりしません? どうして今まで黙っていらっしゃったのです? 何かお薬を差し上げましょうか? どこかお悪いのですか?」

「それがよく解らないのです」と少年が答えた。

「しかしそれア大変ですね。食事は行けますか?」

「ええ、少しは食べられるでしょう」

とにかく、未来のウインドラス卿の初対面は、あまり感じの好いものでなかった。あまり吉兆に満ちたものでなかったということは否定できない。容貌から言っても平凡で、渋面作っていて、釣竿や、サンドウイッチや、ジンジャービーアまで携帯し――それにしても、彼の母なる人はビンドロス家の人たちをどんな人と考えていたのだろう？――その上「さっぱりしません」などと答えたのである。

「じゃア、貴方はアーチーさんを二階に御案内して、顔でも洗わしておあげなさい。それからお食事でもお済ませになったら少しは気分がよくなるでしょう」

アーチーがビンドロス氏に伴れられて二階に上っている間に、食堂には大急ぎで皿が並べられた。食事時間《どき》になると病気のアーチーは「さっぱりしない」割合によく食べた。鶏の翼《はね》の処を二つ、胸の処の大きい片《きれ》を一つ、腸詰《ソーセイジ》を二つ、豆芽《もやし》と芋もかなり沢山、それから珈琲入のジェリー、ミンスパイを二つ、バナナを一つ、林檎を一つ、それからナットやチョコレートを取ったけれども、食物以外には何事にも熱を欠いていた。はたから何とかして口を開かせようとしても、どうしても口を開かない。ビンドロス夫人は皇族の話、天気、政治、二人の娘の悧巧なこと――もっとも豆芽がミルドリッドの料理になることは言わなかった――それから、教会の話、貧民の話なぞしたがビンドロス氏はヘディングリー学校の話、社会の廃頽《はいたい》した話、植物の美なぞについて話した。グェンは、目下読みつつある『最上の母』という小説の話を出したが、ミルドリッドは、心配のあまり固くなり過ぎて、話もせねば、食べもせず、ただ口をぽかんと開けて、未来のウインドラス卿を見つめていた。しかし言《もの》を言わない事にかけては未来のウインドラス卿も同じであった。彼は食事中、たった二度口を開いただけだった。一度は頸を少しかしげて、

「あの額縁は少し曲っていますね」と言い、それから食事が済みかけた時、ミルドリッドに向い、「貴方は狩猟《かり》はお好きですか？」と訊いた。そしてミルドリッドが、「いいえ」と答えると、彼は前より一層陰気な顔になった。

ビンドロス夫人が言った。

「食事が済みましたら、皆んなでクロッケーをやりましょう。アーチーさん、貴方はクロッケーはいかがです？」

「大嫌いです」と彼が答えた。

この答えは、お金と時を使ってクロッケーの準備に骨を折った彼等にかなりの失望を与えた。けれども彼等は何しろ相手が変人だというので、この拒絶も多少割引して受け入れた。

「クロッケーが嫌いだなんて、それアお気の毒ですこと。随分面白い遊びですよ」と夫人が言った。

「僕は大嫌いですよ。それより面白い遊戯を教えて上げましょうか。クロッケーポロをやりましょうよ。こうするんです。芝生の両方にゴールを立ててそこに球を打ちっこをするんですよ」

なるほどこれなら大して面倒でもないというので、片方がアーチーとミルドリッド、片方がビンドロス氏とグェンと組んで競争を始めた。初めのほどは静に球を打っていたが、それでは少しもゴールに当らない。そこでアーチーが烈しく球を打ち始めると、不意にビンドロス氏が「きゃッ！」と叫んだ。アーチーが打った球が猛烈に彼の踝《くるぶし》に当ったのだ。ビンドロス氏は跛足《びっこ》を引きながら芝生から逃げ出した。娘たちは危険だと言って、その遊戯に反対を唱えだした。

「じゃア止しましょう」とアーチーが言った。「しかし僕ア、クロッケーの球を随分向うまで打ちますよ。貴方がたが二人かかって来たって、とても僕には勝てませんよ」

ビンドロス氏と夫人は、安全な客室に避難した。

「随分可笑しな子だなア」言いながらビンドロス氏が踝をさすった。

「きっと好い子なんですよ。ですからあれでも馴れると段々変ってきますよ」夫人が答えた。

と、この時唐突《だしぬけ》にガチャンと烈しい物音がしたので、急いで二人が窓際に走り寄って見るとアーチーが打った球がトマトの温室の硝子《ガラス》を打毀《ぶちこわ》したのだ。

「おやおや！」とビンドロス氏が低い声で呟いた。

この若い紳士を怒らせないように危険な遊戯を思い止まらせるまでには、かなりの骨が折れた。彼がその遊戯を止めた時には、早やルューピンの苗床を踏みにじったり、クロッケーの木槌《マレット》を折ったり、目の玉が飛び出るほどミルドリッドに球を喰わしたりしていた。

ビンドロス氏は次第に癇癪を起し始めた。彼はいつもなら昼食後、午睡をするのだが、無論、今日はそんな事は問題外だ。彼は妻に向ってぼつぼつ愚痴を滴《こぼ》しだした。妻は妻で愚痴を滴されると怒りだした。

「貴方は娘の幸福ということを少しも考えて下さらぬのです」

「幸福！」とビンドロス氏が叫んだ。「あんな者が娘の良人になったって、ちっとも幸福じゃアない。早く帰ってくれればいい」

「もう大人しくなりました」と夫人が窓から眺めながら云った。「仲よく遊んでいます」それから急に息が詰るような声になり、「あらあら！　貴方！　あの子が――あの子が――温室の内でグェンと接吻しましたよ！」

「接吻！」

「ええ、片手でグェンの腰を抱いて――」

「よし、私《わし》は――私は――どうしてやろうかなア」

「打遣《うっちゃ》っときなさいよ。まだ子供ですから。それに――」

こう言いかけて彼女は窓際を去って編物を始めた。庭からは二十分ばかり物音が聞えなかった。暫くするとミルドリッドが走り込んで、

「お母さん！　お母さん！　アーチーさんが病気だと仰有るのよ！」と興奮した声で告げた。

「病気！」ビンドロス夫人が叫んだ。

「病気！」ビンドロス氏も叫んだ。

「ええ、本気に病気らしい顔をしていらっしゃるの」

「それア大変だ！」と言いながら二人が庭の方に走って行った。庭に出てみるとアーチーが草の上に腰を卸して、ハンケチで顔を煽ぎながら、なるほど妙な顔をしている。

「まア、アーチーさん」と夫人が言った。「お気の毒ですねえ。さア、内にお入りなさい。薬でも差上げましょう。寝ていらっしした方がいいですよ」

彼が「はあ」と言ったので、皆んなして彼を家の内に案内した。彼の様子があまり悪そうだったのでビンドロス氏の寝室に連れて行って、寝台の上に寝かせた。

「グェン」と夫人が言った。「大急ぎでバーンス先生を呼んで来てくれ。アーチーさんのお母様だってお医者様を呼んで上げたら喜ばれるだろう」

彼等は少年にソーダ水を飲ましてその部屋を出た。グェンは医者を呼びに行った。ところがその留守に驚くべき事件が起った。折から一通の電報が配達されたので、夫人が封を切ったが、それを読ん

で夫人は吃驚《びっくり》したように喘いだ。そして良人に電報を渡した。それにはこう書いてある。

「アーチーは耳下腺炎《ほほばれ》に罹りましたから行かれません。ノーザラトン夫人」

ビンドロス氏は、「耳下腺炎！」と三度叫んで茫然妻の顔を見た。

「一体どうしたんでしょう？」夫人が裏切りでもされたような、責めるような目差《まなざし》で良人を見た。

「どうして『行かれません』と言うのだろう？　はや来てしかも私の寝床《ベッド》の中に寝ているじゃアないか！」良人がしっぺい返しでもするように云った。

「抜け出して来たんでしょう」と傍《そば》からミルドリッドが口を出した。

ビンドロス氏は焦々と自分の指の爪を噛んでみたが、急に思ついたように妻に向って指を振りながら、

「おい、解ったか？　解ったか？」と言った。

「なあに？」

「あれは耳下腺炎なんだよ。来た時に二重頤をしているように見えたのは、耳下腺炎だったからだよ」

夫人が喘いだ。ビンドロス氏が続けた。

「耳下腺炎でいて娘たちと接吻したり、私の寝台の上に寝ているんだ！」

「困ったことになりましたわねえ。どうしたら可いでしょう」

「医者が来るまで待って、それからノーザラトン夫人に電報を打つより他ないよ」

グェンは恰度巡回に出かけた医者に会って連れて帰った。ビンドロス夫妻は医者を寝室に案内した。

診察した医者は、

「ええ、やはり耳下腺炎ですよ。当分ここに寝かして動かしちゃアいけませんよ」

「まア、アーチーさん」と夫人が言った。「もっと早く言って下さればよかったのですが！　しかし何故でしょう、妙な電報が貴方のお母様から来たのですよ。まアこれを読んでごらんなさい」

無理もないことだが、アーチーは悄気込《しょげこ》んでいた。そして電報を読むと、

「これア僕のお母さんじゃアありません」と言った。

「えッ？」

「僕のお母さんはブロッグスですよ」

「えッ？」

「貴方は今まで僕の名を訊ねなかったでしょう。僕が釣に行こうと思っていたら、貴方が僕を連れて帰って昼食《ひるめし》を食べさせただけです。ただそれだけですよ」

「だって名を訊ねなかった代りに、アーチーさんと呼んだじゃアありませんか？」

「僕ア、アーチーなんです。アーチー・ブロッグスです」

「しかし海老茶と黒の縞の帽子を冠っているでしょう！」

「ええ、僕もヘディングリー学校の生徒なんです。ノーザラトンの息子も知っていますよ。間抜けのチビですよ。学校が休みになる時、生徒の間に耳下腺炎が大流行したのです」

「しかし一体君のお父さんは何と言う人です？」ビンドロス氏が怒気を含んで訊いた。

「知りませんか？　腸詰屋のブロッグスですよ」

夫人は殆ど涙を流さんばかりになって、

「私たちが骨を折って勤めたのに、貴方のお父さんがただの腸詰屋とは――」

ビンドロス氏もカッとなって、

「実に失敬な子だ！　告訴することにしよう。詐《いつわ》ってここに来て御馳走を食べた上に、温室の硝子を毀したり、クロッケーの木槌を打折《ぶちお》ったり、私の足が折れるほど球を喰わしたり、それだけなら可いのだが耳下腺炎でありながら娘たちと接吻までした。しかも私たちが迎えようとした本人じゃアない。ただの腸詰屋の息子だったのだ――よし！　警察に連れて行ってやる」

医者が傍《わき》から口を出した。「失礼ですがビンドロスさん、私も医者としてここに来ている以上御注意申上げなければなりませんが、患者は静に寝かしといて下さい。この部屋から外に出してはいけません」

「家に置く訳には参りませんよ」

「それア貴方の御勝手かも知れませんが、とにかく、私は一応医者としての御注意は申し上げるのです」

こう言って、医者はさっさと出て行った。

＊　＊　＊　＊　＊

テベレスフォード村の多くの人は、この事件に関するビンドロス夫妻の態度を非難している。それは今日に至るまで、議論の的になっている。少年の父サミュエル・ブロッグス氏がお詫に来ても、ビンドロス家の波立つ水に油を注ぐ助けにはならなかった。ビンドロス夫妻は毒々しく罵ったり、告訴すると嚇《おど》したりしたが、それでも結局少年を担架に載せて返した。ビンドロス夫妻の態度を批評する世間の人たちは、無論、二人の心の苦労の内部的歴史は、ちっとも知らないのだ。とかく世間の人というものは、子を持つ親がその子のためにどんなに苦労をするか、その子のためにどんな侮辱を甘んじて忍ぶかということを、軽々しく見過しやすいものだ。幸にして娘たちは耳下腺炎にならなかった。そして二日経つとビンドロス夫人がノーザラトン夫人に次のような手紙を書き送った。

親愛なるノーザラトン夫人――
アーチーさんの御病気が一日も早く御全快なさることを望みます。あの日私たちは殆ど一時間も食事の用意をして待っていました。どうか休みが済むまでには是非一度御令息御同伴で遊びにいらして下さい。それからアーチーさんを遊びに寄越すように取りはからって下さったり、電報を打って下さった事に対しては、幾重にもお礼を申し上げねばなりません。良人がくれぐれも貴方に宜しくと申しています。アーチーさんが早く御全快になることをお祈りしています。
ビンドロス夫人。

ビンドロス夫人は、こういう質《たち》の女であった。そしてこういう質の精神が、都市を築き、植民地を作り、帝国を拡大したのである。

墜落

ボルドーは、広い並木街、広場、大きな商業区、賑かな波止場に通ずる狭い小路、大きな富、大きな貧窮、大きな工業の都会である。都会と言っても、他の仏蘭西《フランス》の都会とは少々趣きを異にして、一口に言えばよく働く勤勉な真面目な都会で、人は歓楽を求めるためにそこへ行かずに商売上の用事でそこへ行く。とは言え、大都会はどこも同じことで、ことにそれが港であるので、よく働いたり、勤勉であったり、真面目であったりするものとは、よほど趣きの変ったものに始終見舞われ勝ちであることも事実だ。無頼漢、人殺し、泥棒に対して、この町は無限の誘惑を持っている。葡萄酒工業と相場は賭博者と相場師を集め、始終港を訪れる気の多い悪戯好きの船乗どもは、貰った給料を町の西部の迷路で撒き散らして、もっと質《たち》の悪い誘惑にも乗る。珈琲店《カフェー》と料理店《カバレー》は、田舎者を最も悦ばしい特別の場所に案内しようと、鵜の目鷹の目で物色する怪しげな男で満たされている。

要するに、ボルドーは、その姉妹港たる南方のマルセーユより好くもなければ、悪くもなく、ただマルセーユと違って、外来の潮流に洗われないだけ固有の趣きと言うものを持っていて、仏蘭西の中心から遠く離れているために、独自の生活をしている。不快なランド地方に影響されぬのみか、却ってそれを反撥している。そこにはまた手近かな汽車旅行に便利な遊山場、ピアリッツ、聖《サン》ジャンドリユーもあれば、それからまた西班牙《スペイン》の国境や、人跡まれな、ピレネー山脈もある、——この国境は、自分に接近して来る者はボルドーの警官より他に誰もないということを急に発見した男や女たちの逃げ出すに好都合の場所ではある。

マクス・ルノール、一名アントン・ザハス、一名ジュレ・デッツールネーは、一度ならず法網を逃れるため、僧侶と化けて国境を冒し、イルンから西班牙へ侵入した男の一人である。二度目の時は、二年間西班牙の北部海岸をさまよい歩いたが、その時の彼の経験は決して羨むべきものではない。西班牙語は少ししかやれず、バスク語は全然知らなかった彼は、手から口の貧しい漁夫や乞食たちと一緒に生活した。乞い得られるだけのものを乞い、盗み得られるだけのものを盗んでも、それでも彼の生活は随分みじめだった。砂糖きびでピッコロに似た笛を作って、珈琲店や料理屋で怪しげな口振で吹き廻ったが西班牙人やバスク人は元来が音楽家だったので、その報酬が少なかったことは言うまでもない。

彼は或る時驢馬《ろば》を盗んで、山へ連れて行き、安い値でジプシーに売って、遠方に逃げて或る宿屋に泊り、したたかにブランデーを呷った。そして、その夜、彼は我が身が高い処から墜落する夢を見たのである。人間というものは、誰でもよく見る一定の悪夢というものを持っているものだが、ジュレの悪夢は高い処から墜落することだった。怖ろしい夢だ。本当に墜落したことはないが、ただ高い処から真っ逆まに、今にも墜落しようとする夢を見るのだ。或る時は高い高い建物の屋根から、下の街を見下している中《うち》、ふと体の中心を失って転びかける夢を見る。またある時には、劇場の一番高いギャラリーの一番前で見物している中、ふと前の手摺がなくなってよろめき落ちる夢を見る。それかと思うと、また高い断崖の上に腹這いになって下を覗いている中、どうしたはずみか中心を失って墜落しかける夢を見る。そうした場合、彼はいつも叫声を揚げようとするが、その声が思うように出て来ない。散々藻掻《もが》いた揚句、ふと目を醒して見ると、自分は毛布を掴んだまま、激しく胸に動悸打たせて、額にビッショリ汗をかいている。

彼は西班牙放浪の二年間に、随分ひどい悪事を働いたが、発見された事は一度もなかった。二年目の終りに、フェンテラビアの漁村に立って、海の向うの仏蘭西を懐しげに眺めた。そうしてもう帰っても可《い》いだろうと心に思った。二年の間に顔形が随分変った。その間には仏蘭西の警官たちは他の犯人を探すに忙《せわ》しかったであろう。彼は懐しいボルドーの町を想った。そこの豊かな商人《あきんど》、馬鹿げた船乗、馴染の珈琲店や美味しい料理を想った。そして早く帰りたくて堪らなかった。何とかして帰らなくちゃアならん。

彼がそんな事を考えながら海を眺めていると、ふと誰やら近づく気配がする。彼は逃げ出す用意をしながら、後ろを振向いた。が、一目見て安心した。それは一人の旅の英国人であった。よく仏蘭西の新聞の漫画などに書いてある妙な風装《なり》をした英国人であった。かなり年輩で鰌髭《どじょうひげ》を生やし、太った体に碁盤縞の上着とだぶだぶの半袴《ニッカー》を着け、靴下を見せた足に茶色の靴をはいて、双眼鏡とカメラを持っている。英国人はジュレのそばに来ると、西班牙語で話しかけたが、その西班牙語はジュレのそれより拙かった。ジュレが仏蘭西語で答えると、英国人も仏蘭西語で話したが、この方はかなり旨い、彼は山の向うのパサケスは遠いか、どんな町かと訊いた。ジュレは愛嬌を見せて微笑しながら、心の中では自分が案内者《ガイド》になってやろうと決心した。

パサケスへは二時間か二時間半で行けるのだが、道がないので山の地理をよく心得た者でなければ行かれぬ。パサケスは好い町だ。かつて有名なヴィクトル・ユーゴーが暫らく住んでいたこともある。そこの海の上に突き出した珈琲店のまわりには花が一面に咲き乱れて、珈琲店の主人はお客の顔さえ見れば籠に入れて水の中に浸しておいた牡蠣を引き上げてくれる。——いい町だ！　そうだ、この英国人を案内してパサケスへ行き、夜はミラマル旅館《ホテル》で御馳走になることにしよう。締《し》めた。

その日の午後、二人は山道を登りはじめたが、ジュレは心の中で、始終ボルドーのことを考えていた。山道は急だった。年齢《とし》を取った太っちょの英国人が安々と登るのには、驚きもしかつ不快にも思った。

ボルドー？　ラシューズのお内儀《かみ》さんは、まだデュケーヌの広場で料理店《りょうりや》を出しているだろうか？そこには自分を発見したら放さぬ仲好《なかよし》の友達もいる。警官より他に怖い者はない。警部トローザン？ちぇッ！　ジュレは幸福らしく見える者は、何でも憎く思った。ことに一緒に歩く、太った金持の英国人が憎かった。

平地に降りると、たった一度、枯草を積んで行く牛車に出会ったきり、他には二時間の間、誰にも出会わなかった。二人は世界から切り放されたようなものだ。あるのは岩や、林や、羊歯《しだ》の繁みや、雪を頂く遠方の山々ばかり。

「旦那、いい景色じゃアありませんか！」

こう言いながら、ジュレが岡と岡の間を杖で指差した。英国人がその杖の方向に顔を向けた。それは実際、いい景色だった！　が、その瞬間、ジュレは稲妻の早さで、英国人の背の肩と肩の間の処を鋭い短刀《ナイフ》でぐさッと突刺した。

藻掻きを止めて息が絶えたのを見済すと、ジュレは屍体をそばの繁みの中に運んで静々《しずしず》ポケットを探し始めた。旅行券や紹介状や手形帳を見たジュレは顰面《しかめつら》をした。こんな物は何にもならぬ。が、彼は苦情は言わない。西班牙、仏蘭西、英国の紙幣も少しは出てきた。それから鎖の付いた金時計、金の葉巻入、その他銀製のいろんなもの、カメラは持っていると怪しまれると思ったから放り棄てた。双眼鏡はケースだけ棄て、中味をポケットに仕舞った。それから彼は半哩《マイル》ばかり急足に歩いて、とある樫の木蔭を発見すると、そこに入って盗んだ物を調べ始めた。紙幣は両替料を差引してフランにして勘定し、鎖や時計なぞも、こうした物を買い占める店の値段に見つもって勘定してみた。すると彼は殆ど、九千フランの金持になっていることを発見した。

彼は湿った苔で手を拭き、短刀を土中に埋めてその上に石や苔を置くと、聖《サン》セバスチャンの方に足を向けた。

とうとう運命が彼に微笑した。彼が聖セバスチャンに着いた時には、はや周囲《あたり》に夕闇が込めて、体が疲れて、足が痛かった。町の様子をよく知った彼は、直ぐ場末の宿屋に行って、一夜の宿と食事を求めた。彼はよく食った。そして美味しい赤い葡萄酒やブランデーを心行くまで飲んで、酔った勢いで眠りに就いた。けれども彼は酔う前に、鍵のある寝室を選ぶことは忘れなかった。とうとう幸運と安全を得ることが出来た。とうとうボルドーに帰れる！　やがて彼は薔薇色に彩られた、夢の国に入った。が、間もなく彼は高い高い石の柱の頂きに這い上っている自分を発見した。柱は空中に揺れている。下の方では遥かに小さい人間が敷石の上を動いている。彼はまた例の恐怖に襲われた。また戦慄すべき数百呎《フィート》の下に墜落せねばならぬ。どうしてこんな高い処に這い登ったか、そんな事は考えてもみなかった。ただ高い処にいるという事実《こと》だけで充分だった。柱が揺れなければいいのだが！ただ下に降りることが出来ればいいのだが！　が、それは駄目だ！　彼は大きな柱の頂上に縋りついている。その柱は下になるほど次第に細く見える。彼は一番上から顔を覗けて、次第に細くなって数百呎下の台石につづく柱の溝を見た。縋りつき得る物は何もない。墜落する！　声を立てようとしたが、その声は咽喉《のど》に詰って出ない、ふらふら！　彼は落ちて行く！……おお、神よ！　ふと目醒めてみれば彼は寝台の端から乗り出してうなされていた。

ああ、有難い有難い！　夢だったのか、皆んな夢だったのか！　今夜はもう眠られない。彼は起き上って、水を少しばかり飲んで、蠟燭をつけて金を勘定し、それから寝台の上にぐったり横になったまま汚ない窓掛《カーテン》の間から、夜明の光が差し込むまで、一睡もしなかった。そして夜が明けかけて、初めて安心してまどかな眠りを結んだ。

彼が宿屋を出た時には、聖セバスチャンの町は太陽に照らされていた。総《すべ》てがいつもの通り、愉快そうだった。海岸の檉柳《タマリスク》の羽根のように軟らかに並木の向うには、海面から立昇る温かい薄もやが見える。黒い肩掛《マンティーラ》をかけた女が通る。彼は女たちが自分の方を見ぬことを不平にも思わなかった。そして街を歩き廻って、既製品《レディーメイド》の服、シャツ、頸巻、それから新しいバスク風の帽子と荒布《カンヴァス》の靴を買った。そして旅館《ホテル》に帰って服を着替え勘定を済ますと、古い服を紙に包んで停車場に急いだ。

それから二日後に、彼は真面目な西班牙の労働者の風をしてボルドーに帰った。彼は二年の間に頭を白くし、口髭と小さい頤髭《あごひげ》まで蓄えていた。デュケーヌに行くと、十七番の階段を登って、静に三度扉《ドア》を叩き、三度目だけに力を入れた。と、誰やら内側から扉を細目に開けて、しげしげ彼の様子を打眺めていたが、やがて吃驚《びっくり》したように、

「おや、ジュレじゃアないか！」

彼が中に入った。部屋には二人の男がいる。一人は毒々しい面相の肥えた中年の男で、黒い眼をして、耳の下から咽候元にかけて凄い傷痕を残している。一人はきょときょとした斜視《やぶにらみ》の穢ならしい老人であった。扉を開けた中年の男は老人に向い「セム爺さん、ジュレが帰って来たよ！」と言う。

老人は天井を眺めながら、

「えー――ジュレ！　どこに行っていたのだ。久《しば》らく見なかったが？」

「セム爺さん、外国だよ」ジュレが云った。

「馬鹿だなあ、どうして帰って来たんだ？　また仲間入りするつもりか？　捕えられたら殺されることを知らねえのかい」

「退屈したから帰ったのさ。淋しいもんだからね――」

「馬鹿！」

「セム爺さん、まア可いじゃアないか」と傍から中年の男のラトンネルが宥める。「ジュレはなかなか働手だ。おい、景気はどうだい？」

「駄目だよ」とジュレが答える。「からきし駄目だ。穢ならしい奴ばかりだから、何も取れなかった。けれどもただ三四日前に一人英国人が見つかったよ。ほらこれだ！」

云いながら、ジュレは金時計、葉巻入、その他を出して見せた。

老人はそれらのものを斜めに見入りながら、

「金は？」

「たった四五フランさ」

「ふん！」と老人は訝しげな顔をして唸った。

「旅をする英国人はもっとお金を持っているもんだけれどね。ことにこんな金目な品物を持った奴は……」

「紹介状や手形帳ならあるよ」

「うん。まア見せろよ。双眼鏡のケースはどうした？」

「棄てちゃった」

「馬鹿！　これア、ツォイスの双眼鏡じゃアねえか！」

老人が時計や葉巻入を調べている間に、ジュレは仲間の消息をラトンネルに訊いた。

「バルーシュはどうしたい？」

「バルーシュか！　彼奴《きゃつ》はコーチシナに行った。バヨンヌの銀行で失敗《しくじ》ったのさ」

「アントンは？」

「死んじゃった。或る日の夜明方に病気で死んじゃった。惜しいことをしたもんだ！」

「リゼットは？」

「あの女は貴様がいなくなってから、どこに行ったか解らなくなっちゃった。なんでも最後に彼奴の姿を見た者の話では、波止場を歩きながら、水の上を見つめていたそうだが……」

「トニ・ヘートは？」

「彼奴は面付《つらつき》が気に喰わぬと云って、皆んなしてシレシヤへ追帰《おい》してしまった」

「ガブリエル・フォレーは？」

「彼奴はまだいる。しかし彼奴も女と酒に溺れて馬鹿になってしまったよ。ラボリは保養院で死んだ。だから仲間はセム爺さんと俺の二人きりになっちゃったよ。いい処へ帰って来てくれた。ジュレ、貴様のような利口な胆玉《きもったま》のある奴が欲しいと思っていたところだよ」

ジュレはこれらの消息を聞いてもあまり喜びはしなかった。これらのものから逃れたいような気さえした。なるほど、彼は昔の仲間を思い出し、懐郷病《ノスタルジヤ》にかかってボルドーに帰りはした。ボルドーの町、そこの自慢すべき食物、それから思い出多い場所や人間が好きには違いなかった。けれども犯人の生活を思ってはうんざりした。それは何も良心に責められるからではない。もっと肉体的のこと

――即ち墜落を怖れたからだ。いつか、どこかで、香《かん》ばしからぬ仕事の最中に高い処から墜落するような気がして仕方がなかった。夢が事実になって現れるような気がした。が、そうかと云って他の方法も思いつかれなかった。彼は今七千フランの金を隠持っている。双眼鏡や時計や葉巻入を売ったら、まだ二百フランぐらい入るかも知れぬ。これだけあれば、数ケ月楽に暮せる。けれどもそれからどうしたもんだろう？　とにかくこの二人の仲間の処へは帰られぬ。

老人が云った。

「時計と葉巻入だけは、俺があずかって処分してやろう。しかしこんな双眼鏡は、お前がどこかに持って行ってみろ。ケースだけ棄てるなんて、馬鹿なことをしたもんだ」

「だってケースなんか金にした処で、知れたもんだよ爺さん。それに、あんな紐の付いた大きなものは、持って帰られないからね」

セム爺さんは何も云わずに、黙ってしょぼしょぼ天井を睨んでいたが、暫くすると、のそのそ歩いて部屋を出た。

「感心な爺さんだ！」後を見送っていたラトンネルが云った。「もう七十二になるんだが、まだ一度だって失敗ったことがない。警察のほうでも始終狙っているんだが、それでも捕えられたことなんか、一度だってありゃアしない。まるで神様のような親爺さね」

ジュレは溜息吐いて、

「何か食いに行こうじゃアないか。まだ四五フランあるから。御馳走でも食って、拙い西班牙料理が忘れたくなった」

二人は静かな料理店《レストラン》へ行った。そこの亭主は、お客に好奇心を持ったり、お客を懐疑的の眼で見たりせぬ、好人物だったので、二人は打寛《うちくつろ》いだ。肉汁《スープ》、ブイアベース、油でいためた臓腑《トライフ》のスチューと玉葱、ロクフォートと大根、それから上等のブルガンディー酒二本、おお、ボルドーへ帰ってよかった！

そして、ジュレは心に始終呟いていた。

「あまり贅沢をしてはならぬ。ラトンネルに七千フラン持っていることを知らしてはならぬ」

前後の考えもなく、無暗に金を使って、酒に酔ったりするのは、何とも云えぬほど面白いものだ。

「なあに幾ら金を使ったって、この双眼鏡一つ売りさえすれば、このくらいの食事の代ぐらい払えらア」こう彼は心で思った。ラトンネルとても、度を過ごすのは、決して迷惑でなかった。彼等は二人とも人生の最大の幸福は、明日のことを考えず、飲んだり食ったりすることだと考える人たちだった。明日は――ああ！　どんな嫌な不快な事が起るかも知れぬ――たとえば高い処から墜落せぬものでもない。けわしい崖を登る者は、いつ下へ落ちるかも知れぬ――それが引力の法則だ。へん！　さア、もう一杯やれ！　ボルドーへ帰ってよかった！

波止場は相変らず活気に満ちていた――大きな定期船、古い帆前船の黒い船体、不定期船の風雨にさらされた煙突。どこかでタールや油や麻や塩水の匂い、波止場で栗を焼く匂い、見慣れた波止場監視人の青いブラウズ姿、外国の水夫、魚の屋台店を出した太ちょのお内儀、花売娘、靴下や菓子を売る娘、金飾を付けた税関吏は忙しげに動き廻っている。ここはどうしても人々が我を忘れて働く場処だ。誰一人真面目な風をしたジュレに注意しない。あれは誰だろう？　職工だろうか？　小さい店の主《あるじ》だろうか？　船の料理人《コック》だろうか？　誰がそんな事を心配するものか？

ジュレは、ラトンネルと別れると一人意気揚々と東の方に歩いて行った。別れる時のラトンネルは、これから仕事の分前を受取りに行くと云っていた。温かい午後の日が気持よく照っていた。フォントデジ街を通って、真左に二度曲って、それからまた左に折れると、あまり大きくもなければ小くもない店ばかり並んだ狭い街がある。その街を殆ど端まで歩いた処にフランソア・モゼルと書いた店がある。彼はその店に入って、双眼鏡を出した。若い番頭が五月蠅《うるさ》そうに、

「何です？」と訊く。

「双眼鏡を買ってくれませんか？」

「双眼鏡！」云いながら番頭がそれを取り上げたが、その声の調子には、そんなものはとても店の主人が買わぬといった風のところがある。

「ケースは？」番頭が訊く。

「なくしました」

すると番頭が怒ったような顔をしたが、直ぐ双眼鏡を持って、店の奥に姿を隠した。やがてまた帰ってきたが、その時には店の主人とおぼしき、老いた猶太人《ユダヤ》を連れていた。厚い眼鏡をかけた黒の頭巾を着た猶太人は、じっとジュレを見つめて、

「この眼鏡はどこでお買いになりました？」と訊く。

「死んだ兄が持っていたのです」

猶太人はジュレの顔、服、帽子、靴をしばらく穴のあくほど見入っていたが、心中の疑惑を隠そうとはせず、

「ケースはどこにあるんです？」

「ケースはなかったです。多分、兄が無くしたんでしょう」

「いつ死なれましたね？」

「去年ですよ」

「でも、これア、新しいツォイスの双眼鏡だ」

ジュレがさッと顔を赧《あか》らめた。この猶太人は何の必要があって兄の死んだ時なぞ訊くのだ？　何故さっさと金を呉れないのだ？　モゼルは何やら考えながら独語《ひとりごと》のように、

「合点がゆかん……新しいツォイスの双眼鏡のケースがないなんて……」

それからまたジュレの方をチラと見て陰気な声で、

「幾らほど御入用です？」

「四百フラン」

老猶太人は番頭を振返ったが、その眼付は、こんな法外の高値を吹き掛けられるのには慣れていると云っているように見えた。そして暫らく双眼鏡をいじりながら調べて、

「私のほうじゃア、まア、二十七フランぐらいなら差上げてもいいですがね！」と云う。

すると、今度はジュレのほうが、そんな馬鹿げた値段を云われるには慣れているから驚かぬと云った風な顔付をした。そして直ぐに、

「百フラン」と云った。

「二十八フラン」

けれども値段をせり合って何になる？　彼は一時も早く切り上げて外に出たかった。穢い陰気なその店の空気が堪らないものに思えた。

「ええ――じゃア……」

「眼鏡だけここに置いといて、五時半に金を取りに来て下さい。それから今ついでにあなたの自署《サイン》を頂いておきましょうか」

何故？　彼はそんな事をするのが嫌でならなかった。けれども何故だか彼は、一刻も早く店を出たい気がした。そして彼は、それから数分間後に、この一刻も早く出たい気持がしたことを感謝した。と云うのは他でもないが、彼が店を出て街を通り抜けると、恰度《ちょうど》その時、一人のかなりの年輩の偉そうな男が、角を曲ってモゼルの店に入るのを見たからである。その男は彼がこのボルドーにおいて、誰よりも怖れている人——トローザン警部だった。

彼はそれきり、二十八フランの金を受取りに行かず仕舞いだった。そして帰ってから、セム爺さんとラトンネルに真実を話すのが嫌だったから、双眼鏡を九十フランに売ったと告げ、その金を二人に分けてやった。セム爺さんは時計と葉巻入で二百四十フランしか儲からなかったと云って、これも皆なで分けた。

その夜ジュレは二人の仲間の住むデュケーヌの広場の家の屋根裏《アティク》に寝た。そして怠惰な贅沢な生活を始めた。

けれども彼はそれから数週間経つ中、何だか体の調子が狂ってきたことに気が附いた。どうも健康がすぐれない。それと云うのも、実は、二年の間殆ど飲まず食わずの生活をして、急に贅沢な暮しを始めたので、消化器を痛めたからである。彼はしばしば眩暈《めまい》を感じ始めた。夜なぞ屋根裏に寝ていても、どうかすると中庭の幻を見た。何故ともなくじっとしていられなくなって、寝床を這い出し、窓から下を眺めるようなこともあった。そして窓縁を握ったまま、冷汗をかいた顔をいつまでも外に覗けていた。恐怖が段々激しくなって、堪えられなくなった。で、そんなことが二三度あってから、屋根裏に見切りをつけて、隣りの家の穢ならしい地下室に引移った。

犯罪の仕事が全く駄目になった。元気がなくなった。それにも拘らず、セム爺さんとラトンネルの前では、財布を摸《す》ったの、瞞《だま》したの、いい加減の出鱈目を云って、機嫌取りのつもりで金を分けてやった。こうして限りある彼の財布が段々少くなって行った。

或る時、彼は海上の燈台の頂きに登った夢を見た。烈しい風が吹いていた。彼は滑かな、石の面《おもて》に縋りついたまま、片手に残り少なになった紙幣を持っていた。と、忽ちさっと烈しい風が来て、手に持つ紙幣を奪って、遥か百呎下の怒濤めがけてはらはら吹き散らす。彼は叫ぼうとした……。

セム爺さんが仕事を見つけた——肥えた和蘭《オランダ》の船長が、毎晩のようにムイヤン街の小さい珈琲店に酒飲みに来ると云うのだ。その船長はお金はどっさり持っている。多分、リオから持って帰って、船の会社に払うべき金を、自分で持っているだろうと云うのだ。

「これなら、皆んなでやっても、仕事のやり甲斐があるぜ」セム爺さんが云った。

ジュレはぞッと身顫いしたが、逃れる方法はなかった。他の二人は、ジュレが高い処から墜落する恐怖を感じていることには気付かずにいるのだ。で、或る夜、彼はセム爺さんに連れられ珈琲店エトアルに入った。

「この卓子《テーブル》だよ」爺さんが呟いた。

二人はそこに腰かけて、二杯のアニセットを註文した。爺さんは頻りにぺちゃぺちゃ饒舌《しゃべ》った。やがて肥えた和蘭人が入って来た。彼は二人を見ると、ちょっと不機嫌な顔をしたが、いつもその卓子に坐るので、この夜もそこに坐り、シュナップスを註文した。セム爺さんはちょっと彼に会釈して、またジュレを相手に饒舌りだす。シュナップスを二三杯飲んだ和蘭人を彼等の話に巻き込むには骨が折れなかった。三人はいろんな話をした。爺さんはやたらに愛嬌振りまき、何度もお酒のお代りを命じた。ラトンネルが珈琲店に姿を見せたのは、夜更けてからであった。小意気な風装《なり》の彼は、三人の卓子を見つけると、爺さんのそばにより、

「ここに坐ってもいいですか?」とおずおずした調子で云う。

「御遠慮なく」セム爺さんが答えた。

それから間もなく、ラトンネルも一同の話に巻き込まれ、話題はいつの間にか和蘭領東印度《インド》諸島に飛んだ。ラトンネルは水夫だった頃に何度もスマトラに行ったと云い、セム爺さんもかつてテビンティンギの茶園の支配人をしていたことがあるなぞ吹いた。ジュレもそっと肘で突かれて催促されたので、東印度諸島はどこもよく知っていると云った。やがてセム爺さんはテビンティンギはスマトラ島の北東岸にあると云った。

「えッ!」と和蘭人が驚いて、「テビンティンギは海岸じゃアない。ペレンベンの西、百三十哩《マイル》ばかりのところにあるんですよ」

喧嘩と云うものは何でもないことから始まるものだ。一同、次第に本気になってきた。

「わたしは、あすこに二年も住んだのですから、よく知ってますよ」と云って和蘭人が卓子を叩いた。

セム爺さんも彼に劣らず頑張った。ラトンネルもテビンティンギが北にあると云って譲らなかった。

議論が次第に猛烈になると、セム爺さんが云った。

「じゃア、こうしましょう。賭をしましょう。皆んなで百フランずつ賭ることにしましょう。皆んなが百フランずつこの卓子の上に置いて、それから島の地図を書いて、テビンティンギの位置を示すことにしましょう。それからこの店の亭主は地図を持っていますから、その地図を借りてきて、比べて

見て、一番本当に近かった者が、皆んなの金を貰うことにしましょう」

「よし！」と和蘭人が唸った。「しかし条件つきですよ」

「条件？」

「百フランでなく二百フランという条件ですよ」

「よろしい！」爺さんが賛同した。

「賛成！」ラトンネルも叫んだ。

「私も賛成！」ジュレが低い声で云った。

和蘭人が脹《ふく》れた財布を取り出し、二百フランの紙幣を卓子の上に置くと、他の三人も同じように紙幣を並べた。次に籤《くじ》で地図を書く順番をきめた。一番に当ったのはラトンネルであった。ラトンネルは献立表《メニュー》を取り、その裏へ念を入れて島の地図を書き、問題の町の位置を書き込んだ。二番に当った和蘭人はラトンネルが書いている間、早く自分が書きたくて堪まらぬと云う風で、焦れったそうにふうふう唸りながら覗き込んでいたが、自分の番になるとラトンネルの手から引ったくるように鉛筆を奪い、も一つの献立表の裏に地図を書き始めた。彼は太い舌端《したさき》を唇の間に突き出したまま丹念に正確な地図を書いた。彼が半分ほど書き終った頃、ラトンネルが立上って「じゃア、私は地図を借りて来ますよ」と云って立去った。

和蘭人が書き終ると、唐突《だしぬけ》にセム爺さんが、

「あらッ！」と叫んだ。

「なんです？」和蘭人が訊く。

「金！　金！　彼奴がここにあった金を盗んで逃げやアがった！」

和蘭人が眼を剝いた。そして片手を胸のポケットに突っ込んで、卓子のまわりを見廻しながら、

「おや！　財布！　財布！　財布を摸られた！　どっちに逃げました？」と喘いだ。

と、セム爺さんも一緒になり、

「おや！　私も財布を摸られた！　畜生！　泥棒！　こっちに逃げやがったな」

と云って唐突《いきなり》、立上って後を追い駈けた。和蘭人もその後をつけた。ジュレが一人残った。出来事があまり不意だったので珈琲店の他の連中は気付かずにいる。それにここらあたりでは船乗が喧嘩をしたり賭事をしたりするのは、当り前のようになっているので、誰も何とも思わぬ。誰も好奇心を起さぬ。

給仕がジュレの処に来て、

「どうしました？」と訊く。

「ここに坐っていた知らぬ男が、俺の友達の財布を盗んで逃げたんだよ」

給仕がちょっと肩を揺すった。ジュレも一同の後を追って珈琲店を出ようとした。と、向うの隅に何だか見覚えのある顔が坐っている。それは若い男で、一人の娘と話合っている。ジュレが驚いたのは、その若者が時々自分の方を見ながら、娘に話しているのが、確かに自分の噂をしているらしいことだった。彼は扉の処まで出た時、始めてその若者が、自分が双眼鏡を売りに行った猶太人の店の番頭だったのに気がついた。扉を出たジュレは、驀進《まっしぐら》に走って、五つ六つの街角を曲った。非常な恐怖に襲われて、激しく胸を動悸打《う》たした。番頭の顔を見たジュレは、もうこんな汚らわしい仕事は止めようと思った。また暫らくの間は、河のこっちがわに来ることも見合せなければならぬ。彼は大廻りをし、ボルドー橋を渡るのを避けて、鉄橋を渡って帰った。そしてデュケーヌの例の隠家で二人の仲

間と落合った時には、歯並《はなみ》をがたがた顫わしていた。セム爺さんは、毛の変りかけた肥えたカナリアに砂糖を与えていた。

ラトンネルは古い寝台に寝そべったまま、むしゃむしゃ罐詰の鰯を食べていた。その日の仕事は大成功で、和蘭人の財布には七千三百フラン入っていた。

「ところがね」とラトンネルが云う。「セム爺さんはこの際場所を変えたが皆んなのためだと云うんだよ。つまり皆んな、てんでに、分かれると云うんだね、そうだろう、爺さん？　俺ア南の方へ行く。聖ジャンドリューには、黒い眼をした可愛いのがいるんだよ。ことにポケットでもふくらまして、札びらでも切ろうものなら、馬鹿に持てるんだ」

「俺は大急ぎで巴里《パリー》に行かなくちゃアならん」と、セム爺さんが云った。「子供や、親類の奴が早く来てくれと云うもんだからね」

それから斜視の彼は片眼を扉に向け、片眼で窓掛の棒を見ながら、

「ツウツウ！　可愛いカナリアさん！　ツウツウ！」

ジュレは陰気な顔をして、黙って坐っていた。自分はどこへ行こう？　何をしよう？

「俺はどこへ行っても、近い中に高い処から落そうな気がする」と彼は考えた。墜落！　彼は今も高い処にいる。そして下には中庭がある。おお……彼は、つと立上って、平気を装って欠伸《あくび》をし、それから扉の方に歩みながら、

「俺ア、どこにも行かずに、ボルドーにいよう」と云った。

「馬鹿！」とセム爺さんが意地悪そうな忍び笑いをした。「ツウツウ！　ジュレはこの可愛いカナリアさんの番人だ」

ジュレは次第に死期が近づいたような気がした。氷のように冷たい手に肋《あばら》を摑まれて曳きずられるような気がした。

セム爺さんとラトンネルが、ボルドーを去ってから、三日経った。ジュレのポケットにはどっさりお金があった。彼は料理店から料理店、珈琲店から珈琲店とさまよい歩いて飲んだり食ったりした。けれども心は決して安らかでなかった。楽をすればするほど、その反動が激しかった。彼はその朝、また例の若者が娘と一緒にいるのを見た。二人で珈琲店を出る処を見た。その時、娘の方が、ちらと珈琲店の卓子に坐っているジュレの方を見たような気がしたけれども確かなことは解らぬ。彼は逃げ出すだけの根気もなかった。で、アブサントを飲みながら、入口ばかり見つめていた。彼は或るものを待っているのだ。

が、待っていても、誰も来ない。しばらくすると、彼がふらりと珈琲店を出た。そしてその日の午後はぶらぶらと波止場を歩きまわった。しかし親しみのある光景を見ても、ちっとも面白くなかった。危機が来そうで仕方がなかった。いつまでもこんなじゃア堪まらない。時は日暮方だった。彼はまたマイユ街の違った珈琲店に腰を据えた。皆んなが食事する時刻だった。けれども彼は食欲を感じなかった。アブサントの杯《グラス》を見るだけで胸が悪くなった。だんだん危機が迫りつつある。

珈琲店は薄暗い燈《あかり》に照されて、殆ど客がなかった。彼は相変らず戸口ばかり見つめている、二三の水夫が入ったり出たりする。やがて日が暮れて暗くなるだろう。何故珈琲店をもっと明るくしないのだろう？　明り……。

折から二人の頑丈な男が入って来た。一人は手に書類を携えている。二人は何やら囁き合いながら、暫らく隅々を眺めていたが、やがてつかつか彼の方に寄って来る。

「お前はジュレと云う男だろう?」書類を携えた男が訊いた。

ジュレは何とも答えない。うずくまったままじっとなみなみと酒を注いだ杯を見入っていた。

「ここにお前の逮捕命令がある」

何故だろう? 和蘭人のことだろうか、それとも——?

「西班牙政府から、逮捕依頼の通知があったから、それでお前を逮捕するのだ。お前は八月十七日の午後、フェンテラビアから五キロメートルの地点で、英国人ジョン・ウォトスンなる者を殺害した。何か異存があるか? 異存があるなら——」

叫声が出た。けれどもそれは夢のうなされではなかった。酒の酔いがすっかり醒めてしまった。その瞬間、彼は英国人の背を突き刺す大きな鋼鉄の短刀の幻を明かに見た。とうとう怖ろしい最後が来た。と思うと急に周囲《あたり》が真っ暗になって、部屋中が叫声で満たされた——彼自身の叫声だ。それから一頻り、何物も見得ぬ暗黒と不快と恐怖が続いた。不安は極度になった……けれども遂にそれも終った。ここはどこだろう? 何をしていたのだろう? ふと見廻せば彼は寝台に横たわっている。部屋の隅の電燈にすかして見れば、まだ他にも寝台が並んでいる——五つある。青い服の男が、がちゃがちゃ鍵を鳴らしながら通る。あたりはうんうん呻く声と、鼾声《いびき》に満たされている。他の五人はやがて死ぬる人たちのように思われる。最初訝しく思った彼は、段々事情を飲み込んだ。看守! ここは刑務所の病院だ。自分はとうとう逮捕されたのだ。どうして自分を発見したのだろう? 畜生! 英国人ジョン・ウォトスン、何でもないことだ! 双眼鏡。

「どうしてケースを棄てたのだ? 馬鹿!」

セム爺さんはどこにいるのだろう? 何故ここにいないのだ? 彼奴は一番悪いことをしながらい

つも旨く逃げている。嘘吐き、泥棒、誘惑家、人殺、金取名人……「ツウツウ！　ツウツウ！」

あのカナリアの頸根を捻じってやったらどんなに痛快だろう！　踏みにじってやりたい！　ラトンネルはどこにいるのだろう？

とにかく彼は捕えられた。これは事実だ――ジュレは終《つい》に逮捕された。英国人、ジョン・ウォトスン？　なアに、彼一人だけならいいけれど！　撓《たゆ》みなく捜索をつづける警察の腕、一歩を譲らぬ法律の理論、警部トローザンによりて準備された幾つもの確実な証拠――これらの物にどうして彼が敵し得よう？　構わない。何とかしなくてはならぬ。何とかして逃口を発見せねばならぬ。彼は半分眼を開けたまま寝床に横たわっていた。白衣の人が一人通った。それから幾つかの朦朧《おぼろ》な姿が通った。

今は多分真夜半《まよなか》だろう。青い服の姿が、また鍵の音をさせながら通った。彼は部屋を通り抜けると、眼隠の向うで誰かとひそひそ囁き合っている。扉は開いたままだ。そうだ、彼がなすべきことが、ただ一つある。脱走！

彼は咄嗟に寝床を抜け出した。そして案外静かに易々と扉を出ることが出来たので、自分ながら驚いた……彼は幽霊のように抜け出した。瞬く間に廊下に出て、二つ角を廻った。あたりは真っ暗だ。

ここそこに、踏台、板、短い梯子などが積み重ねてある。壁のそばには石灰水を入れた大小さまざまの手桶が並んでいる。多分ここは修繕中の看守部屋だろう。彼は何の躊躇もせず、扉を開けて室内に入った。室内は空、ただ同じような板、踏台、石灰水があるばかり。月の光が差し込んでいる。彼は窓際に寄った。胸が早鐘を撞きだす。窓は直ぐ開いた。闇を透かして見れば、細い通路を隔てて低い石造の家がある。典獄の官舎だろう。ジュレのいる部屋は、恰度、官舎の屋根と水平になっていた。官舎の一方には鉄製の螺旋階段がある――非常梯子だ。そして官舎の庭に降りられるようになっている。彼が見た処では庭の塀は、攀登《よじのぼ》り得ぬほど高くはないらしい。

けれども、ただこの窓と屋根との間の通路の幅の間隙？　向うの石の屋根まで三米突《メートル》以上はない。彼は素早くペンキ屋が使う板を調べた。すると幸い三米突半、あるいは四米突ぐらいの板が見つかった。

いつ人が来るかも知れぬ！　彼は扉のそばで耳を澄ました。扉には鍵がないのだから、逃げるなら急がねばならぬ。彼は板をかかえて窓から向うの平たい石の屋根に渡した。と、嬉しや板は難なく向うにとどいた！　屋根の上に板が、どのくらい余ったか、それは見えないが、人差指の長さより沢山でないことは確だ。

やるなら素早くやることだ。一刻の猶予もならぬ。彼はまた自分の素早さと元気に自分ながら驚いた。彼は易々と板の上に滑り出した。両手両膝で静かに滑って行くというのが彼の思いつきだ。そして徐々《そろそろ》前に進みながら、殆ど忍笑いしたいほどの嬉しい気持になった。

「追付けるもんか！　捕えられるもんか！」

一米突半ばかり来た時、ふと何気なく敷石を敷いた目の下の小路を見た。

その瞬間、彼は生涯における、最も烈しい恐怖に襲われた。それは宿命であった。それは夢ではなかった。彼は墜落しようとしている！　彼は次の瞬間に起るべき墜落を想像しながら、麻痺したようになった。彼の目に怖るべき総ての光景が幻となって映った。半分の処まで来て、前へも進めねば後へも退けなくなった。目の下に見える土地が、彼を身体不随にしたようなものだ。敷石が彼を吸い込もうとしているように見える。彼はあまりの怖ろしさに、がたがた胴顫いを始めた。同時に板が微《かす》かに動き始めたように思われる。たとい今、誰か助けに来たところで、とても彼を助けることは出来ないだろう。何者も彼を助けることは出来ぬ、彼は墜落しようとしている！

　彼は夢の時と同じように、大声揚げて叫ぼうとした。が、不思議にも、夢の時と同様、声は胸に詰まって出ない。と、板がひどく揺れた。咄嗟に彼が顔をすりつけるようにして板を掴んだ。板がくるりと転覆した。彼は両腕で板に縋りついたまま猛烈な勢いで板から滑った。それでもまだ声は出ぬ。彼の体力より、下の土地の引力の方が強いと彼が意識した怖ろしい瞬間でさえ、彼は何故自分は声を出し得ないのだろうという問題を考えていた。

　彼が板から身を滑らせると同時に、向うの屋根に掛っていた板が外れた。彼の体だけは凄じい勢いで落ちながら、心はやはり上にあった。そして両手で無暗に宙を引っ掻き廻した。彼の或る部分は、驀地《まっしぐら》に空間を走っても、上に残った心は、下からひどい勢いで土地が近づいて来るような気がした。彼の意識が、死者《しにもの》狂いでいろんな方面に分裂した。どこかで隧道《トンネル》を驀進する汽罐車のような猛烈な音がする。彼は墜落しつつある！

　忽ち、船の舷門《とぐち》に佇む彼の母親が、渦巻く幻となって現れて、「おい、ジュレや！　お前草臥《くたび》れたのかえ？」と云う。と、忽ち彼がかつてバヨンヌで知っていたリゼットと云う女が現れる。彼女は前掛を顔に当てて泣きながら、「駄目よ！　それア駄目よ！」と云っている。同時に雑多な幻が渦を巻く――菓子を食べつつある彼の兄、セム爺さん、カナリア、そのカナリアは見る見る中に部屋一杯に拡がるほど大きくなる。スコッチの服の英国人が草叢に俯向いて倒れたまま血にむせんでこんこん咳《せ》いている。と、半ば幻、半ば現《うつつ》で、殆ど信じられないほどの凄じい勢いで、何物かが天に飛上るほど猛烈に爆発する！　総ての忿怒、総ての熱情のこんがらかった瞬間、彼は死苦の血に粉砕された……。

「ランクレさん、では貴方は死体解剖の必要はないと仰有るのですね？」

警部トローザンが、医師ランクレを伴なって刑務所病院の死体仮置場に入りながら、こう訊いた。

「ありませんとも」医師が答えた。「死因は明らかです。この男は自分の罪の怖ろしさ、それから逮捕された心配のあまり、心臓を衰弱さしたのです。そして、その結果、寝たまま夢の中で静かに寝床《ベッド》を這い出したのですよ。つまり夢遊と云う奴ですね。貴方も御承知でしょうが、こうした事件は珍らしくないのです」

「宿直医は貴方だったそうですね？」

「そうです。この男が昏睡状態で病院に運び込まれたのは、午後八時二十分でしたが、診察してみましたら心臓に故障がありました。心臓がひどく衰弱していました。それから朝の三時二十分まではよく眠りました。三時二十分に附添が私を呼びに来て、百七号患者が心臓麻痺の兆候があると云うので、すぐさま私が駆けつけたのですが、駈けつけても手の下しようがありません。その中四時三分になって知らぬ間に抜け出したのです。ええ――まア、そんな訳だったのです。貴方、今夜、ロンバール夫人の夜会においでになりますか？」

「いいえ、行きません」警部トローザンが答えた。

「警部さん、私はもう帰っていいでしょうか？　少々手の退《ひ》けぬことがあるのですが……」

「御苦労様でした。どうぞ御遠慮なく」

医者はそそくさと部屋を出た。後に一人残った警部トローザンは、つかつか死体のそばに歩みより、そッと白布を捲くって、今は穏やかな安息の色を浮べた犯人の顔をじっと見入った。

忽ち、警部の眸《ひとみ》に、驚異と憐憫の表情が浮んだ。そしてこの人間の脆弱性の解剖者、この人間の雑多な事件の探索者は、さながら自分の力で解く能《あた》わざる偉大な神秘にぶつかったように、しばらく悄然と佇んでいるのであった。

そして敬虔な態度で白布をかけて、静かに部屋を立去った。

至妙の殺人

ある十一月の夕方、巴里《パリ》ロケット街のささやかな珈琲店《カフェ》で、二人の兄弟が殺人について論じていた。二人の前には夕刊が拡げてある。それにはランド地方の炭焼が自分の妻と二人の息子を斧で殺したという惨忍な記事が出ている。二人は初めにはこの特殊の事件を論じていたのだが、問題は段々一般的の殺人に移って行った。

「俺は殺人の記事を見ると、いつでも犯人が不器用なのに驚くよ」弟ポールが言う。「この男だって斧で殺した現場に帽子を置き忘れた上に、血のついた靴をはいたまま村へ逃げている」

「夢中になるからだよ」兄アンリが云う。「前後を忘れて、自分で自分のすることが解らなくなるからだ」

「俺はそれにつけても感ずるのだが、もし用心して手掛りを残さないようにしたら、幾ら人を殺したって解りっこないと思うね」

「馬鹿ア言え！　そんなに旨く殺せるもんじゃアない。どうしても意外な方面から邪魔というものが起るよ」

「そんなことがあるもんか！　毎年数千の人は誰にも知られずに殺されてると思う。俺なんか外の者と一緒に生活しているとしたら、そいつを殺すのは訳のないことだと思う」

「どうして？」

「なに、殺した後で外に出て、例えば、『家内が殺された！　助けてくれ！』と大声で喚《わめ》くのさ。そして涙でも流そうものなら、皆んなが慰めてくれる。俺はある女が、夜窓を開けて寒い風を入れて肺炎の良人《おっと》を殺したという話を聞いたことがあるが、こんなのは誰だって疑いを掛ける者はないよ。だのに世間の人たちは、大抵人を殺すのに拳銃《ピストル》を使ったり、短刀《ナイフ》を使ったり、薬屋へ行って薬を買って来たりするのだ」

「もう自分で計画を立ててるようなことを言うね」兄アンリが笑った。

「いつ人を殺さねば生きて行けぬような災難に会うかも知れぬ。もしそんな場合になったら、俺は頓馬な手掛りなんか残さないよ」

こう言うポールの顔を見ながら、兄アンリは、なるほど弟は人殺しぐらいはやるかも知れぬと考えた。弟は白髪のまじったふさふさの頭髪《かみのけ》、黒い四角な頤髭《あごひげ》を生やした蒼白い丈夫そうな大きな男だった。商売は安宝石の行商人だけれど、いつも不正なことばかりして暮している。兄アンリは身顫いした。兄は体が弱くて小さくて、その上気まで弟に比べると弱かったので、いつも弟には頭が上らなかった。商売は窓掛や壁掛を売る店の番頭で、妻と四人の子供を持っている。弟ポールは独身だった。兄弟はかなりに理解し合って親密ではあったが、深い愛情があったとは言えない。二人とも貧しかったので、片方が困ると、よく金を借りたり貸したりした。

彼らは親戚と言ってはタランディエと言う伯父夫婦があるだけだったが、この伯父は金持ちであるに拘らず、二人の甥にはあまり構ってやらなかった。時々御馳走に呼んでやることはあっても、金は一法《フラン》といえども与えなかった。

前に述べた如く、この珈琲店における会話は十一月のことであったが、その翌年二月になるとタランディエ伯父が死んだ。この知らせは彼ら二人の兄弟にとって、闇中《あんちゅう》の嬉しい一閃であったに違いない。だが元より頑固な老人のことだから二人へは何の遺産も分たない。ただ全部の遺産を伯母に残し、もし伯母が死んだ場合には、弁護士の手から年に一万法ずつの金を彼ら二人に支給するという遺言があったのみだ。伯母は八十二だった。

二人の兄弟はこの遺言を知るとモンマルトルの酒場へ行って騒いで飲んだ。この時の二人の話題が伯母がいつまで生きるだろうという問題であったことは言うまでもない。どちらにしても、それはあまり長い未来のことではない。あるいは数週間後のことかも知れぬ。彼らは嬉しがると共に、頑固な伯父を恨んだ。なぜ一時に全部の金を与えないのだ。何故弁護士を頼んだりするのだ。

伯母の家には中年婦人の料理人《コック》がいた。この女は伯母の家で大変に重宝がられて、殆ど一人で一家を切り廻していた。時によると兄弟が訪ねて行くと、この女が、伯母は病気で面会できぬと言って断ることもあった。だが、もしそれが本当なら、幸福の日が二人を見舞うのも遠くはあるまいと、彼らはこの知らせを却って喜ぶのだった。その中《うち》に二年たった。彼らはぼつぼつ失望しはじめた。

「あいつは百年も生きるかも知れんぜ」弟ポールが言うと、

「俺たちの方が齢をとって、先に死んじまわア」兄アンリが合槌打った。

伯母は自分の死んだ良人《おっと》の二人の甥の中で、どちらかと言えば弟の方を可愛がった。兄アンリは心も体も弱々しい。老婆は弱い男が嫌いだった。彼女には子供がなく、また子供というものが嫌いだった。そしていつも兄アンリが少なからぬ子供を持っていることを非難していた。子供を自分の家に寄せつけることを好まなかった。子供に対して、時によると、好意らしいものを示すことはあったが、それは親切から出たものでなくて、彼らに対する毒々しい皮肉から出たものであった。

子供がないという点からだけでも、彼女はポールの方をより多く可愛がった。初めにはポールが訪ねて来ても滅多に話をしなかったが、淋しいので段々ポールに親しくなり、時によると彼を呼びにやるようなこともあった。彼は伯母の気に入りそうな話題を選んで、機嫌を取った。伯母は眼が悪くて新聞が読めないので、面白い新聞記事を読んで聞かせることもあった。痒い処に手のとどくように彼女の機嫌を取った。彼は伯母から金を借りたかったが、それももっと大きい欲望のために、その慾を押えた。妻も子もないポールは終《つい》には伯母の家に泊り込んで家族の一人となりすました。彼の寝床は温かで、料理人が作る食事は美味しかった。

ポールは伯母の家の召使のこと、医者のこと、家事のこと、すべての相談を伯母から持ちかけられたが、金の相談だけは少しも受けることがなかった。しっかりものの伯母は、金だけは弁護士に頼んで、どうしてもポールに渡さなかった。彼は時によると死んだ伯父の先見を恨んだ。伯父の魂が部屋の中の暗い隅にうろついているような気がして気持が悪かった。金と、それから古い灰色の鸚鵡《おうむ》――これが彼女のどうしても手放せぬ二つのものであった。彼女はこの鸚鵡にアンナと言う名をつけて食事の時には卓子《テーブル》の上を歩かせたり、自分の皿のものをつつかせたりして可愛がった。

その間にも兄アンリは弟に対して強い嫉妬を感じていた。すべてが彼に不公平に思えた。兄は滅多に弟に会わなかったが、たまに会うと弟の口から、彼が伯母の家で重宝がられている自慢話を聞かされた。ポールは部屋と食事を与えられているのみでなく、時々は小使銭ぐらい伯母から貰っている如く彼には思われた。アンリは伯母と弟を悪《にく》むのみか一般の世の中というものに対して不快を感じていた。ああ、早く彼女が死んでくれればいい！　八十五六まで生きていて何になるのだ？　自分は四人の子供を抱えて、それらに食わせ、着せ、楽しみを与えてやらねばならぬ。だのにポールは毎日ぶらぶら遊んで、何の責任も持たずに珈琲店へ行ったり酒場へ行ったりして暮している。

ある日、彼はポールに会った時に、こう言った。

「おい、百法ばかり貸してくれ。来週払う家賃の金がないんだ」

「だって伯母さんは一文も金をくれないんだよ」弟が答えた。

兄は弟の言葉を信じなかった。だが口論する気にもなれなかったので、

「伯母さんの家の中に、何か金目のものが転がっていはしないかね。そんな物でもあったら売って金にして、二人で分けようじゃアないか。俺アどうしても少しばかりの金が要るんだから」

弟は眼を伏せて下の方を見た。何ということだ！　自分が窃《ひそ》かに考えていたことを、兄も考えているのか！　彼は幾度もそのことは考えたことがある。だが、時々弁護士の事務所から人がやって来て調べるので、そんなことは出来なかった。頓馬なことをして疑われようものならそれまでだ。それより当分は現在の生活に満足していた方がよい。どうせ伯母は近い中に死ぬのだ。伯母はいつも鸚鵡を友として遊んでいる。ポールはその鸚鵡が嫌でたまらなかった。首を絞めてやりたいと思ったこともあるほどだ。彼は時によると伯母の口真似をした。「わたしのアンナさん！　可愛らしい鸚鵡さん！　ほら、この葡萄を上げましょう。可愛いアンナさん！」ポールはそれらの気持を兄に話して聞かせた。兄はそれを信じかねたような口吻で何やら呟きながら出て行った。

伯母の家でポールは次第に重宝がられた。彼は重宝がられれば重宝がられるほど、次第に増長した。不思議なことには伯母は彼が増長すればするほど彼に遠慮するようになった。偏癖《へんぺき》の強い老いたる伯母は、段々死んだ良人の甥ポールに対して勢力を失ってきた。そして彼は、少額ではあったが、時々伯母から金を借りるようになった。彼はその金で賭けごとをしたり、怪しげな珈琲店に質の好くない友人と入りびたったりした。時々は賭けごとに勝つことがあったが、大抵は負けて負債を作った。彼

はその負債が一時に払えないので、時々小金を与えて殆ど九ケ月ばかりも逃げ廻っているのだ。

だが、ある夕方、彼は非常に心配げな顔付をしてアンリを訪ねた。伯母の家に世話になった当座は血色のいい生々した顔をしていたが、この頃の彼は蒼白かった。眼は血走っている。

「ねえ」と彼が言う。「俺ア途方に暮れてしまったよ。この月の二十一日までに、七千法の金を作らなくては、抵当流しを喰うのだ。たのむから貸してくれ。きっと払うよ」

だが、兄アンリから金を借りようとするのは、沙漠で水を得ようとするようなものだ。兄も金に困っていることを打明けた。そして二人で同情し合った。

時は十一月の夕方、烈しい雨が降っていた。二人は雨の中を歩いて、ロケット街の珈琲店へ入って片隅の卓子をはさんで向き合った。そして二つのコニャックを註文した。客は少なかった。二三のレインコートを着た人が、あちこちの卓子に散らかって夕刊を読んでいるだけ。兄と弟とは隅の大理石の卓子に倚りかかって、金を作る方法を考えた。だが暫らくすると彼らは二人とも黙ってしまった。言うべき言葉がもうないのだ。高い窓に雨が当って砕ける音がする。

と、唐突《だしぬけ》に兄がそっとあたりを見廻し、きゅッと弟の腕をつかんで囁いた。

「ポール!」

「なに?」

「お前覚えているか——俺ア急に思い出したよ——ほら、もう五六年も前のことだが、ある晩、恰度《ちょうど》こん晩二人でこの珈琲店に来たじゃアないか!」

「忘れたよ、どうしたんだ?」

「ランド地方に惨酷な殺人があった晩のことだよ。二人で殺人の話をした。忘れたかい?」

弟ポールは耳のそばを搔いてコニャックを啜った。兄は前こごみになって、

「お前はあの時、もし自分が誰かと一緒に住んでいたら、そいつを殺すのは訳のないことだと言った」

ポールは吃驚《びっくり》したように眼を見張って、兄の顔を見つめた。兄が言葉を続ける。

「器用に計画を立てて殺して、頓馬な手掛りは残さないと言った」

ポールは故意《わざ》と空とぼけているのだ。彼は半ばを忘れ、半ば思い出したような顔をした。だがその眼は細くなっている。最近の彼は心の中で幾度もその計画を描いていた。でも兄の口からそれを切り出されてはちょっとどぎまぎせざるを得ない。兄からこの言葉を聞こうとは思わなかった。助かったような気もした。兄アンリが利益の半分を得るなら、責任の半分も彼が負うべきはずだ。ポールはただ手を下しさえすればいい。彼はにやりと笑った。そして次の瞬間、二人は頭と頭を突合して、ひそひそ「至妙の殺人」の相談を始めた。

ポールは得意げに殺人の容易なことを断言したものの、それが口で言うほど容易なものでないことは自分でも知っていた。暴力も用いず、手掛りを残さないように人を殺すのは難かしいことだ。たとい夜間窓を開けて寒い風を入れて殺し得るとしても、恐らく老婆は一人でのこのこ起きて窓を締めるであろう。ポールが同じ部屋にいる時に、老婆が滑って転んで首を折ったと言ってはどうだろう。だがきっとポールに嫌疑が掛るだろう。また彼女がそれで完全に死ぬかどうかが疑問である。浴場で溺死させてはどうであろう。けれど浴室の扉《ドア》にはいつも内側から鍵を掛けるのだから、それも出来ぬ相談だ。

彼ら二人がその夜の夜更けに珈琲店を出た時には、まだ計画が立っていなかった。彼らは翌日の晩

にまた会うことした。それは十三日だった。だから決行するなら八日間の中にせねばならぬ。無論伯母が死んだからといって、直ぐ金が得られる訳ではないが、近い中大金が入ることが解れば、ポールに金を貸した人も待ってくれるであろう。二人が翌晩珈琲店で会った時には、ポールは顔を火照《ほてら》し興奮し、兄アンリは蒼ざめ焦っていた。

「まア、聞け、いいことがある」弟ポールが云う。「俺はこのごろ伯母の家に泊っているので好く様子を知っているが、料理人は几帳面な女だ。毎日献立表の通りに料理を作る。伯母は少食で、いつも同じものを食べる。今夜魚を食べたら明日の晩は二つの卵で作ったスフレーを食べる。魚とスフレーが一日置きになっているのだ。まるで時計のように正確だ。料理人は毎日お午《ひる》の食事が済んで皿を洗うと、夕食の大体の用意をやる。魚の日だったら、いつでも火にかけられるように、魚を料理しておく、スフレーの日だったら、二つの卵を掻きまぜて椀の中に入れておく。それが済むと、顔に白粉《おしろい》を塗って、服を着替えて、近くの尼寺に働いている妹の処に遊びに行って三十分ばかり留守だ。そして帰って来るのがいつでも四時だ。彼奴《あいつ》の行動を見ていると時計が要らないぐらいだ」

「うん、でも――」

「それア、魚に仕掛けをすることはちょいと困難だけれどね、掻きまぜた卵の中に落込んで、二三度掻きまぜておけば解りっこないよ」

「だが、ポール、どこから手に入れるんだ――毒薬を?」

「毒薬なんて誰が言った?」

「じゃア、何だい?」

「どうしてもお前の手を借りなければならんのだ」

「俺の手を？」

「そうさ、お前も一緒だ、利益は山分けだ――だからさ、明日――誰もいない時に――」

「えッ？」

「○○を粉にするのだ」

「○○！」

「そうだよ。○○の毀れたのなら、どこの家にでもある。あれを砕いて挽いて、粉にするのだ。なるべくこまかいほど利き目がある」

兄アンリが喘いだ。彼にはそんなことをする勇気はない。だが、彼がしなければ、ポールがするであろう。彼は恐らく分前を得る時でもおびえているだろう。だが総《すべ》てはポールのためだと思えばいい。二十一日までに八日ある。明日は魚の日だが、水曜日はスフレーの日だ。易いことだ。面倒でもなければ、発見される怖れもない。

「だが、お前が疑われるよ」兄アンリが言う。

「疑われたって証拠は何もない。また俺は疑われないために、朝食がすみ次第伯母の家から外に出るつもりだ。そして三時十五分に庭から入って行けばいい。料理人は二階にいる。階下《した》には誰もいない。扉《ドア》の鈴《ベル》を押さねば二階から降りて来ないのだ。家に入ってから出るまでに五分あればいい。そして夜遅くなって、もう助けることが出来なくなって伯母の家へ帰ることにしよう」

兄アンリは居ても立ってもいられない気がした。一方には彼がいまだかつて想像したこともない殺人という問題があり、一方には今まで殆ど諦めていた幸福がぶらさがっている。しかも手を下すのは自分でなくて、ポールである。だが事情をよく知っていながら、それに手を貸してそれでポールにのみ責任を負わすのは、ちょっと卑怯なような気もした。○○を粉末にするのは易いことだ。ただそれだけなら恐らく罪人とはならぬであろう。彼が粉末にしたという証拠は誰も摑み得ないのだ。だがどう考えてもそれは恐ろしいことに違いなかった。

「コニャックを、もう一杯やれ！」

こう言う弟ポールの声が、彼を瞑想から現実へ引き戻した。

「うん、よし、よし」と、兄は頷きはしたが、それがお酒を飲むことを承諾したのか、○○を粉にすることを承諾したのか、自分でも解らなかった。

このことがあってから二十四時間後、兄アンリは同じ珈琲店の同じ卓子に向き合って弟に白い粉の包みを与えた。彼は何だか夢現《ゆめうつつ》の間を彷徨《さまよ》っているような気がした。その二十四時間をどうして過したか自分でも知らないほどだった。前の晩にコニャックを飲んだ時から、次の晩にコニャックを飲む時までの間が、白紙のような空虚であって、その間を一足飛びに飛んできたようにも思われた。

「今日は魚で、明日はスフレーだ」こう言う弟の笑声が夢のように彼の鼓膜に響く。「よく粉にしてくれた」

やがてポールが珈琲店を出かけると、兄は声を立てて弟を呼び止めようとした。だが、彼は自分で自分の声に吃驚した。それほどおびえていたのだ。彼はその夜遅くなって寝床に入ったが、安眠することは出来なかった。翌朝、目を醒ましてみたら頭がずきずき痛むので、妻に店へ打電させて、出勤をことわった。そして一日寝床の上に伏さったまま、その夜に起るべき光景を胸に描いて苦悶した。

多分、ポールは捕えられるだろう。彼が粉末を卵の中に入れている処を、誰かが発見するだろう。そして捕縛されるだろう。そしたら彼は自分のことも喋るだろう。どうしてポールは人を殺すのが容易だなどと言ったのだろう。容易どころかとても、難かしいことだ。陥穽《おとしあな》の処々にある切株の上を渡るようなものだ。陥穽！　三時半に彼は寝床から飛び起きた。弟と一緒に断頭台に登る夢を見たのだ。どうしても弟を思い止まらせねばならぬ。彼は服を着はじめた。だが次の瞬間もう時期が遅いことを覚ってまた服を脱いだ。もう成るように成るより他仕方がない。ポールは三時十五分に伯母の家へ忍び込んで、五分間後に家を出ると言った。三時十五分と言えばもう十五分も前のことだ。今ごろ彼はどこにいるだろう。ここに会いに来るだろうか。彼は多分夜になるまでどこかで過ごすであろう。夜遅く伯母の家へ帰ると言っていたから。

彼はぶるぶる顫える手で服を着はじめた。まだ間に合うかも知れぬ。伯母の家へ行ってみよう。伯母の家へ着くと、すぐ台所に駈け込んで、掻き卵の入っている椀を、棄ててやろう。だが、どこへ棄てるのだ。自分が伯母の家に着く頃には、料理女も尼寺から帰って来るであろう。彼女はその光景を見て理由をたずねるであろう。そして、その結果、掻き卵は検査され分析されるであろう。おお、神よ！　もう今から行っても駄目だ。もう成るようにしか成らぬ。自分は神妙にその結果を待つより他はない。

彼は服を着終ると、妻に向って、

「もういいよ、もういいよ」と、自分でも訳のわからぬことを言いながら、家を出て無闇矢鱈に的度《あてど》もなく街を歩いた。そして初めに弟と殺人の相談をしたロケット街の例の珈琲店へ入った。

そこに坐って彼は時の経つのを待った。今日はスフレーの日だ。老婆は今夜七時に食事をする。まだ五時にならぬ。彼は弟ポールが来ることを心に念じた。同じ珈琲店の一人の客が彼に話しかけてくる。その男は鉄道会社に対して不平を抱いているらしい。彼はその会社に目釘を売り込もうとしたが、会社の方でそれを拒んだらしい。そのいきさつを詳しく喋舌《しゃべ》るのだがアンリの耳には何も入らなかった。彼は五月蠅《うるさ》いその男が、直ぐ死んでくれるか、空気の中に消えてくれればいいと思った。やがてアンリは給仕を呼び、皿の数だけのお金を払って外へ出た。

そこを出た彼は、時々ポールと来たことのある他の珈琲店へ入ってポールの姿を探した。だが無論ポールはそこにいなかった。六時だ。もう一時間だ。彼はじっとしているのが苦しかった。彼は金を払うと、またそこを飛び出して、珈琲店から珈琲店と歩きまわった。

六時四十五分。おお、伯母がスフレーを棄ててくれればいいが！

六時五十五分。七時、とうとう時間が来た。彼は帽子を取ってまた珈琲店を出た。ブランディーが頭に登ってきた。七時半になると彼は大声を出して笑った。結局伯母は老人だ。八十六になるまでこの世に生きていて何になる！　彼は総ては妻と子供のためだと思って、それで自分の良心を慰めようとした。そして頭を強いて今後の問題に向けるようにした。一年に一万法の金を受ける身となったら何をしよう。まず店へ出勤するのを断って、長い間いじめた店の奴らを見返してやろう。

十時が打つ頃の彼はすっかり酔いつぶれて知覚を失って大胆になっていた。好いにせよ悪いにせよどうせ済んだことだ。騒いで何になる。彼はポールに会いたかった。だがそんなことを長く考えていられないほど疲労してもいた。もう時期は過ぎているのだから仕方がない。彼は家に帰ると、酔ったまぎれに深い眠りに落ちた。

「アンリ、アンリ、起きなったら！　どうしたの？」

妻が揺り起した。彼が半ば目を覚ました。十一月の朝日が部屋に差込んでいる。

「もう遅いね？」彼は機械的に言った。

「八時過ぎだよ。店へ行くのが遅れるよ。昨日も店を休んだのだから、今度は首になるかも知れないわ。そうしたら一体どうするつもりなの、アンリ?」

昨夜の記憶が静かに彼の頭に甦ってきた。

「なに、いいんだよ。体の具合が悪いから今日も店へは行かれない。また電報を打ってくれ。心配しなくてもいいいんだ」

細君は探るような眼付で彼を見ながら、

「お酒を飲んだんだね? 本当に仕様のない人だねえ? 私たちは一体どうなるんだろう?」

そして彼女は前垂を当ててしくしく泣きだした。女というものは何という気の小さい奴だろうと彼は思った。細君は下らないことを気にして泣いているのに、彼は――

また彼の頭に総てがはっきり思い出された。

ポールはどこにいるだろう? どんな結果になっただろう? こんな自分の運命を決すべき大切な心配な日に、どうして安閑と店へ出られよう?

彼はいかにも病気が苦しそうに、大きな声を出して唸った。細君を宥めるためには、病気が苦しい風をするが一番よいと思った。やがて細君は部屋を出て行った。彼は寝床の上に横になったままどんな結果になるだろう。何事か起るだろうと考えた。数時間経った。一番にこの部屋へ入って来るものは何であろう? ポールだろうか、巡査だろうか? 巡査のことを思い浮べると、彼の頭が熱病患者の如く烈しく渦巻きそめた。

お午頃、僕は寝床から起きあがり服を着てぶらりと家を出た。家を出る時には細君に向って店へ行くと言ったが、無論それは嘘であった。彼はマライの珈琲店へ行って珈琲を啜った。いつもの珈琲店へ行くのが何だか空怖ろしかった。目的もなしに珈琲店から珈琲店とぶらつき歩いた。そして殆ど夕食前になりかけた頃、アリベール街のある珈琲店へ入り、その店の前で今出たばかりの夕刊を買った。そして卓子に向って坐ると珈琲を註文して夕刊を拡げた。いろんな記事に眼を通して行く中、ふと彼は次のような記事を見つけて「あッ！」と呻いた。それにはこう書いてある。

「シャンティリーの怪事件――今朝シャンティリーにおいて実に不思議な変死事件が起った。ポール・ドノーエルと言う中年の男が、オムレツを食べた後で胃の激痛を訴えたが、彼はそれから間もなく非常に苦悶しながら絶命した。同人はタランディエ夫人の住宅に寄食しているのであるが家族中には他に中毒の犠牲になった者は一人もない。目下原因取調中」

これを読んだアンリは夢を見ているような気がした。それからのことは彼は自分でもよく記憶していない。彼は自己保存の本能を働かせて、どんな人に会っても知らぬ知らぬと口を噤んで通した。まった彼は実際あまりよくは知っていなかったのだ。彼は何も見たのではない。審問の際に、肥った料理女が警官に向って、泣きながら女主人の偏癖を訴えた。それを彼は夢の中の光景の如く見た。料理女は警官に向って、魚の日、スフレーの日、――この言葉を何度も繰り返していた。その日はスフレーの日に当っていたのに、何を思い違えしてかどうしても女主人が魚の日だと言い張って聞かなかったと告げた。彼女が言い張りはじめたら誰もそれに反対することは出来ぬ。だから料理女は掻きまぜておいた卵を棄てなければならぬ破目になった。だが彼女は善良な経済的な料理女だ。スフレーを作らぬことに変更されても、掻き卵を棄てはしない。では卵を何に使おう？　それには好い使い道があった。ポールはタランディエ夫人の家に寄食するようになってから、朝食の際はいつも珈琲とパンだけでは満足しなかった。英国人やその他の外人がやるように毎朝、朝食を食べねば承知できなかった。

そこで料理女は翌朝、その掻き卵でオムレツを作り、ポールがそれを美味しそうに食べたのである。してみると、この怖るべき掻き卵は女主人タランディエ夫人のために用意されたものであろうか？もしそうだとすれば誰が犯人であろう？

こうしてこの審問は、何の得るところもなく閉じられた。アンリの心の眼の前を、いろんな影が通り過ぎた。いろんな考えが浮かんではまた消えて行った。彼は完全に弟を殺したのだ。伯父の莫大の財産は、いつかは全部彼と彼の妻と子供たちのものになるのだ。一年に二万法！　おお！　沢山の影の中で、一番強く彼の頭に残っているのは、審問の翌日の伯母、その伯母が永遠の像の如く、真直ぐに卓子のそばに立って、古い灰色の鸚鵡の首を愛撫している姿である。

「わたしのアンナさん！　可愛らしい鸚鵡さん！　ほら、この葡萄を上げましょう。可愛いアンナさん！」

昔やいづこ

両親たちの会合は大成功にちがいなかった。アレック・グリグズは、バルバラと結婚してから七年にもなるのだが、いつも彼の両親が米国から訪ねて来ると、恰度《ちょうど》その時、彼女の両親が海外旅行で不在だったりして、今まで会う機会が一度もなかったのである。だが、それも無理はなかった。なるほど彼の老いたる両親ジョン・グリグズ夫妻は厳格な性分でいつも米国から来る前には予告したには違いなかったが、バルバラの両親は徹底的な旅行好きで、まがなすきがな、始終家を空けていたのである。バルバラの父ウエストン大佐は、七十二になるのだが、まだ壮者をしのぐ元気で、思い立ったらいつでもすぐに旅行に出かけねばいられぬ性分だった。

だが、今度こそはその機会が来た。老グリグズ夫妻は二ケ月を英国で暮すために、はるばる米国のフロリダからやって来た。ウエストン大佐夫妻は、谷間の向うの近くの家にいる。

時は八月、英国でも珍らしい暑さ、その上天気が好かった。当日は妻バルバラは三人の子供の世話をし、また良人《おっと》アレックは自動車でテリンガースト町《まち》の自分がやっている農具工場に行ってしまったので、自然、四人の老いたる両親たちは親密に話し合った。最初はバルバラは心配でならなかった。こうした会合というものは、どんな結果になるか解らぬ。だが、彼女はすぐに安心した。グリグズ老夫人とウエストン老夫人は、子や孫の愛にひかされてすぐ親密になり、老紳士たちも、初めて会ったと思われぬほどの仲になった。両方とも世界の方々を歩いているので、昼は緑の木蔭、夜はヴェランダの椅子の上で、大佐はパイプ、ジョン・グリグズは黒い葉巻を啣《くわ》えて、世間話の花を次から次と咲かせ、もし彼ら二人の他に誰もいなかったら、二人は徹夜しても話し続けるであろうと思われた。バルバラは嬉しくて堪らない。すべてが大成功であった。

アレックの農具製造工場は景気がよくて、どんどん収入が増した。だが彼ら夫妻は、サセックス州でも滅多にないようなその立派な屋敷が、工場の収入ばかりで保てているような風は、近所の人たちに向って見せなかった。その屋敷というのは、高い処にあって、北と東が松の深林《しんりん》に覆われ、南にはテリンガースト町の谷間がはるかに見下せて、その向うに海があった。彼らは元古い百姓家だったこの家を買い込んで手入れをして、今では古めかしい品《ひん》もあれば、大きくて晴れやかで、気持のいい近代の建築家が作ったような処もある住宅としたのだ。薔薇畑、オランダ風の庭、水泳プール、二つのテニスコート、みんなある。だが一番いい処は恐らく食堂のそばの広い散歩場であろう。そこには、つつじ、クレマティス、ジャスミンなぞで飾った菩提樹の四阿《あずまや》があり、大きな荒い石を敷いた土地の隙間には赤、白、青の、可愛らしい綺麗な花が咲いている。

この屋敷にお金を掛けたのが、アレックの父ジョン・グリグズであることは言うまでもない。彼は富豪で、アレックはその一人息子だ。グリグズ家の人々は、この近在で評判がよくて、彼の父を羨みはしても、「アメリカの富豪」としての彼を褒めぬ者はなかった。近所の人は皆んなアレックの家で歓待された。だが老グリグズが金満家だろうが、金満家でなかろうが、そんなことはこの話には関係ない。関係があるのは、テリンガースト町の人は誰も知らないけれど　いや知っている人はごく少ないけれど、彼は純粋の米国人ではなくて、ただ国籍の上だけは米国人であると言うことだ。彼の妻はコロンビア大学の物理学の教授の娘であるが、波瀾に富んだ彼の経歴は英国人は誰も知らない。彼が莫大の富を得たのは聖《セント》ルイズにおいてであった。そこで彼はまず漂白剤の製造に手を出し、次にグリグズ肥料の専売特許を得て、沢山の金を得た。彼が、「正直グリグズ」と言う綽名を得たのも、この町においてであった。この綽名を一番自慢に思ったのは、その子のアレックだった。アレックは、たとい英国の貴族の称号を父からゆずり受けたとしても、この父親にぴったり当てはまった簡単な綽名を受けつぐこと以上に喜びはしないであろう。彼は時々、自分の広大な邸宅を見て気が咎めることもあったが、そんな場合には、この家に住むということは、これらのものを買ってくれた父「正直グリグズ」を満足させる道だということを考えて自ら慰めた。

はじめの二週間がほどは、ひどい暑気のためにグリグズの人たちは滅多に外に出なかったが、大佐夫妻は熱帯に慣れているので夕方になると出ることもあった。そして日が暮れると、二人の老紳士は球転がしの遊戯をし、次に毎晩のお定《きま》りの例の世間話に共鳴し合う。三週間目には大佐が二三の会議に出席するために倫敦《ロンドン》へ行かなければならなかったが、老グリグズ氏は自動車でそれを駅まで見送って行き、ちょっと感傷的な別れをした。その際、大佐は貴方と意気投合した後では、倫敦の倶楽部《クラブ》へ行っても退屈でつまらないだろうと云い、老グリグズは待っているから、一日も早く帰って来なさいと云った。

さて、大佐が老グリグズから受けた最も強い印象は、彼が生れつきの楽天家だということだ。老グリグズが楽天家だことは誰でもすぐ解る。彼は真の楽天家のみが持つ眼を持っている。六十五にもなって随分世間というものを見ているのだろうが、それでも子供のような張りのある声を持っている。若々しい熱を持ち、印象に敏感で、いつも興味を持って他人の話を聴く。だから倫敦から帰った晩の大佐が、彼の様子の変っているのを不思議に思ったのも無理はないのだ。別れる時のグリグズはいつもの快活な彼であったが、金曜日に帰ってみると、どこやらその物越しに打沈んだ変なところが見える。ちょっと見ては解らないが、よく気をつけてみると、確に変っているような気がする。愛想がよくて、よく他人の言葉に耳を傾ける処は同じだが、何だか他のことを考え込んでいるようだ。しかも、その考えている事は、大佐の留守中のできごとに違いない。で、大佐は娘バルバラを呼んで訊ねてみたが、彼女はそんなことは何も知らない。米国からも留守中に手紙が来た様子はない。では何だろう？　ただ、バルバラの話によれば、グリグズは一人で自動車を運転して二晩つづけて近郊の散歩に出たそうだ。大佐は何が何だかさっぱり解らなくなった。そして娘と別れて元の散歩場に帰ると夕闇の中に老友が一人坐っている。彼は単刀直入を欲した。話してみれば雲が晴れるだろう。

「ねえ、ジョンさん、晩方自動車でおでかけになったそうですが、どこにいらしたのですか？」

老グリグズは葉巻を啣《くわ》えたまま、

「なに、一二度近くを廻ってみただけですよ――別に当てはない――ただ――」

口籠って遥かな谷間に眼をやり、しばらくしてまた言葉をつづける。

「海岸へ出てタイスハーストとブラインを通り、帰りにはワントニーやグレンデイシャムの方を廻っただけです――別に――」

心苦しい沈黙。大佐はその遠乗りについてもっと詳しい話が聞きたかったが、口を出して相手の言葉を遮りたくなかったので、ただ「うん、うん」と呟きながら、パイプに煙草を詰めた。やがて老グリグズは椅子から立上り、庭を歩いて、明るい窓のそばに近より、客間を覗いてみた。客間では今しがた打集《うちつど》った家族のものどもが、毎夜の慣わしとなった骨牌《カルタ》をこれから始める処で、三人の女たちは子供の育てかたや服の仕立方について喋り、アレック一人が骨牌の世話をして、皆んな話に夢中になって、切札が何やら、勝負の点が何やらそんなことには気を止めていないらしい。老グリグズはこっそり元の座席へ帰ってきた。ほとんど抜足差足で帰ってきた。そして新しい葉巻に火を点けると、いかにも決心したように上体を大佐の方にのしかけた。大佐は彼の眼が異常に輝いているのを見た。

「大佐」と彼が静かに言う。「グレンデイシャムを通って東に行き、広い湿った原の左側を抜けるとワスリデールの松林に出ます。この松林の中から下の方を透かして見ると、花崗岩と灰色の煉瓦で建てた不規則な建物の長い屋根が見えます」

こう云って彼は捜《さぐ》るような眼付で大佐の顔を覗く。大佐は頷きながら低い声で、

「ええ、見えます、デッドムーア刑務所です」

老グリグズは相手の返事を飲込もうとつとめる如く、恰度《ちょうど》大きな鷲が満足した時にするように、首を左にかしげ次に右にかしげて静かに後に引いた。やがてまた彼が、今度はややかすれた声で言う。

「デッドムーア、そうです、そうです」

大佐は心の中で、これは何だか変なことになってきたわいと思った。大佐は他人《ひと》の秘密に嘴《くちばし》を突込むのが嫌いな質《たち》だった。だがここには大佐が非常に愛している男がいて、それが何か言い難《にく》いことを言おうとしているのだ。大佐はしばらくして、さりげない調子で軽く訊いた。

「あすこを知っていらっしゃる？」

すると、「正直グリグズ」の顔は明らかに重荷を卸したような色が浮んだ。はっきりした質問を、却って喜ぶように見えた。彼は相手の方に体をよせて、明瞭な、深い声で、

「わたしは今から四十一年前の秋に、あすこから脱走したのです」

二人の眼と眼がかち合った。どぎまぎしたのは話手よりもむしろ大佐であった。彼は低い声で、

「ほう！　ほう！」と喘いだ。

グリグズは考えながら落着いた声で続ける。

「私は法律に暗いから、年限と言うものが、あるのか無いのか知りませんが、もし私のことが解ったらまたあすこへ押込められるだろうと思います」

この驚くべき告白を聞いた大佐は、つと振向いて夜の空にくっきり浮び出した壮麗な建物を見た。明るい窓から笑声に混ったアレックの声が漏れる。

「やあ、お母さん、三片《ペンス》、さア払って下さい！」

老グリグズは二人の間に不意に開きかけた溝を埋めようとするように、急いで早口に言葉を続ける。

「まず、あなたは、何故私が刑務所に入ったか知らないでしょう。ごく簡単に云いましょう。母は子供の時に死に、父は私が牛津《オックスフォード》大学を出ると間もなく死んだのですが、その父がちょっと三万二千磅《ポンド》ばかりの財産を残してくれました。ところが、この頃は若くもあったし血気も盛んだったので、贅沢に旅行したり骨牌に金を賭けたりして、僅か十八ケ月の間にその金を六千磅にしてしまったのです。で、やや慌て気味になってこれではいかん、何か仕事を始めねばならんと心配しはじめた時に、偶然、ミリンガムと云って、私より二十ばかり年長で、風采のいい、交際の旨い男に出会い、次第にその男と親密になり、その男の仕事――ブロカーのようなことをやっていたのですが、それに四千磅ばかり投資して、私は一年に千磅の給料の他に、かなりの利益配当を得て、しばらくは何の不自由もなく暮しました。私はこうして商売のことを覚えると同時に、一方では若い者が陥りやすいダンスやその他の放蕩に耽りました。

怖るべき不幸が私を見舞ったのは、それから二年後のことでした。九月でした。私はある友人とノルウェイに一月ばかり釣りに行くことに定めたのです。倫敦を立つ日、私はミリンガムと一緒に昼食を食べました。彼はその時、コクテイルや、三鞭酒《シャンパン》や、リキュールを出して、いつになく歓待してくれましたが、いざ別れようとすると、『君はまだテルベリー商会の証書に署名《サイン》しないね。出発する前に是非あいつに署名してもらわなくちゃアならん。これから事務所へ帰えっても、まだ出発の間にあうから一緒に行こう』と云うのです。わたしは、『テルベリー商会の証書って何だい？』と一応訊ねようかとも思ったのですが、私の心は早やノルウェイの峡谷やそこの楽しい釣船に飛んでいました。言われるままに彼と一緒に事務所に帰って、何が何だか解らないまま、八つばかりの証書に署名して、それからノルウェイへ行ったのです。そして、そこで、一ケ月ばかり楽しい生活をして帰ってみたら、藪から棒で、私は捕縛されてしまったのです。つまり、後から考えてみますと、私はその時、詐欺師の証書に何も知らずに署名したのですね。裁判の時に解りましたが、ミリンガムの本名はミリニで、以前にこれと同じ詐欺を、紐育《ニューヨーク》でもやったことがあるそうです。彼は七年の刑に処せられましたが、彼とはその後一度も会いません。私は何も知らなかったにしろ、とにかく、証書に署名したのですから、法律の上では何の弁解もできません。だが、私は彼より若いのだし、彼の感化で悪いことをしたというので、二年の判決を受けました。

二年！　けれども当時の私は元気だったので、陰鬱なワンズワース刑務所の生活を、何も言わずに忍んで行く決心をしました。私は自分が悪人だとは、自分でも考えなかった。そして獄中生活をなるべく愉快に送ろうと思ったのです。四ケ月たつとデッドムーア刑務所にうつされました。ここは前の刑務所ほど陰気ではないが、生活の単調なことは同じです。その単調な生活はどうお話したらいいでしょう？　その上、囚人間には、一種の罪人特有の嫌な気分がみなぎっています。私は今でも時によるとその気分を思い出しますが、実に嫌なものですよ。彼らと一緒に生活していると、誰でもそれに感化されます。どうしたらこれが救済されるか、それは私にも解りませんが、とにかくあの制度が間違っていることは事実です」

グリグズは乾いた唇を舐め、眉をひそめて闇を睨んだ。

「私が脱獄を考えたのは、六ケ月たってからのことです。デッドムーアを脱獄した者は一人もないということは、諺になっているほど有名な事実です。私もそれを信じていました。逃げられるとは思っていませんでした。だが私は、たとい捕えられて重く罰しられようとも、ただ、その試み自身が、私の自尊心に刺戟を与えて、生活に対する一時的の興味を起させると思ったのです。当時、私は毎日監房から運動場へ行き、それから監守の眼に守られながら、刑務所の中央にある郵便袋を作る工場に行き、そこで仕事をしてまたもとの監房に帰っていたのです。脱走の機会は殆どありませんでした。刑務所の外側の壁は十六呎《フィート》もあろうかと思われる怖ろしく高い壁で、その上に鉄の針が列を作っていました。十月の末に私は毎週二日ずつ洗濯場で働くことになりました。洗濯夫は十五人、みんな囚人で、刑務所の総ての洗濯を、南の壁際の、長細い黒い小屋でやるのです。私は二度目にこの小屋へ行った時から、あるいは脱走の機会が摑めるかも知れぬと思い初めました。小屋の窓は北に向いて、扉《ドア》は東側にあります。窓のない南側には刑務所の外壁との間に二十碼《ヤード》ばかりの空間があって、私たちはそこに長い綱を引っぱって洗濯物を乾したのです。そこは、昼間は人のいない一番高い監房の窓からと、病院の裏の窓から見えるだけです。何より私の心を動かしたのは、長い洗濯綱でした。総《すべ》て脱走なんてことは、あまり計画したり熟考したりして決行すべきものでなくて、瞬間の衝動で決すべきものです。時に応じて起るインスピレイシャンのようなものです。二週間目にその機会がやってきました。十一月の初めの早やぼつぼつ薄暗くなりかけた夕方のことで、あたりにはかすかな霧がかかっていました。その晩、私は一日干してあった巻タオルを集めにやられたのです。物干場には私の他に誰もいません。今から考えてもあんな場合によくまアあれほど落着いていられたと思うのですが、私は何の躊躇もなく二十呎ばかりもある洗濯綱を外し、その一方に輪を作って高い壁に投げかけたのです。三度目に輪が壁の上の針にかかりました。私は一枚のタオルを頸に巻きつけ、すぐさま壁に登ったのですが、困難はむしろそれから後にありました。

空地にいる時は誰からも発見されなくても、一度《ひとたび》壁に登れば、外の広い野原のどこからでも透かして見えます。刑務所長の宅の二階からも見えれば医者の家や、病院や、その他の刑務所内の方々から見えるのです。誰にも見られなかったのが不思議なほどです。だが当時の私はそんな事を考える余裕すらありません。うっかりしてちょっとでも足を滑らしたら鋼鉄の針で体を刺されます。その上、そこには足場もなければ、また壁は外側に向って傾斜を作っているので、飛び下りることも出来ません。私は頸に巻いてきた大きなタオルをよじってそれを鋼鉄の針の上にのせて乗越して、滑るように壁を下りました。そして、どさんと大きな音をさして下に下りた時には、手や足の方々をすりむいていましたが、骨や関節は少しも痛めていません。私はよろめくように立上るとすぐその場を走って逃げました。

こんなことを言っても他人《ひと》は本当にしないかも知れませんが、不思議なことには、その時私は少しも恐怖を感じませんでした。十中八九は摑えられるだろうと始めから覚悟していたので、私はそれを一種の競争の如く思い、たとい捕えられても落胆してはならぬと考えていました。犬に追われて逃げる狐はそれが面白いのだと猟師は言いますが、私はそれが本当かどうかは知りませんが、とにかくその時の私が、ある緊張した不思議な愉快さを感じたことは事実です。まるで高い処から競馬を見物しているような、第三者のみが持つ興味を感じたのです。

南へ行くと沼があるのを知っていましたので、刑務所から見えない程度に遠のくと、私はぐるりと迂回して北の方に走りました。半哩《マイル》も進むと、貴方も御承知の通り、山がかなり急になって、そこに松林があります。あたりが暗くなっていましたから、その松林まで逃げれば、もう捕えられる心配がよほど少なくなったものと考えてよろしい。だが困った事には、時々野道を人が通るので、その度毎に休んで身を潜めなくてはなりません。それでも脱獄を報ずる大砲《ドン》を聞くまでには、ゆっくり十五分間はありました。大砲が鳴ると、さア、今度は村の人が警戒するので、一層道で出会う人を注意しなければなりません。それにしても苦になるのは自分が着た獄衣です。

だが私にはまだ運がありました。森の中に入りさえすれば人間に出会っても怖くない。嚇《おどか》してやれば向うから逃げるときまっている。怖いのは犬です。こうした場合にはよく犬を使います。森が近くなると、大道と原っぱを横切らなくてはなりません。するとこの時向うの方から荷車ががたがた音をさせて通りますので、私は繁みに身を隠して、それが通り過ぎるのを待ちました。身を隠している時に、耳を澄ましていると、嬉しや河の流れる音が聞えます。見るとなるほど、原の中を小河《おがわ》が流れています。私はその河の水の中を百碼も歩いて渡って、向うの森へ着きました。もう犬に追かけられる心配はありません。寒い上に、ぬれたので、気持が悪くて堪りませんでした。でもその頃の私は若くて元気でした。私は心ゆくばかり水を飲んで、そこで一休みしました。刑務所で犬を使ったのかどうか、それは知りませんが、とにかく犬の声がしなかったことは事実です。犬の声ばかりではない、その夜は追手の声らしいものは何も聞えませんでした。私はもう走るのは止して、始終眼と耳を働かせながら、足を早めてどんどん歩き、二時間ばかりしてまた倒れた木の幹に腰かけて一休みしました。

誰かには会わなければならんと思ったのですが、私は自分の今いる処がどの方角に当るか、それさえ知らなかった、もっとも、そんなことを知ったって大してそれが役に立つ訳でもないのですけれど。

闇に眼が慣れても、何しろ暗い夜だったので、眼に映るのは自分の直ぐ近くだけです。それでも道だけはよく見えたので、私はなるべく北に行く細い道を通るように心掛けました。道だけ北に歩いていればどこかへは行けます。そして途中で燈《あかり》を持った人や馬車や荷車に出会ったら、そばの繁みに隠れ、不意に現れた燈を持たぬ通行人は、こちらから愉快らしく、『今晩は！』と挨拶しました。この声は私に確信を与えました。御承知の通り、当時はまだ自動車がなかったのです。その中、腹がへってきたので、畑から蕪を引抜いてきて、むしゃむしゃかぶりつきました。これでも何も食べないよりは増しです。何よりも第一に心配せねばならぬのは着物の問題で、誰が見ても解る獄衣を着ていては、助かる望みはありません。獄衣を着ている以上、昼間は隠れて、夜だけ出歩かねばなりません。それにしても一体私はどこを目的に行ったらいいのでしょう？　またどうして食事をするのでしょう？だが着物さえ着替えればどうにかなります。人に見られても心配はない。私は随分長い間闇の中で考えました。

時々、眠っている農家に近づきかけましたが、いつも犬のために邪魔されて、目的を果しませんでした。その中、淋しい小路を歩いていたら、ふと林の中に細長い、バンガロー風の建物があって、そこから明りが漏れているのが眼につきました。私はその家の様子を捜ることに決めて、正面の馬車道は避けて、横の方から、時々物蔭に身を隠しては前進し、また隠れては前進して、近づいてよく見ると、どうも病院か保養院らしいのです。泥棒に入るには、あまり適当な処ではないが、私が最も要求しているもの、即ち着物を得るには都合のいい場所です。で建物の周囲をめぐる砂利を敷いた処まで来ると、靴を脱いで跣足《はだし》でその砂利の上を通り越し、窓のそばまで近よってみると、驚いたことには、その窓は、下の方が二呎ばかり開いていて、部屋の中に薄暗い瓦斯《ガス》の燈が点っています。私は一眼見て、自分の想像の当っていたことを知りました。私有の小さい病院です。三つ並んだ寝台の、一番遠い寝台の上に、一人の男の患者が眠っているきりで、他に誰もいません。なお部屋の様子をよく見ると、その男の寝台のそばの卓子《テーブル》の上に、一着の服が畳んで、襯衣《シャツ》やカラーと一緒に置いてあります。私は胸を雀踊《こおど》りさせました。

咄嗟に私は飛鳥の勢で窓をくぐり、その卓子のそばに近よって服を盗みました。するとその時、ふとそばの煖炉棚《マントルピース》の上に、お金が置いてあるのが、ちらと眼につきました。私は刑務所にいる間、今度外に出たら正直な正しい道を踏もうと何度心に誓ったか解らないほどだったのですが、それが刑務所を出て数時間経たない中に、早や泥棒を働いたのです！　だが、この時の私の自己保存の本能は、自分は千分の一の機会を摑もうとしているのだ。この位の品は、後から幾らでも返すことが出来ると私の耳に囁きます。そして煖炉棚の上のお金を握ると同時に、外の廊下に跫音《あしおと》がしたので、急いで窓から逃げ出しました。

そして窓のそばの花畑の処から振返ってみると、一人の看護婦が部屋に入り、ちょっと患者の方に眼をくれると、卓子のそばに行き、そこに服がないので、びっくりしたように周囲《あたり》を見廻し初めます。そこまで見ると、私は急いで砂利の上を走り、靴を持って庭を抜け、生垣の間をくぐって外に出て、とある繁みのそばで服を着替えました。寒い夜の夜中に外で服を着替えるのは、かなり冷たいことに相違なかったのですが、興奮した私は、そんなことは少しも感じませんでした。燐寸《マッチ》がないのでお金の勘定はできませんが、そんなことよりも、とにかく、第一の難関である服の問題を解決し得た私はほっと安心して、獄衣をまるめて土の中に埋めました。服はよく体と合います。

それから三十分ばかり逃げますと、もう服を着替えたので、人目を忍ぶ必要がないので、立木のそばに横になって、ちょっと眠りました。しばらくして目を覚すと、東が白んでいたので、多分一二時間も寝たでしょう。私はその光で方角を知りました。盗んだお金を勘定してみると、十五磅と八志《シリング》。これが新生涯に踏み込む元手です。

もうその時には、体が疲れ、空腹を感じていたのですが、自分の着ている服を見たら勇気が出ました。どうしても町か村に出なければならんと思い、流れで顔を洗い、指で頭の髪を撫でたのですが、帽子がないのにはちょっと弱りました。と言って、何も帽子が欲しかった訳ではないのですが、当時は帽子無しで外を歩く者が少なかったので、人目に着きはしないかと心配したのです。で、私は町へ入ったら、近くの家から出たばかりのように、両手をポケットに突込んで、のらりくらりと落着いて歩こうと考えました。やがて小一時間も行くと、かなりの町の郊外に出ました。後で知りましたが、それがブリンドルハムプトン町です。

町に入ると一人の巡査が向うから来ます。神経かも知れませんが、どうもじろじろ私を見るような気がします。私は口笛を吹きながら、のらりのらり通りすぎました。だが巡査はちっとも尾行しないので安心しました。まだ店は開いていませんが、少しばかり行くと、嬉しや一軒の料理店——労働者や小商人《こあきんど》の行く安料理店があります。私はそこへ入って、女の給仕に、フライドエッグ二つと、グリルド・ハムと、バタ付きの麵麭《パン》と、糖果と、コーヒーを注文しました。ああ、その美味しかったこと！　私はそれ以前にも、それ以後にも、この時ほど美味しい朝食を食べたことがありません。食事が済むと外に出て巻煙草と燐寸を買い、それからある店で三志九片の帽子とステッキを買いました。

ステッキは贅沢ですが、私は品を作りたかったのです。それから私は姿見の前に立って自分の姿を眺めました。茶色の背広、カラー、ネクタイ、中折帽子、ステッキ、それに巻煙草を啣えた姿は、どうしても囚人とは受取れません。美味い食物に満足し、熱いコーヒーに温まって街を歩く時の私は、今までの心配不安はどこへやら、希望に満ちた男になっていました。若い時はこうしたものですね」

　ここまで話して「正直グリグズ」が、ほッと溜息をした。この物語に耳を傾ける大佐は、ただ相手の正直さに驚いているらしかった。彼は一度話し初めたら、何もかも話してしまわねば気のすまぬ男であった。彼はこの物語を幾度もくりかえしたことのあるごとく、すらすらと話した。だがくりかえす毎に、それに一種の子供らしい、若々しい満足を感じているらしい熱が溢れていた。この意味から言えば、若い時には……と言って溜息をする資格は、彼にはないのである。

「この広い世界に、倫敦ほど身を隠すのに都合のいい場所はありません。で私は倫敦へ行くことにきめたのです。巡査に停車場へ行く道を訊ねたら、私に向って『貴方《サー》』という敬語を使ってくれました。胸がずきずきするほど嬉しかったです。一等の汽車に乗らなかったのが後から考えて不思議なほどです。倫敦へ着くと、カムデンの近くの、見すぼらしい街の、家具つきの部屋を、一週間分の前金で借りて、主婦へは荷物が近い中にスコットランドから来ると言っときました。だがむろん、これと言う目的がある訳ではありません。ただ私の第一の希望は、時期が至って捜索の手がゆるむのを待つより他ないのです。捜索の手がゆるんだら外国へ行くことも出来ますけれども、時期を待つ間にも、心身に張りを与えるために、たといどんな仕事にせよ、何か仕事はしなくてはなりません。同時に、新聞に出た私の写真によって発見されては大変ですから、群集に混ることも出来ない。そこで、私は自分の風采がなるべく、写真と変って見えるように気を付けたのです。

幸にして、それから二日後、公園のベンチに腰かけている男から、私はある大きな文房具製造会社が、夜間働く者を募集していることを聞きましたので、そこへ行ってみました。すると何の紹介もなしに、すぐ私を使ってくれることになったので、それから毎晩そこへ通いました。仕事というのは沢山の印刷物をたたんで封筒に入れるので、毎夜九時間働いて一週二十五志の給金です。かなり骨の折れる仕事には違いありませんが、私はとにかく仕事を見つけたことを喜びました。同僚は四五人の皆私のような者ばかりでした。

ところが、五六日通っている中に、妙な出来事があったのです。私は毎晩そこへ通う途中、二時間ばかり、それもなるべく人通りの少い淋しい街を散歩するのを例としていたのですが、すると、ある晩、オクスフォード街に近いマーガレット街を歩いていますと、すれ違った一人の男が、突然立止って、『ヤア！』と声をかけるではありませんか。どきりと胸を轟かせながら、顔を見ると、それがなんと、私の景気の好かった時代の友達のラスブリッジャーと言う男で、すこし酒飲みではあるが、胆の大きい好い人間です。二人は放埒によく遊び廻ったので、この時も彼の方から、『久しぶりに一杯やろう』と誘いましたが、私はちょっと躊躇しました。うっかりしていると飛んだことになる。だが、一方、一人で困っているこの際の私として、向うから親切にしてくれるのを、こちらから外すことも出来ません。

それから数分後、二人はとある酒場の隅っこに坐っていました。私が脱獄者であることをすでに知っているラスブリッジャーは、詳しい話を訊ねましたが、私は彼には何も話してはならぬと思いました。無論、彼には何の悪意もなく、ただ私の冒険に興味を感じているだけなのですけれど、それでも彼のような酒飲みは、酒を飲んだら彼の友人に話すかも知れぬ、それがまた第三者を通じて警官にでも解ったら大変です。私は彼に会ったことを喜びはしても、なるべく口を噤んで警戒しました。する と間もなく、彼は約束があると言って立上りました。
そして酒場を出ると、通りすがりの馬車を呼びとめ、別れる時に私のチョッキのポケットに手を突込んで、『じゃア、御機嫌よう！』と言って行ってしまいました。後でポケットを見たら五磅紙幣が二枚入っていました。

その翌日から、私はしきりに或る計画を胸に描き始めました。何とかして病院に伏さっている患者に、自分が盗んだ茶色の服と三十八志の金を返したい。ラスブリッジャーの金はそれとはまた違う、これは貰ったのだから、宛名を知ればいつでも返せる。で、私は初めての土曜日に、病院のある町へ旅行することに決めました。日曜日の晩には仕事がありますが、土曜日の夜は仕事がないので、その日の朝、私は汽車に乗ってブリンドルハムプトン町へ行きました。服は暗くなって返すにせよ新しい服を買ったり、病院の位置を知ったりするには、どうしても昼の中に行かなければなりませんからね。そして私は町へ下車したら安い旅館に泊り、レディメイドの服を買って着替え、茶色の服のポケットに封筒に包んだお金を入れて、窓から病室に投げ込む計画を立てたのです。

だが、困ったことには、その二日ばかり前から、どうも体の工合が悪かったのですが、それが土曜日の朝ブリンドルハムプトン町へ着くと、急に気分が悪くなってきたのです。恰度刑務所を出てから十一日目のことですね。が、とにかく、宿を定めると、服を買うのは後廻しにして、病院を探すために町の郊外へ出掛けました。ところが頭や背が痛くて眼が眩んでふらふらして、とても苦しくて歩いていられないので、急いで宿に引返して、亭主に気分が悪いから医者を呼んでくれと言うと寝床の上に倒れてしまいました。

まア、医者を呼んでよかったのです。私は非道い熱に冒されて、医者が来たのも知らず、長い間無意識で寝ていました。その中、人々が私を担架にのせたような気がしたので、私はこれはてっきり死んだものと思われ埋められるのだと考えて、一生懸命に藻掻《もが》いたのを覚えています。それからはもう何も知らぬ長い闇です。そしてある晩、ふと正気に帰ってあたりを見廻しますとね、そこを、貴方、どことお考えになります？

意外にも、私が一週間前に服を盗みに入った部屋、しかも同じ患者の隣の寝台《ベッド》に寝ているのです。『とうとう捕えられた！』と思って、よくあたりを見ましたが、警官らしい者は一人もいません。しばらくすると例の看護婦が入ってきて、私を見るとにっこり笑って、何か飲ましてくれます。よく見ると親切な顔をした女です。低い声で、『ここはどこです？』と看護婦に訊ねても、彼女はなかなか答えません。しばらくしてやっと本当のことを答えてくれたのを聞くと、私は天然痘避病院に寝ているのです。簡単にお話すれば、私は今自分の横に寝ている天然痘患者の服を十二日の間着ていたのです。私が窓から飛込んで服を盗んだ時には、恰度その服やその他の所有物を消毒するために、看護婦が部屋に入る一瞬間前のことだったのです。無論これは後になって、いろんな話を綜合して考えて知ったことですが。

そして私は正気に帰ってから後の二三日は、これからどうなることだろうと、結果を思い煩うばかりでした。囚人だことを発見されるだろうか？　どうも様子を見るのに、まだ病院の人が私を疑っているようには思われない。宿に泊る時には仮名を使ったので、その方から手がつく心配はありません。看護婦の話によれば、その地方に軽い天然痘が流行《はや》って、男の患者は二人きりだけれど、まだ他の部屋に女の患者が七八人入院しているそうです。私の病気はごく軽かったのですが、隣の患者はかなり重かったらしいです。医者は親切の化身のような人でした。

それにしても気に掛るのは服のことです。私がここに連れて来られて、服を脱がされる時、隣の患者が、あるいは看護婦が、それを判別しただろうか？　だが患者は無意識だから気が付くはずはありません。看護婦も他のことに気を取られているので、よもや私の服が隣の患者の服だことに気付くことはありますまい。たとい二つが似ていることに気付いても、それが同一の品だことに思い及ぶ心配はない。それに茶色の服には、別に変った目印になるような特長がなかったのです。恐らく看護婦は、前の患者の服が茶色だったことさえ注意して見ていなかったでしょう。この私の想像は、後で当っていたことが解りました。だが、服を脱がせる時は無事だったとしても、今度全快して着る時はどうなるでしょう？　看護婦が服を持って来てくれる時がちょっと問題です。私が全快する時には、隣の患者も少しはよくなって意識が明瞭になっているでしょう。もしそうだとすれば、服が自分のものだことを知るでしょうが、私はその時、どう弁解したらいいでしょう？　こうした場合の人間の想像力というものは、不思議なほど鋭敏になるものです。

そして暫くの間、私は昼となく夜となく、茶色の服から起るべき結果を想像しながら、寝台の上で藻掻いていました。それから十日ばかり経つと、隣の男の病気が大分よくなりました。始めは私の顔を見て、にっこり頬笑んでいましたが、その中、話をするようになり、彼がブルームと言う名で、年齢は私より二つ三つ大きく、真鍮装飾の商売で成功して病気が治りしだい、カナダに行こうとしていることまで、知りました。

日が経つにしたがって、私は彼より十二日後から入院したのですが、私の方が恢復が早いことを知りました。彼の顔には醜いものが吹出していますが、私の顔には、今でも左の頤《あご》のここの処に少しばかり跡が残っているきりで、誰が見てもこれを天然痘の跡だと言うものはありません」

「私も今まで気付きませんでした」大佐が口を出した。

「だが、ブルームは自分では病気が軽いように思って、非常に楽天的で、自分で手紙が書けないものですから、よく私に手紙を書いてくれと頼みました。手紙の往復はちょっと面倒です。受取るのは構いませんが、出す時には消毒しなくてはならんので、ちょっと手数が掛るのです。

二ケ月目の終りに、医者は、もう十日経ったら退院してもいいと言いました。私は退院後の計画を考えました。退院したら何をしよう？　私は脱獄を後悔しました。もし発見されたら、また刑務所に入らなければならぬ。発見されぬにしても、天下晴れての仕事に成功することは絶望です。私のただ一つの希望は外国へ行くということでした。

私が近い中に退院すると言って聞かすと、ブルームも何故だか同じ日に自分も退院できると思い込んでしまって、しきりに退院後の計画を立てはじめました。彼は私に書いてもらった手紙で、三週間後にカナダのクェベック行きの船に乗れる切符を買いました。それから今までに貰っていた旅行券も、どこからか送って来ました。そしてブルームはすっかり興奮してしまって、夜遅くまで話し込み、ちょいちょい熱を出すようなことがあったのです。彼の話によれば家族の煩累がないので、すぐカナダへ行って商売を初めると言うことでした。一週間ばかりこんな状態が続いた後に、私の一生に大変化を及ぼすべき出来事が起りました。ブルームが死んだのです。面白い男です！　でも私にとっては、旅行券と倫敦クェベック間の二等切符を私に残してくれたという以外には、何の関りもない男でした。

三日後、私は悠々と茶色の背広服を着て、馬車にのってブリンドルハムプトン駅へ行きました。それから数日倫敦で急がしい日を過ごしましたが、私はその間に善良なる友ラスブリッジャーを訪ねて五十磅借り、そしてトランクと鞄を持ってリヴァプール行きの汽車に乗りました。私の前途には光明が輝いていました。それは脱獄してから三ケ月後のことで、もうその頃は捜索の手も寛《ゆる》めば、天然痘のために少しは風采も変り、その上立派な髯まで生やしていたのです。こうして私はそれから十日後に、一人の自由な人間としてカナダの土地を踏んだのです。

最初の晩、私がこの奇妙な古い町を歩いた時の、一種の胸が轟くような気持は、とても口では言えません。私は爽々《すがすが》しい希望と決心に満たされていたのです。今夜私を導くべき神の手が明かに見えるような気がしました。私は自分の過ちに相当した罰を受けて、第二の新しい機会を与えられたのだと信じました。刑務所の脱走、天然痘患者との不思議な運命の廻りあわせ、ラスブリッジャーとの嬉しい会合、――すべて、これらのことが私にどうしても成功しろと囁くのです。

ですが、大佐、もう貴方もお疲れでしょうから、成功するまでのことをくどくど話すのは止めましょう。あまり面白い話でもございません。むろんその間に多少の浮沈はありましたが、それからの私は概して幸運でした。私は一生懸命に働き、そして自分がまんざらの馬鹿でないことを発見しました。その間にも私が始終心がけていたことは、どんな些細な商売上の掛けひきにも、正しい道を踏みはずしてはならんということでした。そして御承知の通り、ついにかなりの成功をしたのです。だが脱獄当時のことはなかなか忘れられるものではありません。四十年もたった今でも忘れられません。大佐、こうした人間の過失と言うものは、一生涯消えないものでしょうか、――一生涯贖《つぐな》われないものでしょうか？」

「いえ」大佐が言う、「すべて贖われたと思います。で、なんですか、その話は奥様も御存知なのですか？」

グリグズは頷きながら、「婚約前に話してしまいました」それから眼を輝かしながら、「だがもう彼女《あれ》はそんな話は忘れているでしょう。なにしろ随分前のことですから」

大佐は頷いていたが、暫くしてから低い声で呟く――

「では貴方がアレック・ストラトフォードだったのですね！」

この言葉を聞いて、「正直グリグズ」がびっくりする間もなく、大佐は彼の前腕を親しげに握って言う。

「いや、ジョンさん、御免下さい。貴方を驚かすのは済まないと思いつつも、ちょっと言ってみたかったのです。私は今聞いた話は誰にも言わないですから御安心下さい。でも人間のめぐりあわせと言うものは不思議なものですね。その時の刑務所長というのは実は私だったのです。私はあの時印度《インド》から帰りましてね、すぐあすこの刑務所長になったのですが、一ケ月ばかりたつと、一人の囚人――アレック・ストラトフォードが脱獄しました。無論私はそのために刑務所長の職を失いましたが、なに、もともと私は刑務所長という仕事をあまり好いていなかったのですから恰度よかったのです。

ええ、あの時のことはよく覚えています。私の家で料理人《コック》として使っていた愛蘭《アイルランド》生れの少女が、二階の窓から、貴方が壁の頂辺《てっぺん》に立っていられたのを見たそうですが、二日の間、それを黙っていたのです。で、後で私がそれを責めますと、わっと泣き出して、初め発見した時には大きな声で喚こうかと思ったが、貴方がまだ若いのに勇敢で悲しげな顔をしているのを見たら、どうしても喚く気にはなれず、いきなりそこに跪《ひざまず》いて、貴方を守って下さるようと聖母に祈ったそうです。貴方もこのカスリーンと言う女中に、感謝していいでしょう。この女はその後死にましたけれど」

グリグズは前かがみになって深い思いに沈んでいる。客室《きゃくま》からピアノが聞える。バルバラがシューベルトのインプロムテュを弾いているのだ。一匹の白い大きな蛾が二人の間を飛んだ。下の方からフリジアの花の匂いが香ってくる。やがて老大佐が優しい声で続けた。

「貴方はつまらぬ心配をしていらっしゃる。貴方はさっき『またデッドムーア刑務所に入れられるかも知れん』と仰有いましたが、この言葉は、貴方がたとい先日あの刑務所の近くまで自動車でお行きになったとしても、すぐそばまではお行きにならなかったことを示しています。もしすぐそばまでお行きになったのなら、変化にお気付きのはずです。デッドムーア刑務所は今はありませんよ」

「ない？」

「ええ、段々犯人が少なくなったので、四五年前に内務省で四つの刑務所を潰したのです。デッドムーア刑務所も、その一つでした」

「で、その跡を政府はどうしました？」

老大佐は微笑して、

「どうしたかって、それは無論そのままですよ。もう数年間そのままです。ああ、いいことがありますよ！　どうです、昔の唄の思い出として、一つ貴方がその跡を買い取ってはいかがです」

老グリグズは直ぐ顔を起し、相手の顔の前に、長い人差指を打振りながら、

「なるほど、これは素晴らしい思い付きだ！」と言った。

読者よ、もし読者がサセックスに自動車を走らせ、テリンガーストの谷間から、グレンデイシャムを北に折れるなら、そこに一つの高原を見出すであろう。そして、その高原の丹念に開墾された真ん中に、瀟洒な設計になるコロニアル式の低い白い建物があり、その周囲の広い庭には、沢山の硝子《ガラス》張

りの温室、鉢小屋なぞが散在し、正門には、白地に暗緑色の文字で、「アーン・グリグズ女子園芸学校」と書いてあるのを見るであろう。

毎年、夏になると、一ケ月がほどの間、元気そうな老夫婦の姿がこの学校に見られる。老夫婦は校長あるいは生徒たちを従えて、彼らに何くれとなく注意を与えたり、差図したりしながら、愉快げに草花の間を歩いている。血色のいい少女たちが、熱心と愛のこもる眼差《まなざし》で土を覗き込んだり、咲きほこる花の間を、嬉々として走り廻っているこの平和な花園が、その昔、荒くれた囚人どもが、死の如き単調を破るために踏鳴らしていた運動場であることを思い出すものがどこにあろう。ことによると、老人一人はそれを思い出すこともあるかも知れないが、その顔付を見ると、そんな様子もないらしい。

枯れた木の葉が、はらりと地上に落ちる。すると土地は新しい生産のために、その落葉を黙って胸に収容する。時の大車は絶えず廻転を続けて、すべてのものが忘れられて行く。

大地は人類の脆弱性には頓着せず、善も見なければ悪も見ず、ただその生命の保存のために、永遠に生産し、生産し続ける。そして新しいものが産れ、若い蕾が芽を出し、過去の災難には無関心に、ひたすらにこの世の光と熱を求めて伸びて行く。

編者解題　妹尾アキ夫のビーストン、オーモニア受容について

横井　司（ミステリ評論家）

妹尾アキ夫（本名・韶夫《あきお》。一八九二～一九六二）が、第二次世界大戦前および戦後にかけて数多くの訳筆をふるい、日本の探偵小説文壇に寄与したことは、先に論創ミステリ叢書から刊行された『妹尾アキ夫探偵小説選』（二〇一二）の解題で述べた通りである。早稲田大学文学部英文学科卒業後、親の決めた会社に就職したものの、一日で辞めてしまい、翻訳家を志した妹尾は、英文学科の同期生・植村宗一（直木三十五）が鷲尾浩（鷲尾雨工）と共に、翻訳出版を主とする冬夏社を創業した際の翻訳陣にも加わっており、『煙』、『曠野のリヤ』といったツルゲーネフ作品の翻訳を担当している。その後、鷲尾浩は植村宗一と袂を分かち、鷲尾浩が社名を引き継ぎ、植村は人間社を興した。同社からは一九二〇年に里見弴、久米正雄らによって雑誌『人間』が創刊され、妹尾はその編集を担当する傍ら、同誌の一九二一年十一月号にリタ・ウェルマンの戯曲「三味線の糸」を訳載している。一九一八、九年ごろ、やはり英文学科に在席していた森下雨村と知り合っていた妹尾は、雨村の引きによるものであろう、博文館の雑誌に創作や翻訳を寄稿するようになった。妹尾が初めて訳した探偵ものが、本書にも収録したL・J・ビーストン L. J. Beeston（一八七四～一九六三、英）の「ヴォルツリオの審問」である。その当時の事を妹尾は次のように回想している。

今から十年ばかり前、森下雨村氏がこれを訳してみよと云つて与えられたのがストランド誌から切抜いたビーストンの「ヴォルツリオの訊問《ママ》」で、それが私の初めて訳した探偵小説だつた。それ以来、ずつと探偵物を訳して来たが、私は初めて「ヴォルツリオ」を訳した時の一種異様の感じを今だに忘れることが出来ない。その時まで大陸の人道主義的な純文芸物ばかり訳してゐた私に取りて何と云ふ驚きだつただらう！　そこには産れたまゝの人間の憎悪、怨恨、復讐、恐怖、争闘、罪悪がありのまゝに描かれてゐる。それらのものが何の憚る処なく思ひ切つて大空に枝を伸ばしてゐる。私は息が詰るやうな眩惑を覚えた。（「ビーストンに就いて」『世界探偵小説全集19／ビーストン集』博文館、一九二九・一一）

「ヴォルツリオの審問」は『新青年』一九二二（大正十一）年四月号に掲載されたが、初出時の訳者名義は「天岡虎雄」となっていた。天岡虎雄は、延原謙がコナン・ドイルの『四つの署名』を翻訳した『古城の怪宝』が博文館の『探偵傑作叢書』の第四巻として上梓された際にも使われた名義である。延原はそれを森下雨村の名義で刊行されたと理解しており（「ホームズと卅五年」『東京新聞夕刊』一九五六・一二／二一）、そのことから考えるに、雨村の許に持ち込まれた原稿のハウスネームとして使用されていたのではないかと思われる。

「ヴォルツリオの審問」は『新青年』に掲載されたビーストン作品としては、「マイナスの夜光珠」「シヤロンの燈火」に次ぐ三作目にあたり、以後、妹尾に加え、右の二編を訳した西田政治や、横溝正史、延原謙らが中心となって、ビーストン作品が『新青年』の誌面を飾ることになる。戦後になって江戸川乱歩が、日本の雑誌に訳された外国人作家の邦訳頻度表を作成した際、ビーストンの邦訳頻度が他の海外作家を引き離して断然高いことを示しているが（「英米の短篇探偵小説吟味」『続・幻影城』早川書房、一九五四）、中でも多くの翻訳を手がけたのが妹尾であった。掲載誌不明の作品もあるし、別名義や無署名の作品もあるため、正確な数は測りがたいが、中島河太郎によって「もっとも数多く翻訳した」といわれているほどだ（「解説」『ビーストン傑作集』創土社、一九七〇）。ところが妹尾のビーストン評価は、一筋縄ではいかない揺らぎを示している。

ここで、妹尾の書いたビーストンに関する文章で、管見に入ったものをあげておこう。

「ビーストンの特質」『新青年』一九二五年八月号
「ビーストン雑感」同右　＊捕鯨太郎名義
「一方から見たビーストン」『探偵趣味』一九二七年六月号
「ビーストンに就いて」『世界探偵小説全集19』博文館、一九二九年十一月
「ビーストンの作品」『ぷろふいる』一九三六年五月号
「ビーストンに就いて」『人間豹』博文館文庫、一九三九年六月
「ビーストンに就いて」『別冊宝石』31号、一九五三年九月

最初の「ビーストンの特質」は妹尾が『新青年』に初めて寄稿したエッセイで、そこでビーストン作品の特徴として以下の四点をあげていた。『妹尾アキ夫探偵小説選』の解題でも引いておいたが、煩を厭わず再掲しておくと

一．「緊張味に富んでゐること」
二．「奇想天外から落ちる式の構想」すなわち「意外の結末《アネクスペクテドエンデイング》」

三．「描写が徹頭徹尾、客観的だと云ふこと」

四．「明るい、冒険的な、何処か床しい英国紳士の面影のある男性的人物」が「生か死か、危機一髪と云ふ、クライシスに直面した場合の動作を好んで描いてゐる」こと

「ビーストンの特質」と同時掲載された「ビーストン雑感」では、エドガー・アラン・ポオと比較して「ポーは感情に徹底し、ビーストンは理智に徹底してゐる」といい、その「意外な結末」で読者を驚かしている点を評価しながらも、「湿《うるほ》ひがないのがビーストンの欠点だ」という春田能為《よしため》（甲賀三郎）の意見に賛同し、「筋や構想は大変立派だが、それを裏づけるだけの落着いた瞑想がない。だから、血と肉を持たぬ骸骨みたいな気がする」と述べられている（捕鯨太郎が妹尾のペンネームであることは、妹尾自身が「一方から見たビーストン」で明かしている）。同じ号に掲載された文章で、真逆とは言わないまでも、肯定評と否定評を同時に掲げるあたり、「私がビーストンを三分の一まで好いて、まるきり好きになれない」と書く妹尾の屈託が感じられて興味深い。

ところで「一方から見たビーストン」では、ビーストンが日本でもてはやされる理由をふたつあげて

一．「今までの日本文学に全然欠けてゐた酒の如く強いアネクスペクテツドとシユリルを最も多分に持つてゐるので、それが彼にチヤームを与へるのではあるまいか。」

二．「荒けづりで簡結《ママ》な彼の描写が日本文の翻訳に最もよく適するからではあるまいか。云ひかへればデリケイトな感情の陰影が、少くて唯奇抜な筋の運びにのみ特色を有する彼の短篇が最もよく翻訳に適するからではあるまいか。」

と述べ、特に二番目の特徴について、やはりポーと比較して、翻訳で読んだら「ビーストンの方が面白かつたと云ふ人は案外に多いかも知れぬ」が「原文を読んだら大抵の人が比べものにならないほ

どポーの方を面白いと云ふだらう」と書いている。そして結論として「私の様な無趣味な男でもビーストンに倦くのだから［、］まして多少でも英米の人情を知り英文学に興味でも持たれる人はFormだけあつてLifeのない彼の作品には、間もなくお倦きになること、思ふ」と記すのだ。

このようにビーストンへの評価を揺らがせている妹尾が、右の「ビーストン雑感」の冒頭で以下のようにリスペクトしているのが、ステイシー・オーモニアStacy Aumonier（一八七七～一九二八、英）なのである。

◎ビーストンは好きは好きだけれど、堪らぬと云ふほど好きではない。探偵物だけに就て考へてみても、彼の探偵物よりオーモニアーの探偵物の方がずツと好きだ。オーモニアーは「犯罪の偶発性」「オピンコット」「墜落」の三つの探偵小説を書き、三つとも本誌に載せられたが、これなら堪らぬほど好きだと言へる。

妹尾の書いたオーモニアについての文章には、管見に入った限りでは以下のものがある。

「オモニアーに就いて」『新青年』一九二四年十一月号
「オーモニアーに就いて」『探偵趣味』一九二六年四月号
「オーモニアに就いて」『新青年』一九二九年五月号

右の内『新青年』に掲載されたものは、訳載された作品のルーブリックともいうべきものだが、『探偵趣味』に発表したものは、オーモニア短編集である『探偵名作叢書7／暗い廊下』（聚英閣、一九二六・九）の刊行直前ということもあり、ちょっとしたオーモニア論にもなっていて、妹尾がどこに惚れ込んだのかがよく分かる内容になっている。以下、本書収録の作品について述べている箇所を引用しておこう。

彼の特色は作中の人物を熱愛してゐることだ。彼が書いた「犯罪の偶発性」「オピンコット」「墜落」等の探偵小説を見れば、彼がどんなに醜い罪悪に現れた人間性の美しさを愛してゐるかゞ解る。彼の次の特色はユーモアと暖い皮肉である。英国の優れた作家は皆ユーモアを持つてゐるが、彼に至つては純然たる滑稽小説を沢山書いてゐる。而も作中の人物を愛しながら書いてゐるから、ユーモアの中に軽いペーソスがあつて、それが噛みしめるやうな味の深いものになつてゐる。それから彼はアトモスフイアを描くことが得意だ。たゞ一つの欠点は長たらしいと云ふことだが、底の底まで掘りさげて描かうとする彼にこの欠点があるのは止むを得ないかも知れぬ。彼が書いたものは皆んな美しい。醜い事件でも彼の筆になると美しくなる。「ブレースガードル嬢」の美しさはどうだ！　あの生々とした描写と〔、〕そこに盛られた人生の美しさはどうだ！

このように述べたあとで、「もしドイルやビーストンのウイスキーに倦かれた方があるなら、私はその人になみ〳〵注がれたオーモニアーの葡萄酒をお飲みにならんことをお勧めする」と終えている。これに加えて『新青年』一九二四年十一月号の文章における「『受難』（「ブレースガードル嬢」の初邦題・横井註）は彼の作中でも傑作の方で、読んだ後で胸が清々するほど気持ちが好く〔、〕『暗い廊下』は人道主義的の香が豊かで、『撓《たゆ》まぬ母』はゲーテの言葉『最も好い作は最もよく国民性を表してゐる』と云ふ意味で棄てがたい。彼の作は穏やかで、健全で、滑稽味と人情味があつて、噛みしめるやうな上品な繊細な味がある」という評言を読めば、妹尾がいかにオーモニアに心酔していたかが分かろうというものだ。

ビーストンとオーモニアという性格を異にする二人の作家を収録することは、日本の近代探偵小説受容と影響の側面を照らすことにもなるだろう。ビーストンは一九三九年になるまで作品集がまとめられているだけでなく、戦後になっても『別冊宝石』で作品がまとまって読めるようになったり、創土社から傑作集が編まれたりしている。一方のオーモニアの再刊は遅れに遅れて、ここに来てようやくまとまった作品が供されることになった。妹尾の訳業を振り返るとともに、戦前の探偵小説読者に愛された二人の作家の再評価につながれば幸いである。

蛇足ながら近年、岩波書店から刊行された『芥川龍之介選　怪異・幻想譚』(二〇一八)の収録作家の中にオーモニアの名前を見出して驚かされたが、そちらでオーモニアの名前に初めて接したという方には、本書中の各編は興味深い読み物になると思われる。

以下、本書収録作品の原題と本国での掲載誌、および日本での掲載誌・初収単行本をあげておく。原題と本国での掲載誌についてはWilliam G. Contento & Phil Stephensen-Payne編の*The FictionMags Index*を参照した。*The FictionMags Index*にもすべての作品がアップされているわけではなく、また掲載誌に直接あたれたわけではないので、邦題が原題の直訳でない場合は、どの作品と推定しがたい。そのため、一部、原題および掲載誌不詳の作品があることをお断りしておく。なお、オーモニア作品については創作29編とエッセイ1編を収録した大部の作品集*Extremely Entertaining Short Stories*(二〇〇八)も参照した。

〈L・J・ビーストン集〉

「ヴォルツリオの審問」Volturio Investigates

『ディテクティヴ・ストーリー・マガジン』一九二一年四月三十日号掲載。同年、『ストランド・マガジン』十二月号に再録された。邦訳は『新青年』一九二二年四月号（三巻五号）に天岡虎雄名義で掲載されたのち、『探偵傑作叢書12／第一短篇名作集』（博文館、一九二二）に初収録。

「東方の宝」A Treasure from the East

『ストランド・マガジン』一九二二年四月号掲載。邦訳は『新青年』一九二二年九月号（三巻十一号）に無署名で掲載されたのち、『探偵傑作叢書34／決闘』（博文館、一九二五）に初収録。

「人間豹」The Human Leopards

『ストランド・マガジン』一九二三年十一月号掲載。邦訳は『新青年』一九二四年八月増刊号（五巻十号）に妹尾韶夫名義で掲載されたのち、前掲『探偵傑作叢書34／決闘』に初収録。中島河太郎編『ビーストン傑作集』（創土社、一九七〇）にも採録された。

春田能為《よしため》（甲賀三郎）が「印象に残る作家作品」（『新青年』一九二五年八月増刊号）において「深く感服した」作品として言及している一編。同エッセイは論創ミステリ叢書『甲賀三郎探偵小説選』（二〇〇三）に既収。

「約束の刻限」原題不詳

邦訳は『新青年』一九二四年十一月号（五巻十三号）に妹尾韶夫名義で掲載されたのち、前掲『探偵傑作叢書34／決闘』に初収録。前掲、中島河太郎編『ビーストン傑作集』にも採録。

「**敵**」The Goldring-Maddish Case
『グランド・マガジン』一九一七年十二月号掲載。邦訳は『新青年』一九二四年十二月号（五巻十四号）に無署名で掲載されたのち、前掲『探偵傑作叢書34／決闘』に初収録。
横溝正史が「ビーストンに現れる探偵」（『新青年』一九二六年二月増刊号）において「バートン・ロフタスといふ作者の『疑心暗鬼』は恰度ビーストンの『ゴルドリング・マッディワシュ事件』を短くしたやうなもの」と書いていたのが本編である。同エッセイは論創ミステリ叢書『横溝正史探偵小説選Ⅰ』（二〇〇八）に既収。

「**パイプ**」The Pipe
『ストランド・マガジン』一九二四年九月号掲載。邦訳は『新青年』一九二五年二月号（六巻三号）に妹尾韶夫名義で掲載されたのち、前掲『探偵傑作叢書34／決闘』に初収録。前掲、中島河太郎編『ビーストン傑作集』にも採録。

「**犯罪の氷の道**」The Ice Path of Crime
『ポピュラー・マガジン』一九一七年十二月七日号掲載。邦訳掲載誌は不詳。前掲『探偵傑作叢書34／決闘』に初収録。前掲、中島河太郎編『ビーストン傑作集』にも採録。
横溝正史が前掲「ビーストンに現れる探偵」において「アクトン・ドウヱ《ママ》ス物語の中に、『罪悪の氷の道』といふのがあり、ファニイ物語の中に『深い罪悪の道』（妹尾さんはこの方へ『罪悪の氷の道』といふ題を附けて居られます）といふのがあります」と言及していた作品。いずれも『探偵傑作叢書』収録時の邦題と微妙に異なるが、あるいは邦訳初出誌では「罪悪の氷の道」という邦題だったのかもしれない。また、ここに採録したものは視点人物から判断して明らかにアクトン・ドウエスものだが、これは横溝には珍しい勘違いというべきだろうか。

「赤い窓掛《カーテン》」The Red Curtain

邦訳は『新青年』一九二八年十月号（九巻十二号）に妹尾韶夫名義で掲載されたのち、『世界探偵小説全集19／ビーストン集』（博文館、一九二九）に初収録。*The FictionMag Index* には『グランド・マガジン』一九三三年七月号掲載とあるのみで、邦訳の底本となった掲載誌は不詳。

本編のナラティヴは、現代の読者から見ればアンフェアのそしりを免れないかも知れず、採録に迷ったものの、ここに描かれる趣向は、江戸川乱歩「魔術師」（『講談倶楽部』一九三〇・七〜三一・五）に先行するものなので、その資料的価値を鑑みて採ることにした。

〈ステイシー・オーモニア集〉

「犯罪の偶発性」The Accident of Crime

『サタデイ・イヴニング・ポスト』一九二二年三月十一日号掲載。邦訳は『新青年』一九二三年四月号（四巻五号）に妹尾韶夫名義で掲載されたのち、『探偵名作叢書7／暗い廊下』（聚英閣、一九二六）に初収録。

本編と後出の「墜落」には、メグレ警部を思わせるトローザン警部というシリーズ・キャラクターが登場している点に注目される。

「オピンコットが自分を発見した話」Freddie Finds Himself

『ストランド・マガジン』一九二四年二月号掲載。邦訳は『新青年』一九二四年八月増刊号（五巻十号）に「名探偵オピンコット」の邦題の下、妹尾韶夫名義で掲載されたのち、前掲『探偵名作叢書7

／暗い廊下』に改題の上、初収録。

「暗い廊下」 The Dark Corridor

『ストランド・マガジン』一九二四年七月号掲載。邦訳は『新青年』一九二四年十一月号（五巻十三号）に妹尾韶夫名義で掲載されたのち、前掲『探偵名作叢書7／暗い廊下』に初収録。

「ブレースガードル嬢」 Miss Bracegirdle Does Her Duty

『ストランド・マガジン』一九二四年五月号掲載。邦訳は『新青年』一九二四年十一月号（五巻十三号）に「受難」という邦題の下、妹尾韶夫名義で掲載されたのち、前掲『探偵名作叢書7／暗い廊下』に改題の上、初収録。『世界探偵小説全集5／コリンズ集』（博文館、一九二九）再録時は「受難」と復題されている。

《ヒッチコック劇場》第89話（本国では第96話）「勇敢なミリセント」として放映（原題同じ）。

本編はエラリー・クイーンが一九四三年に上梓したアンソロジー『犯罪の中のレディたち』に採録されており、創元推理文庫から一九七九年に二分冊で刊行された際に「恐怖の一夜」の邦題で厚木淳によって完訳された。クイーンは本編を「女性の名探偵――イギリス編」のセクションに収めており、それについて以下のように釈明している（以下の引用は右の厚木訳による）。

ミス・ブレースガードルは探偵ではない、と読者は抗議されるかもしれない。きわめて厳密な意味では、そのとおりである。しかし、探偵の心を持った女でなければ、彼女が陥ったような恐ろしい苦境を切り抜ける手段を思いつくことはできなかっただろう――これは、探偵犯罪小説の分野でこれまでに書かれた、女性の性格と状況の展開についての、もっともすぐれた短編である。

「撓《た》ゆまぬ母」The Persistent Mother
『ストランド・マガジン』一九二四年五月号掲載。邦訳は『新青年』一九二四年十一月号（五巻十三号）に無署名で掲載されたのち、前掲『探偵名作叢書7／暗い廊下』に初収録。戦後になって、『新青年傑作選4／翻訳編』（立風書房、一九七〇）に採録された。『新青年』掲載時には目次のみ「撓まぬ母」と表記されている。なお『新青年』一九三八年五月増刊号には「聡明なる母」という邦題で瀧一郎の再訳が掲載された。

「墜落」The Fall
『サタデイ・イヴニング・ポスト』一九二三年四月二十八日号掲載。邦訳は『新青年』一九二六年四月号（七巻五号）に妹尾韶夫名義で掲載されたのち、前掲『探偵名作叢書7／暗い廊下』に初収録。

「至妙の殺人」The Perfect Murder
『ストランド・マガジン』一九二六年一〇月号掲載。邦訳は『新青年』一九二九年五月号（十巻六号）に無署名で掲載されたのち、『探偵小説全集14／暗い廊下　グレイ・ファントム』（春陽堂、一九二九）に初収録。
《ヒッチコック劇場》第18話（本国では第24話）「完全犯罪」として放映（原題同じ）。
本編中の伏字は初出誌・単行本ともに踏襲されている。江戸川乱歩『続・幻影城』（一九五四）に収められた「類別トリック集成」では、毒殺トリックの内、嘸下毒の解説で言及されているが、ここでは伏字のままとした。

「昔やいづこ」'Straight Griggs'
『ストランド・マガジン』一九二八年十二月号掲載。邦訳は『新青年』一九二九年五月号（十巻六号）に妹尾韶夫名義で掲載されたのち、前掲『探偵小説全集14／暗い廊下　グレイ・ファントム』に初収録。

●参考文献（本文でふれたもの以外）

鮎川哲也「気骨あるロマンチスト・妹尾アキ夫」『幻の探偵作家を求めて』晶文社、一九八五／論創社、二〇一九
島崎　博「目で見る探偵小説五十年①／『新青年』創刊頃の翻訳探偵叢書」『幻影城』一九七五年二月号
――「目で見る探偵小説五十年②／『新青年』創刊頃の翻訳探偵叢書・続」『幻影城』一九七五年三月号
長谷部史親「ビーストン再評価の気運と経歴の補足」『探偵小説談林』六興出版、一九八八
――「草創期の短篇作家たち」『欧米推理小説翻訳史』本の雑誌社、一九九二／双葉文庫、二〇〇七
若狭邦男「妹尾アキ夫『決闘』」『探偵作家追跡』日本古書通信社、二〇〇七

オーモニア作品の《ヒッチコック劇場》放映タイトルについては以下を参照した。
http://geshicchi.web.fc2.com/main/hitch/pre/_present.html
先にあげたもの以外に《ヒッチコック劇場》第１４０話（本国では第１１７話）「白いドレス」Little White Frock がある由。
なお、本書収録のテキストは『世界探偵小説全集19／ビーストン集』および『探偵小説全集14／暗い廊下　グレイ・ファントム』所収のものを底本とし、適宜初出の『新青年』をあたった。「ヴォルツリオの審問」は『新青年』掲載のテキストを底本とした。

〔著者〕
L・J・ビーストン
レオパルド・ジョン・ビーストン。1874年、英国ロンドン生まれ。別名にルシアン・デイヴィス、リチャード・キャムデン。略歴不詳。1963年死去。
ステイシー・オーモニア
1877年、英国生まれ。処女作「友達」を発表して英国文壇の寵児となった。1928年死去。
〔訳者〕
妹尾アキ夫（せのお・あきお）
1892年、岡山県生まれ。本名・韶夫。別名に胡鉄梅、小原俊一。早稲田大学英文科卒業。ミステリや山岳小説の翻訳を手掛け、作家としても活躍した。1962年死去。
〔編者〕
横井　司（よこい・つかさ）
1962年、石川県生まれ。専修大学大学院文学研究科博士後期課程修了。95年、戦前の探偵小説に関する論考で博士（文学）学位取得。

至妙《しみょう》の殺人《さつじん》　妹尾《せのお》アキ夫翻訳《おほんやく》セレクション
——論創海外ミステリ 240

2019年11月5日　初版第1刷印刷
2019年11月15日　初版第1刷発行

著　者　L・J・ビーストン、ステイシー・オーモニア
訳　者　妹尾アキ夫
編　者　横井　司
装　丁　奥定泰之
発行人　森下紀夫
発行所　論　創　社
〒101-0051 東京都千代田区神田神保町2-23 北井ビル
TEL:03-3264-5254　FAX:03-3264-5232　振替口座 00160-1-155266
WEB:http://www.ronso.co.jp

印刷・製本　中央精版印刷
組版　フレックスアート

ISBN978-4-8460-1834-4